KB122885

기억의 발굴

기억의 발굴

EXCAVATION

웬디 C. 오티즈

조재경 옮김

CARACAL

이 책은 저자가 해당 기간에 꼼꼼히 기록해두었던
수기 일기장과 본인의 기억을 바탕으로 집필되었습니다.
또한 등장인물들의 실명은 프라이버시를 고려해
대부분 다른 이름으로 변경하였습니다.

차례

1986

선생님이 우리 학교에 처음 왔을 때, 그 수업은 다른 분이 가르치고 있었다. 학기가 시작되고 몇 주 동안 임시 교사 몇 명이 돌아가며 맡아온 수업이었다.

나는 으, 소리가 나오는 걸 참으며 내 자리에 미끄러지듯 앉았다. 새 선생님이 부임하면 교실에는 늘 고요한 긴장감이 맴돌았다. 저분이 뭘 좋아하고 싫어하는지, 무슨 버릇이 있는지, 점수를 따려면 어떻게 해야 하는지 알아내야 했으니까.

시곗바늘이 미세하게 떨리며 움직였다. 나는 플라스틱 등받이에 몸을 기대며 얼굴을 살짝 찡그렸다. 창밖의 길고 좁다란 정원 건너편으로는 우리 반 담임을 맡은 코넬 선생님의 교실이 있었다. 우리는 그분을 '꺼벙이 선생님'이라고 불렀는데, 뭔가 괴짜 같고 어디로 튈지 모르긴 했지만 그 덕에 수업 시간에는 아이들의 시선을 쉽게 끌어모았다. 나는 코넬 선생님이 과제를 낼 때면 콧살을 찌푸렸다가도 그냥 시키는 대로만 하면 A, 못 해도 B는 받겠거니 하고 열심히 참여했다.

지금 우리 앞에는 8학년* 고급 영어 수업을 맡게 된 새로운 선생님이 와 있었다. 이분이 어떤 과제를 낼지는 안 봐도 비디오였다. 여름 방학 계획이라든가 백만 달러짜리 복권이 당첨되면 하고 싶은 일 같은 주제일 게 뻔했다. 나는 펜을 들어 공책 표지에 동그라미를 빙글빙글 겹쳐 그리다가, 교과서를 펼쳐 낙서를 이어갔다. 교과서의 중간 부분은 나중에 이 책을 물려받게 될 친구에게 보내는 깨알 같은 메모로 이미 빼곡했다.

선생님은 슬랙스 바지에 칼라 셔츠와 넥타이를 매치하고, 재킷 대신 어두운 색의 카디건을 입고 있었다. 술 장식이 달린 와인색 구두에서는 광이 났다. 옷을 이렇게 입는 남자 선생님은 학교에 딱 한 분이 더 있었다. 우리 아빠의 옷장에서는 결코 볼 수 없는 종류의 의상이었다.

내가 학교에서 이 교실과 저 교실을 옮겨 다니는 시간에, 아빠는 창고에서 배관이나 파이프 제조에 쓸 철판을 자르기 위해 모눈종이와 연필을 들고 숫자와 씨름하곤 했다. 아빠의 일은 티셔츠에 코듀로이 바지나 청바지, 때로는 데님 앞치마만 있으면 충분했다. 한편 엄마는 정장을 차려입은 남자들 사이에서 일했다. 일반적인 사무를 처리하고, 전화가 오면 "데이터 처리부의 디입니다."라고 응대했다. 쉬는 시간에는 회사 앞 선셋 대로의 보도 위에서 담배를

---

* 우리나라의 중학교 2학년

피웠다.

선생님은 빠르면서도 편안한 말투로 우리에게 말을 건넸다. 마치 우리와 오래 알고 지낸 사이인 데다 잠시 비웠던 자리에 돌아왔을 뿐이라는 듯한 태도였다. 나는 책상에서 선생님을 바라보았다. 친근한 행동, 우리 반 오락부장인 브라이언과 벌써 농담을 주고받는 여유, 그리고 내가 늘 관심을 끌려고 애쓰던 베로니카와 눈을 맞추는 모습이 보였다.

"아이버스라고 해요." 선생님이 자기소개를 하며 우리와 꼼꼼히 눈을 맞췄다. '아이버스. 영어.' 칠판에 두툼한 손으로 자신의 이름을 판서하던 선생님의 목소리가 울려 퍼졌다. 분필 가루가 후광처럼 날렸다. 선생님은 화제를 우리 쪽으로 돌려 학교생활과 오늘의 기분에 대해 물었고, 나는 관심 없다는 듯 책상 쪽으로 시선을 내렸다. 얼굴에 미소를 띤 선생님은 숨을 크게 들이마시거나 주먹으로 책상을 두드리기도 하면서 이야기를 이어나갔다. 어느새 사춘기의 허술한 진지함을 벗어던진 아이들 사이에 웃음이 번졌고, 선생님과 아이들이 농담을 주고받는 소리가 들려왔다. 순식간에 즐거워진 교실 분위기를 확인하기 위해 고개를 다시 들어야 하나 잠시 고민했다.

나는 그냥 관심 없는 척하기로 했다. 마침 연습 중이었다. 관심 없는 척은 학교에 대한 걱정이나 부모님과의 생활이 얼마나 상처투성이인지에 관한 생각을 떨쳐내는 데 분명 효과가 있었다. 이것을 연습하기에 가장 안성맞춤인 장소는 셔먼 오크스 갤러리아 쇼핑센

터였다. 이곳은 고등학교를 중퇴하고 펑크족이 된 아이들이 염색한 머리를 스프레이로 빳빳하게 세운 채 세상의 변화를 기다리던 거칠고 혼잡한 곳이었다. 나는 예측할 수 없는 그 아이들의 궤도로부터 살짝 비켜서서 그들을 따라 하거나 그 경계를 오가는 무리와 가끔씩 어울리곤 했다. 이런 식으로 지내다 보면 그 어떠한 곳에서도 중심에 있지 않는 동시에 사람들의 모습을 관찰하거나 흡수하는 위치에 있을 수 있었다.

아이들과 농담을 주고받던 아이버스 선생님은 자신이 정식 교사로 근무하는 건 처음이지만 보기보다 10대들의 마음에 정통하기 때문에 앞으로 주의해야 할 거라는 말을 덧붙였다. 그 얘기는 왠지 그럴싸하게 들려서 아무도 토를 달지 않았다. 선생님은 처음 교실에 들어섰을 때부터 마치 늘 거기에 있던 사람처럼 편안해 보였다. 그가 뿜어내는 에너지는 교실 구석구석, 천장과 창문까지 꽉 채웠고, 어디 한번 자신에게서 시선을 돌리고 싶으면 그렇게 해보라고 말하는 것 같았다.

나는 아이버스 선생님의 질문에 웃으며 답하는 제니퍼와 타미의 표정을 나도 모르게 훔쳐보고 있었다는 사실을 문득 자각하고는, 자신에게 상기시키듯 속으로 말했다. '난 관심 없어.' 의자 끄트머리에 걸치듯 앉아 있다가 다시 딱딱한 등받이에 기대앉으며 무릎의 힘을 풀었더니 다리가 약간 벌어졌다. 엄마가 "숙녀답지 못하다"고 지적하던 자세였다. 나는 책상 위에서 연필을 돌리다가 앞자리에 앉은 애비게일의 책상을 발로 툭 찼다. 애비게일이 나의 관심 없는 척하기 운동에 동참해주기를 바라면서.

눈이 건조하고 가려웠다. 나는 티가 날 정도로 사납게 벽시계를 노려보았다. 책가방에 돈이 얼마 정도 들어 있는지, 그래서 쇼핑센터에 가면 뭘 살 수 있을지 떠올려봤다. 집에는 가고 싶지 않았다. 아니, 서로 싸우지 않고 술에 취하지도 않은 부모가 있는 평범한 집으로 가고 싶었다. 평범한 것은 결코 내가 원하는 게 아니었는데도 말이다. 차가운 책상 위에 올려놓은 내 손바닥은 미동조차 하지 않았다.

*

영어 수업은 오후에 있었다. 그때쯤이면 나는 교실에서 한참을 웃고 떠들고, 화장실 거울 앞에서 아이라이너를 고치고, 수학 시간에 뚱하게 칠판을 째려보고, 역사와 과학 시간에는 어벙한 얼굴로 앉아 의미 없는 필기를 끝낸 후였다. 도시락을 싸 오지 않았을 때 유일한 점심 수단이던 급식차도 왔다 간 뒤였다.

당시 나는 한숨의 기술을 통달하고 있었다. 길고, 크고, 무거운 한숨을 내쉬면서 관심 없는 척 시선을 딴 곳으로 돌리는 기술이었다. 그 전날까지도 나는 영어 시간에 입술을 괜히 뾰로통하게 내밀고선 검은 부츠로 바닥을 툭툭 치며 딴청을 부리곤 했다. 내게 영어 수업은 그저 문법을 배우고, 고전을 읽고, 칠판을 응시한 채 디페쉬 모드Depeche Mode의 노래를 조용히 흥얼거리며 어서 빨리 종이 울리길 기다리는 시간이었다.

그날은 아이버스 선생님이 우리에게 한 문단짜리 글을 써보도록 주문한 날이었다. 한 문단 쓰기에 대해 선생님은 이렇게 말했다. "다들 종이와 펜은 있죠? 좋아요, 한번 써봅시다. 5분 줄게요. 브라이언, 농구 잘한다고 했지? 글도 좀 쓸 줄 아나? 자, 이건 창의력을 발휘해보는 글쓰기예요. 여름 방학 계획이라든가 백만 달러가 생기면 하고 싶은 일 같은 거 말고, 그냥 여러분의 마음이 이끄는 대로 하나의 문단을 써보면 되는 거예요. 그래요. 여기 종이와 펜 있죠? 책상도 필요할까? 뇌는 어떻고? 아, 미안. 그 부분은 도와줄 수가 없네요. 자, 그럼 시작하세요. 시동을 걸어봐요. 내 시동도 걸어주고……." 선생님의 목소리는 점점 아주 못 부른 버전의 롤링 스톤스Rolling Stones 노래가 되어갔다.

나는 짜증 섞인 한숨을 내쉬었다. 다리를 꼬았다. 검은 레깅스가 두 다리 사이에서 부대꼈다. 허리에 감고 있던 흰색 긴팔 셔츠를 살짝 잡아당겼다. 셔츠의 팔 부분이 엉덩이를 감쌌고 단추는 허벅지에 닿았다. 펼친 공책을 한참 쳐다보다가 머뭇거리듯 펜을 들었다. 이미지가 떠올랐다. 불, 산중턱, 재앙. 힘찬 손길로 빈 종이를 가로지르며 이쪽저쪽 바쁘게 펜을 꾹꾹 눌러 글을 썼다. 한 문단이 완성되었다. 5분이 지났다.

"자, 이제 손 떼세요." 선생님이 말했다. 앞자리에 앉아 있던 애비게일이 내 종이를 가져가려고 돌아보고는 '에계, 그게 다야?'라는 표정을 지었다. 작은 종이의 바다가 파도처럼 교실 앞으로 이동했고, 종이들이 맞닿으면서 가벼운 속삭임을 만들어냈다. 앞줄의 아이들이 제출한 종이 뭉치를 받아 든 선생님은 교사용 책상의 한쪽 모서리에 몸을 기대고서 우리의 글을 읽기 시작했다.

아이들은 잠시 킥킥대다가 곧 조용해졌다. 선생님은 편하게 기댄 자세로 한 장씩 읽어 내려가며 빠르게 다음 장으로 넘어갔다. 헛기침을 하기도 하고, 때로는 고개를 들어 쑥스러워하는 아이의 눈을 바라보며 "그래, 이거야!"라고 외치거나, 다른 아이를 보면서는 "도대체…?"라고 말하기도 했다. 교실 안에 묘한 생기가 감돌았다. 사춘기 아이들의 따분함과 혼란스러움과 미성숙함을 어른의 눈으로 흥미롭게 살펴보는, 그래서 우리의 형편없는 글을 용서받는 것 같은 분위기였다.

선생님이 내 글을 읽을 차례가 되자 괜히 목에 힘이 들어갔다. 그때 나는 눈에 띄는 갈색 재생지를 막 쓰기 시작했기 때문에 내가 제출한 종이를 바로 알아볼 수 있었다. 선생님은 앞부분을 읽더니 잠시 멈추었다가, 내가 숨을 더 이상 참지 못할 때까지 한 번에 읽어 내려갔다. 그러고는 고개를 들어 나를 보더니('내 이름을 알고 있었어?'라고 생각했다) 마치 교실에 우리 둘만 있는 것처럼 나지막한 목소리로 물었다. "웬디, 네 글을 소리 내서 읽어도 괜찮겠니?" 나는 머리를 기울인 채 고개를 살짝 끄덕였다. 네, 속으로 대답했다. 소리 내어 답하기엔 너무 두려웠다. '그냥 빨리 끝내세요.'

교실은 고요했다. 선생님은 단어 하나하나를 천천히 읽었고, 아이들은 들었다. 산비탈 아래 강 유역을 향해 거칠게 돌격하는 불의 이미지였다. 글을 다 읽은 선생님은 고개를 들더니 머리를 가로저으며 말했다. "훌륭해. 정말 잘 썼네요. 이런 걸 쓰라고 한 겁니다. 고마워요."

나는 책상 아래의 꼰 다리를 풀었다. 그러고는 상체를 웅크린 채 미소를 참으며 책상 위의 낡은 흠집을 응시했다. 그날은 선생님과 더욱 눈을 마주치지 않으려고 애썼다. 아이버스 선생님은 우리가 제출한 종이를 책상 한쪽에 놓고, 몸을 칠판 쪽으로 돌려 판서를 시작했다. 수업이 이어졌다. 내 손은 땀으로 젖었고, 붕 뜬 기분이었다. 애매하게 허리를 감싸고 있던 셔츠에 손바닥을 닦았다.

"공책 펴세요." 아이버스 선생님이 한 발짝 물러서며 말했다. 안경 너머로 선생님의 눈이 빠르게 깜빡였다. 미소가 슬쩍 스쳤고, 곧이어 심각한 표정을 짓는 척 미간을 찌푸렸다.

"앞으로 이 공책은 일기용으로 쓰는 겁니다. 매주 한 번씩 나한테 제출하세요. 주제는 뭐라도 좋아요. 뭐가 됐든 글을 쓴 흔적이 보이기만 하면 됩니다. 알았죠?" 선생님은 양 팔꿈치를 손으로 감쌌다. 그 모습에 내 시선이 멈췄다.

"그럼 수업 시간을 조금만 할애해서 지금 바로 시작해보는 게 어떨까요. 질문 있는 사람?" 선생님은 이렇게 말한 뒤 우리의 책상 사이를 거닐며 가볍게 농담을 던지거나, 쓸 게 없다고 하소연하는 아이들을 구슬렸다.

나는 손을 들었다. 선생님을 향한 내 눈길은 그의 넥타이에서 출발해 굵은 목을 지나 갈라진 턱에서 멈췄다. 곁눈으로 애비게일을 슬쩍 보았다. 열심히 글을 쓰던 애비게일은 동작을 잠시 멈추더니 책상에 머리를 묻었다. 나는 다시 앞을 보았고, 그 순간 선생님과 눈이 마주쳤다. 나도 모르게 입술을 깨물었다.

"아이버스 선생님, 잠시만 와주실래요?" 나는 손을 든 쪽 팔꿈치를 다른 손으로 받쳤다. 무거워서 들고 있기가 힘들다는 듯, 마치 부상을 당해 도움이 필요한 사람처럼. 쉴라의 질문을 듣고 있던 선생님은 내 쪽을 향해 손바닥을 들어 보였다. 쉴라가 숙제에 대해 우는소리를 하자 그는 일단 한 문장으로 시작해보라고 타일렀다. 쉴라는 마지못해 뭔가를 끄적이기 시작했고, 선생님이 내 책상으로 다가왔다. 그의 얼굴을 쳐다보았다. 조금 열린 입 때문에 혀가 입술에 닿아 있는 것이 보였다.

선생님이 책상 앞까지 왔을 때, 나는 입술에 힘을 주어 미소를 숨겼다. "뭐에 대해서 써야 돼요? 아무거나요? 그냥 아무거나 써도 되는 거예요?" 차가운 책상 위에 손을 올려놓으며 물었다.

"응." 선생님이 눈썹을 추켜올리며 대답했다. 그의 희고 넓은 이마에 맺힌 땀방울이 보였다. 선생님은 다음으로 손을 든 학생 쪽으로 가려고 했고, 나는 다시 당당하게 손을 번쩍 들었다. 선생님이 돌아섰다. "어, 웬디? 다른 질문이 있니?"

그의 작은 녹갈색 눈과 흥미로워하는 표정으로부터 책상 위의 공책으로 시선을 급히 돌리며 나는 또다시 물었다. "그러니까 꼭 학교랑 직접적인 관계가 없어도 된다는 거죠?" 책상 아래로 두 다리가 꼬였다. 아이라이너를 수정해야 할 것 같다는 생각이 머리를 스쳤다. "상관없어." 선생님이 책상 사이를 걸어 나에게서 멀어지며 말했다. "오히려 학교와 동떨어진 이야기였으면 좋겠다."

나는 회색 스웨터를 입은 선생님의 넓은 등을 바라보며 거의 느낄 수 없을 만큼 옅게 남은 그의 잔향을 들이마셨다. 선생님은 계속해서 아이들의 질문에 간단하게 답하고 있었다. 가만히 공책을 들여다보던 나는 더 이상 그의 말이 귀에 들어오지 않았다. 책상 위의 텅 빈 페이지는 내 펜이 어서 덤벼들어 일필휘지로 결단 내려주기를 기다리는 것 같았다. 첫 페이지를 반쯤 채운 뒤 한숨을 돌리려 고개를 들었을 때, 선생님의 눈이 나에게 고정되어 있는 것을 보았다. 반 아이들은 각자의 책상에 코를 박고 있었고, 선생님은 옅은 미소를 띠고 있었다.

*

방과 후 엄마를 기다리고 있을 때였다. 같은 반 친구인 에바와 아이버스 선생님이 내 옆에 서 있었다. 겨우 4시 반이 되었을 뿐인데 이미 밤이 온 것 같은 기분이 들었다. 그리고 어쩌다 보니, 나도 모르게 내가 쓰고 있던 소설에 대해 말해버렸다.

"뭐라고? 책을 쓰고 있다고?" 선생님이 자기 옆구리에 손을 올리며 물었다. 턱에 움푹 들어간 골이 도드라져 보였다. 선생님은 내 대답을 기다렸다. 나는 에바를 흘낏 보았다. 에바는 내 빨간색 바인더를 몇 차례 집에 가져갔었고, 늘 칭찬과 함께 돌려주며 더 읽고 싶다고 말하곤 했다. 바인더 안에는 내가 틈날 때마다 쓴 수백 페이지의 글이 있었다. 텔레비전을 보고 나서, 혹은 텔레비전을 보는 대신에, 자기 전에, 친구들과 전화 통화를 하고 남은 시간에 방 안에서 혼자 쓴 글이었다. 나는 다른 친구들과 달리 외둥이였고, 그 정체성을 만끽했다. 내 방은 늘 적막했으며 공책과 먹지가 구비되어 있었다.

"뭘 쓰는 거야?" 엄마가 가끔 물었지만 나는 늘 "아무것도 아니야."라고 답했다. 아빠는 내가 소프트 셀Soft Cell의 음악을 틀어놓고 방문을 제대로 닫지 않은 채 침대에 다리를 꼬고 앉아 있을 때도 내가 뭘 하는지 알지 못했고, 관심도 없었다. 혹시라도 부모님이 내 빨간 바인더 속 글을 읽기라도 한다면 어떨지 상상했을 때는 몸이 움찔했다.

아이버스 선생님을 바라볼 때면 다리 사이가 간질간질한 느낌이 들었다. 나는 입술을 깨물고는 짝다리를 짚으며 말했다.

"네, 책을 쓰고 있어요. 에바는 거의 다 읽어봤어요." 에바가 나를 보며 웃었다. 칭찬뿐 아니라 다른 무언가가 섞인 웃음소리였다. '웬디, 너 조심해.'라는 의미인 듯했다. 물론 에바가 왜 그렇게 웃는지는 알고 있었다. 그건 마치 점점 깊어지는 수영장 속을 천천히 걷다가 더 이상 발에 아무것도 닿지 않는 상황을 즐기는 기분과 비슷했다.

"뭐에 대해서 쓴 건데? 무슨 이야기야? 네 인생에 관한 내용이니?" 선생님은 장난스럽게 팔꿈치로 툭 치며 물었다. 나는 그런 선생님을 유심히 바라보았다. 삐뚜름한 넥타이, 방과 후 교내 순찰을 돌고 나서 살짝 발그스름해진 얼굴, 그리고 지금 나에게 지분거리는 모습까지. 나는 나도 모르게 입을 앙다물었다. 선생님이 나를 아이 달래듯 어르고 있다는 게 느껴졌다.

"아뇨." 내가 잘라 말했다. "소설이에요." 잠시 말을 멈췄다. "앨리 밀란이라는 여자아이의 이야기예요. 그리고……." 아오, 다 말하고 있네, 라고 생각했다. "그 애의 남자친구가 나와요." 안 돼, 좀 더 순수한 이야기로 들리도록 해야 해. "그리고 가족도 나와요." 숨이 가빠왔다. 분명 목소리도 커졌겠지.

"그런데 이 책이 출판되면 우리 부모님은 절대 읽지 않았으면 좋겠어요." 선생님은 여전히 웃는 얼굴로 에바와 나를 보고 있었다. "왜?" 그가 물었다. 두 여자아이 앞에서 자신의 우월함을 즐기고 있는 남자가 순간적으로 보였다.

"음." 눈을 크게 뜨고 웃음을 참으려 손으로 입을 막고 있는 에바를 곁눈질로 보며 말을 이어갔다. "왜냐면 어떤 장면에서는 등장인물이 키스도 하고, 그보다 더한 것도 하고, 그러거든요. 그런 게 좀 자세하게 나와요." 에바가 얼굴을 붉혔다. 아이버스 선생님은 깊은숨을 크게 한 번 들이마셨다.

"제 경험을 바탕으로 쓴 거라서, 부모님이 보시면 안 좋아하실 거예요." 나는 거짓말을 했다. 시멘트 바닥에 단단히 박혀버린 듯한 검은 부츠 속의 양발이 갑자기 뜨거워지는 느낌이었다.

"그럼 나한테도 좀 보여줄래? 혈액 순환에 도움이 될 만한 게 필요하다고!" 선생님의 과장된 반응에 우리는 다 같이 웃었다. 혈액순환에 도움이 된다는 게 무슨 의미인지 물어보고 싶었지만 그냥가만히 있었다. 실은 무릎에 힘이 풀리고 도망치고 싶은 기분이 들었는데도 나는 그저 우두커니 서 있기만 했다. 그런 나를 선생님은기대에 찬 표정으로 쳐다봤다. 얼굴이 화끈거렸다. 나는 가방을 뒤지기 시작했다.

"선생님이 읽으시는 동안 저는 여기 못 있어요." 내가 말했다. "에바, 네가 보여드려." 나는 에바에게 두꺼운 빨간색 바인더를 건네주었다. 심장이 빠르게 뛰었고, 원고를 건넨 뒤 종종걸음으로 물러났다. 근처의 교무실 옆 관목 사이에서 그 둘을 지켜보기로 했다. 두 사람은 함께 바인더의 페이지를 넘겨 보고 있었다. 나는 주변에다른 사람이 있다는 사실도 잊은 채 보기 힘든 장면을 보았다는 듯손으로 입을 가렸다. 그러다가 마침 엄마의 스테이션 왜건이 건물앞으로 들어오는 걸 보고는 얼른 바인더를 빼앗아 차로 향했다.

"어이!" 차 문을 여는데 선생님이 나를 불렀다. "그 책에 대해 같이 얘기를 좀 해보면 좋겠네!" 나는 미소를 짓고 손을 흔들며 차에올랐다. 엄마가 선생님의 이 말을 못 들은 것 같아 다행이었다.

나는 집으로 가는 내내 그 마지막 말이 자꾸 떠올라 자세를 몇번이고 고쳐 앉았다. 최근 선생님과 관련한 일련의 일들 때문에 왠지 가슴이 벅차올랐고 집에 가서 생각에 잠길 거리가 있다는 것이, 쓸 이야기가 생겼다는 것이 기뻤다.

그러나 이렇게 신이 난 와중에도 엄마의 웃음기 없는 입과 주름진 이마는 여전히 신경이 쓰였다. 눈은 선글라스 뒤에 숨어 있었다. 엄마는 날카로운 긴장감을 내뿜는 사람이었다. 나는 엄마가 미니스커트를 입는 것을 싫어했는데, 흘낏 보니 오늘도 그런 옷을 입고 있었다. 라디오에서는 이레이저Erasure의 노래가 크게 울리고 있었다. 엄마는 이들의 음악을 유독 좋아했는데 나는 그 사실이 몸서리치게 싫었다. 나도 이레이저를 좋아했기 때문이다.

　운전 중인 엄마는 갱년기 증상인 열감에 대해 이야기를 늘어놓았고, 내 시선은 정면에 고정되어 있었다. 곧 엄마가 깜빡이를 켜고 데일즈 마켓 주차장으로 들어서면 그 주말은 보드카 냄새와 자욱한 담배 연기로 예약된 거나 다름없었다. 그럴 때면 아빠는 집을 나가버리거나 토요일 오후 내내 방에 틀어박혀 맥주를 끼고 스포츠 채널에 파묻혀 지냈다. 엄마 차의 자주색 조수석에 앉아 있던 나는 그 순간 온몸에 힘이 들어간 채로 움직임을 멈췄다. 차가 마트 반대쪽으로 방향을 꺾자 몸의 긴장이 살짝 풀렸다.

　몇 시간 후, 에바에게서 전화가 걸려왔다. "아이버스 선생님이 집으로 전화를 달라고 하셨어. 선생님 댁 전화번호 알려줄게. 네 소설에 대해 얘기해보면 되겠네."

　왜 에바가 선생님의 집 전화번호를 알고 있는지는 묻지 않았다. 내 머릿속에는 언제 전화를 걸어야 할지에 대한 생각뿐이었으니까. 연휴가 낀 주말이 막 시작되던 참이었다. 나는 선생님에게 전화를 걸 완벽한 기회가 올 때까지 기다리기로 했다.

1986년 11월 9일

일요일 오후. 나에게 건너온 전화번호를 사용할 용기가 생겼다. 엄마가 거실에서 책을 펴놓고 졸고 있는 것을 다시 한번 확인했다. 아빠는 텔레비전이 있는 방에 들어앉아 스포츠 채널을 켜둔 채 도서관에서 빌려온 실화 바탕의 범죄 소설을 읽고 있었다. 나는 살금살금 방으로 가서 문을 닫았다. 내 방은 우리 집에서 여름에는 제일 덥고 겨울에는 제일 추운 방이어서 방문을 닫으면 더 추워질 뿐이었다. 발가락이 얼음을 갖다 댄 듯 시렸다. 추위를 조금이라도 떨쳐내고자 두꺼운 흰 양말을 신었다. 집 앞 고속도로에서 들려오는 소음을 막으려고 창문을 닫았다. 그리고 유선 전화기의 네모난 버튼들을 누르고 신호음을 기다렸다.

눈 깜빡할 사이에 두 시간 반이 지났다. 그 시간 동안 나는 8학년 영어 수업 담당인 아이버스 선생님과 이야기를 나누고, 웃고,

왁자지껄 떠들었다. 시종일관 쉬지 않고 웃었더니 나중에는 볼 근육이 떨려왔다.

우리는 먼저 내 글에 관해 이야기했다. 선생님은 내가 습작 중인 빨간색 바인더 속 소설에 대해 칭찬을 퍼부었다. 그리고 우리 둘 다 아직 못 봤지만 앞으로 보고 싶은 영화, 선생님이 로스앤젤레스에서 가보고 싶은 박물관, 선생님의 고향과 예전 여자친구, 그 여자친구를 만난 대학, 내가 대학에 가서 무엇을 할지 등등에 관해 이야기를 나눴다. 상업적인 스포츠 경기의 장단점에 대해서(선생님은 찬성파, 나는 반대파였다), (나의) 80년대 음악이 (선생님의) 70년대 음악에 견줄 만한지, 내가 스티븐 킹Stephen King을 읽는 것이 과연 시간 낭비인지 아닌지에 대해서도(선생님은 시간 낭비라고 결론 내렸다) 토론했다. 머릿속이 빙빙 돌았다.

그리고 대화의 속도와 흐름을 따라가기 위해 분주하게 머리를 굴리며 집중해야 했던 이 통화가 시작된 지 한 시간쯤 지났을 때, 선생님의 입에서 "너한테 반했어."라는 말이 튀어나왔다. 내가 6학년 때 짝사랑했던 마크 헨드릭스를 보며 그렇게 웅얼거렸던 것처럼, 선생님이 내게 "반했어."라고 말했다. 나에게 그 말을 하던 순간에는 마치 내가 선생님을 유혹하는, 선생님의 자기 통제력을 지하 세계로 보내버리는 위험한 마력을 가졌다는 말투였다.

나를 가르치는 선생님이, 자신의 비밀을 내게 시인하고 있었다. 나에게 완전히 반했다고. 이어서 선생님은 내 다리 사이에 자기 얼굴을 묻으면 어떤 기분일지 궁금하다고 했고, 나는 두 다리를 힘주어 꼬아 앉으며 그게 무슨 뜻일지 상상했다. 내 머릿속은 《코스모 폴리탄》에서 읽은 오럴 섹스에 관한 내용을 떠올리느라 바빴고, 그 게 실제로 어떤 느낌일지 궁금했다. 그 순간 나는 선생님이 그의 욕 망을 내 귓가에 속삭이고 있다는 사실을 즐기고 있었다. 내 몸 안에 서 시작된 간질거림은 서서히 피부로까지 떠올랐다. 방은 추웠지 만 더 이상 몸이 떨리지 않았다. 양말을 신은 두 발은 내가 통제할 수 없는 기묘한 춤을 추듯 서로 부닥치고 있었다.

당시 나는 남자와 스킨십을 해본 경험이 손에 꼽을 정도밖에 되 지 않았다. 가장 근래에 만났던 사람은 쿠거라는 이름의 키가 크고 잘생긴, 글을 겨우 읽고 쓸 줄 알았던 스무 살짜리 남자였다. 우리 는 몇 주간 주말마다 만나서 그가 몰던 차 안이나 셔먼 오크스 갤러 리아의 안쪽 광장에서 끌어안고 키스를 하며 뒹굴었다. 하지만 나 는 스무 살은커녕 열여섯 살만큼의 자유도 없었기에 이 잠깐의 연 애는 별 추억 없이 끝나버렸다.

무엇보다 나는 다리 사이에 얼굴을 묻는다는 것의 의미를 전혀 알 수 없었다. 그것은 사회 교과서에서 읽은 외국 문물에 대해 상상 해보는 것과 다를 바 없는 일이었다.

한편 선생님은 내가 이해할 수 있는 말들도 많이 했기에 나는 귓 가에 속삭이는 그 목소리를 스펀지처럼 빨아들였다. 그는 나의 매 력적인 입매와 강렬한 눈, 그리고 자신이 학교에서 내 몸을 어떻게 바라보았는지에 대해서도 들려주었다. 그러면서 나는 선생님과 내 가 등장하는 장면에 대해 좀 더 구체적으로 상상할 수 있게 되었다.

나를 누르는 선생님의 '단단함'이 느껴지고, 내 허벅지를 핥던 혀는 곧 나의 '클리토리스'로 옮겨갔다. 이런 단어들은 내가 한 번도 가본 적 없는 패서디나 지역의 선생님 집과 할리우드 고속도로 근방의 우리 집 사이를 오갔다.

선생님이 나더러 내 몸을 만지라고 했을 때, 나는 숨을 내쉬며 신음을 웅얼거렸지만 실제로 몸에 손을 대지는 않았다. 자위가 정말 죄인지 아닌지 확신이 없었다. 나는 겨우 열세 살이었다. 게다가 이런 건 혼자서 비밀스럽게 하는 일이지, 전화기 너머의 목소리가 시키는 대로 하고 싶은 일은 아니었다. 물론 선생님이 자세히 묘사해준 은밀한 내용에 호기심은 생겼지만.

대화 도중에 선생님은 간혹 부드러운 말과 함께 거친 숨을 몰아쉬었다. 담배를 피울 때 천천히 연기를 들이마셨다가 한 번에 크게 내쉬는 것과 같은 소리가 들렸다. 내가 담배를 피울 때와는 전혀 다른 소리였다.

선생님은 우리의 대화가 비밀에 부쳐져야 한다고 말했다. 그 누구에게도, 나와 가장 친한 친구인 애비게일에게도 말해서는 안 되며, 일기장이든 어디든 간에 이 일을 적어서도 안 된다고 강조했다. 마치 내가 그걸 모를 거라는 듯이. 나는 침대 끄트머리에 걸터앉아 허벅지를 손으로 문지르며 누굴 바보로 아나, 라고 생각했다.

내가 쓴 글과 선생님이 발견해준 나의 섹시함에 대한 칭찬을 담뿍 듣는 동안, 나는 방 바깥에 혹시 무슨 움직임이 있는지 조금씩 신경을 썼다. 엄마와 아빠가 의미 없는 이번 주말을 더 의미 없게 보내기 위해 각자 틀어놓은 텔레비전 두 대의 볼륨에 그 어떤 변화가 있는지 건성으로라도 듣고 있어야 했다. 두 분 다 술에 취하지 않은 상태였고 일요일이 거의 끝나가고 있었기 때문에 이제 와서 부모님이 술을 들이붓듯 마실 확률은 매우 낮았다. 그러니 엄마가 혀 꼬부라진 소리로 "잘 있니? 별일은 없고?"라고 물으며 쳐들어오면 내가 나가라고 소리를 지르며 문을 닫아버릴 일이 일어날 가능성도 희박해 보였다.

선생님에게 내가 따분해하는 것처럼 보이지 않길 바라며 조용히 안도의 한숨을 삼켰다. 정말로 따분하지 않았다. 오히려 나는 어찌할 줄 모를 정도로 격한 감정에 휩싸인 상태였다.

전화를 끊자, 심장이 몸 밖을 떠다니는 것 같았고 쿵쾅거리는 가슴 소리가 방을 흔드는 듯했다. 내 안에 담아두기엔 너무 많은 것을 느낀 날이었다. 침대와 벽 사이에 숨겨둔 일기장을 꺼냈다. 입술이 말라왔고 손이 떨렸다. 검은색 폴더를 열고, 노란 리갈 패드에 주먹 쥔 손을 올렸다.

나는 아이버스 선생님이 한 말을 종이에 새겼다. 이날 오후 내가 들은 말들을 그대로 옮겨 적는 동안, 지난주 학교에서 있었던 일들에 대해서도 기억나는 대로 적어 내려갔다. '지난번 엘비가 크게 나를 웃겼다. 애비게일이 이상한 짓만 좀 하지 않으면 다음 주말에 같이 놀지도 모르겠다.'와 같이 사소하고 재미없는 내용이었다.

그러나 선생님과의 대화는 글로 옮기려고 다시 떠올리기만 해도 입이 귀에 걸렸다. 내 발은 신나게 카펫을 두드렸고, 왠지 오줌

이 마려운 듯한 기분이 들었다.

　그날은 일요일이었다. 선생님은 스물여덟이었다.

2002-2004년, 내가 만난 아이들

할리우드의 한 아파트에 혼자 살던 시절, 일주일에 한 번 아침 일찍 일어나 샌퍼낸도 밸리의 서쪽 끝자락까지 다녀오곤 했다. 갖고 다니던 바인더에는 강의 요강, 수업 계획, 작문 가이드와 연습 문제, 책에서 발췌한 글 묶음 등이 들어 있었다. 나는 이 인쇄물들을 챙겨 꽉 막힌 도로를 뚫고 당시 '내 아이들'이라 부르던 남학생들을 만나러 갔다.

목적지에 거의 다다르면 마지막 신호등에서 우회전을 한 뒤 한산한 거리에 차를 댔다. 뒤를 돌아보면 우리 동네가 그다지 멀어 보이지 않았다. 나는 운동장을 지나 학교 건물의 철제 손잡이를 돌려 안으로 들어섰다.

사실 이 학교는 누구나 원하면 떠날 수 있는 곳이었다. 학생들은 대부분 집안 환경을 견딜 수 없어 도망쳤거나, 법적으로 문제가 생겼거나, 혹은 다른 학교에서 물의를 일으켜 보내진 경우였다. 이곳을 계속 다닐지 말지는 전적으로 개개인의 결정에 달려 있었고, 나는 매주 학교에 도착해 익숙한 얼굴을 확인할 때마다 큰 안도감을 느꼈다. 아직 떠나지 않았구나. 아마도 남아 있는 이유가 있겠지.

이 남자아이들은 학교 바로 옆 숙소에 살았고, 걸어서 통학하며 수업을 들었다. 내가 가르치는 수업은 한 학기에 10주 동안 진행되는 선택 과목이었다. 수업은 독서 장려 포스터가 붙어 있는 도서관에서 할 때도 있었고, 칠판과 게시판이 구비된 교실에서 책상을 한쪽으로 몰아놓고 다 같이 마주 보고 앉아 진행하기도 했다. 그때 나는 스물아홉, 서른 즈음이었고, 아이들은 열넷, 열다섯 살이었다.

수업 시간에는 위대한 문학 작품으로 평가받는 책들을 발췌해서 읽었다. 주로 책에 나타난 글쓰기 기술과 줄거리의 의미에 대해 이야기를 나눈 뒤 각자 자기 공책에 고개를 묻고 작문 시간을 가지곤 했다.

아이들은 성의를 가지고 글쓰기 수업과 과제에 임했다. 자주 쓰던 분야는 자서전이나 회고록이었다. 그 아이들이 쓴 이야기는 눈을 뗄 수 없을 만큼 흡입력이 높았고, 가슴이 미어지게 슬펐으며, 믿기 힘들 정도로 빼어났다. 자신의 모든 성적 경험을 단숨에 토해내서 읽는 사람을 자극하려고 드는 경우만 빼고는.

마찬가지로 책과 종이, 펜과 이야기 등을 채워 넣은 손가방을 들고 내가 들르던 곳은 한 군데 더 있었다. 시내의 소년원이었는데, 그곳은 강의실로 가려면 관내 시체 안치소가 있는 길을 반드시

지나쳐야 했다.

　이곳은 전혀 다른 방식으로 운영되었다. 전직 군인으로 보이는 교도관은 마치 자신이 군대에 있는 듯 행동했다. 모든 문에는 자물쇠가 단단히 채워져 있고, 미로 같은 복도가 이어지고, 비상 상황에 사용될 비밀 용어들이 붙어 있었다. 이곳의 남자아이들은 내가 각자의 이름과 사연을 알기도 전에 자꾸 바뀌어서 '내 아이들'이라고 하기엔 조금 망설여졌다. 억압적인 분위기 또한 아이들과 나의 관계 형성에 영향을 주었던 것 같다.

　생각해보면 그 아이들이 나를 신뢰할 이유는 딱히 없었다. 나는 그저 바깥에서 생각 거리와 이야기, 종이 따위를 들고 와 연민에 찬 눈으로 자기들을 바라보는 이방인일 뿐이었다. 나는 아이들에게 너희들의 이야기를 듣고 싶다고, 세상은 너희의 이야기가 필요하다고 말했다. 이런 이야기를 해준 사람이 지금까지 얼마나 있었을까 싶었다. 물론 선생님이나 다른 어른이 해주었을 수도 있다. 하지만 그들은 모두 스쳐 지나간 뒤일 테고, 학년을 마치는 순간 모든 게 처음으로 되돌아갔을 것이다. 결국 그 아이가 들었던 말들은 손가락 사이로 모래가 빠져나가듯 기억에서 영영 잊혀버렸는지도 모른다.

　여자아이들을 가르쳤을 때도 상황은 비슷했다. 어찌 보면 더 심각했다. 나는 이 아이들이 나와 내 행동 하나하나를 어떤 눈으로 바라보는지 즉각 알아차릴 수 있었다. 아이들의 '문제적인 행동'을 지켜보는 일은 나의 10대 때를 돌아보는 것 같았다. 다만 내가 봤거나 경험한 일들보다 이 아이들이 수천 배는 더 혹독한 시간을 보냈다는 점이 차이라면 차이였다. 나는 이 아이들이 겪은 일들을 상상조차 하기 어려웠다.

소년원에서 여자아이들을 가르치기 전에는 로스앤젤레스 시내 동쪽의 한 여성청소년교화캠프에서 몇몇 선생님들과 함께 수업을 맡기도 했다. 그곳의 아이들은 끝이 보이지 않는 감금 상태에 있었다. 담당 직원은 매주 같은 시간에 방문하던 우리를 툭하면 잊었고, 여기저기 잠긴 문과 서류 처리 같은 사소한 문제로 수업이 지연되곤 했다.

그 여자아이들은 정신과적 약물을 최대치로 투여받고 있는 경우가 많았다. 아이들은 발음이 불분명하거나 침을 흘렸고, 대부분 아무 말 없이 앉아 있었다. 눈만 크게 끔벅이는 적막이 교실을 지배했다. 수업 중에는 아이들이 '엄마'라고 부르는 사람이 감독관으로 들어와 있었다. 나는 그런 분위기를 무시하려고 노력했다. 그처럼 비현실적인 상황은 접어두고 얼른 아이들과 수업을 시작하려고 애썼다. 이 문장을 소리 내서 읽어볼래? 저 주제에 대해 써보는 건 어떨까?

아이들이 쓴 글은 그 어디에서도 본 적 없는 것들이었다. 마지막 수업 날 완성된 글을 읽는 시간에는, 거의 좌절할 정도였다. 마치 천천히, 그리고 고통스럽게 피를 뽑아내는 느낌이었다. 나는 몸을 떨거나 울지 않으려고 안간힘을 썼다. 그 아이들 앞에서 그러면 안 될 것 같았다. 당시 나는 스물아홉, 서른, 서른한 살이었다. 그 여자아이들은 열셋, 열넷, 열다섯이었다.

개중 몇몇 아이들과는 이후에도 연락을 이어갔고, 나는 집에 혼자 있을 때면 종종 그들의 이야기를 떠올리며 절망했다. 그리고 가끔 생각했다. 나와 이 아이들의 나이 차이는 내가 제프 아이버스의 수업을 듣고 그를 만나던 때의 나이 차이와 거의 같다고. 이런 생각이 들 때면 속이 메스꺼웠다.

내가 이 아이들과 어떤 식으로든 성적인 관계를 갖는 것에 대해 상상이라도 해보는 일이 과연 가능할까? 본인의 이야기를 글로 쓰고 그걸 공유함으로써 자기 자신을 찾고자 노력하는 이 아이들과?

죽었다 깨어나도 그럴 일은 없을 것이다.

내 안에서 이런 질문이 떠올랐다는 사실만으로 화가 났다. 내가 직접 그런 일을 겪지 않았더라면 이따위 물음을 스스로 나에게 던질 일은 없었을 것이다. 당연히도 나는 그간 품어온 나만의 이야기를 내가 가르친 아이들과는 공유하지 않았다. 이 아이들에게는 하루빨리 절개해 고름을 짜내고 소독부터 해야 하는 각자의 트라우마가 이미 있었으니까.

당시에 나는 이런 질문을 스스로에게 던져서라도 제프 아이버스와 나 사이의 거리를 최대한 벌리고자 했다. 이 방법은 효과가 있었다.

나는 열세 살 때 처음으로 내 몸이라는 풍경 위에 그 낯설고 아름다운 기분을 정박시켰다. 굳게 닫힌 내 방 안에서 폭풍우가 몰아치는 듯한 흥분에 나를 맡기곤 했다. 그 모습은 마치 날씨의 변화를 빨리 감기로 보여주는 다큐멘터리 영상 같았다. 노란 카펫 위에서 바닥을 향해 몸을 힘주어 밀어붙이면 숨이 차오르며 온몸이 비틀렸고, 살갗 아래에서 시작된 작은 불길의 맹습은 마침내 갑작스레 퍼붓는 소나기로 진압되었다.

나는 이것을 자위라고 부르지 않았다. 그 행위에 이름 같은 걸 붙이고 싶지 않았다. 대신에 이 황홀한 세계를 모르는 척했다. 할머니가 내게 했던 말들이 너무 생생했고, 나체로 카펫에 몸을 비비는 게 왠지 잘못된 행동인 것 같다는 생각도 들었다. 그 행위를 할 때는 문을 닫아두어야 하고 신음이 새어 나가지 않게 숨을 참아야 한다는 것만으로도 그것이 이름을 붙여선 안 되는 행동이라는 걸 알 수 있었다.

무엇보다 내 환상의 세계는 매번 희미하고 참담한 수치심으로 물들었다. 가상의 내 연인은 언제나 여자였기 때문이다. 그래서 나는 불편한 마음을 조금이나마 덜어내고자 상상 속에 남자를 더하곤 했다. 내 여자 애인의 윤곽 옆에 흐릿한 남자의 이미지가 나타났다. 감은 눈 아래로 남자와 여자가 서툰 몸짓으로 서로의 몸을 더듬는 장면을 상상했고, 내가 레즈비언일 리 없다고 스스로를 다독였다.

바닥을 열정적으로 문지르는 골반, 옷 때문에 닳아버린 카펫, 힘주어 오므린 발가락, 이를 꽉 깨물고 눈을 질끈 감으면 전해지는 내 안과, 겉과, 주변으로 퍼지는 열기를 느꼈다. 그러고 나서야 머릿속의 여자와 흐릿한 남자의 이미지가 사라졌다.

*

방을 나서면 부모님이 있었다. 엄마는 거실 소파에 편안한 자세로 몸을 구겨 넣은 채 책을 읽었고, 안쪽 방의 아빠는 텔레비전을 켜놓고 무언가를 읽었다. 항상 그런 풍경이었다. 나는 그 집에서 창문이 가장 많은 내 방을 벗어나 어디로든 나가고 싶다는 생각을 자주 했다. 그래봤자 갈 곳이라고는 친구네 집이나 갤러리아 쇼핑센터, 아니면 학교밖에 없었지만.

다들 책벌레인 우리 가족은 부모님이 둘 다 술을 마시지 않고 아빠가 제시간에 퇴근한 날에는 평온한 고요함을 만끽할 수 있었다. 나는 어릴 때부터 매주 도서관을 오가며 자랐는데, 처음에는 동화책을 보다가 나중에는 어른들이 보는 책을 골랐다. 성인용 도서 구역을 서성일 때면 누군가 내 등을 두드리며 나는 아직 이곳에 오면 안 된다고 할까 봐 두려웠다.

부모님이 술에 취해 경멸스러워 보일 때는 책이 내가 피신할 수 있는 유일한 유람선이었다. 다행히 부모님은 내게 독서라는 취미를 길러주었고, 그건 마치 열쇠 같았다. 나는 종종 책을 내 방으로 가져가 이야기 속에서 길을 잃곤 했다. 그러면 문밖에서 일어나는 일에 신경 쓰지 않을 수 있었다. 한 여자와 한 남자가 서로 고래고래 소리를 지르고, 욕하고, 문을 부술 듯이 쾅 닫고, 남자가 (뒷마당이나 술집으로) 집을 나가버리면, 여자가 술에 취하고 망가진 모습으로 내 방문 앞에 나타났다.

엄마의 엄마, 그러니까 나의 할머니는 우리 가족의 이런 비밀을 알고 있었다. 싱크대 밑 찬장에 놓인 보드카의 존재와, 이 문제의 근원이 자신의 딸에게 있다는 것을.

우리 가족은 텔레비전이나 친구네 집에서 본 부모님들의 모습과는 사뭇 달랐고, 그래서 나는 어릴 때부터 주어진 상황에 대처하는 법을 익히는 데 많은 공을 들여야 했다. 현실을 벗어나는 방법 중 하나는 다른 현실로 들어가는 것이었다. 나는 스티븐 킹의 이야기 속으로 들어갈 수 있기를 간절히 원했다. 특히 무서운 이야기 속에 가장 들어가고 싶었다. 또 다른 방법은 할머니가 알려준 것으로, 엄마가 제발 술을 마시지 않고 두 분이 싸우지 않기를 신에게 간청하는 일이었다.

할머니가 살던 침침한 연립주택에서는 성경이 왕이었다. 성경은 성조기와 같이 바닥에 절대 닿지 않도록 조심해야 하는 존재였다. 이 성스러운 검은 책은 할머니의 어지러운 거실 테이블 위에서도 단연 신성한 공간을 차지하고 있었다. 어릴 적 다과회를 열거나 우유 넣은 커피와 팬케이크를 먹을 수 있는 특별한 곳이었던 할머니 댁은, 내가 자라면서는 점차 공포 영화를 보거나 시편을 외우는 공간이 되어갔다.

할머니는 찬송가를 아주 좋아하셔서 내가 그런 노래를 배워 불러주기를 바라셨다. 나는 그 대가로 마이클 잭슨Michael Jackson의 《Thriller》 앨범 기념 배지를 받기도 했다. 또 할머니는 내가 시편을 외워 본인 앞에서 낭송하는 걸 좋아하셨다. 그럴 때면 처음에는 레코드판을 받았고, 더 나이를 먹어서는 카세트테이프를, 그리고 나중에는 CD를 받았다. 나는 악몽에 갇힐 때면 부디 하느님이 나를 이 꿈에서 풀어주길 바라며 시편을 외웠다. 이 방법은 몇 년간 효과가 있었다.

할머니는 스페인어로 된 성경을 매일 소리 내어 낭독하셨는데, 목소리가 작아서 웅얼거림으로밖에 들리지 않았지만 '헤수스 끄리스또Jesus Cristo'라는 반복구만큼은 선명하게 귀에 들어왔다. 할머니는 내게도 성경을 한 권 주셨고, 나는 그것을 할머니 댁에 두고 다녔다. 가끔씩 펼쳐서 누가 누구를 낳고, 또 누가 누구를 낳았다는 부분을 읽었다. 할머니는 내가 성경을 완독하기를 바라셨는데, 가끔은 너무 재미가 없어서 징징대며 의자를 발로 차기도 했다. 어린 나에겐 이해조차 할 수 없는 책이었다.

열한 살 때는 어쩌다 보니 할머니의 꼬드김에 넘어가 성경통신학교에 등록했다. 그래도 처음엔 잘해보려고 했다. 주의 일에 더 참여하고, 주님의 이름으로 노력하고, 엄마의 알코올 중독이 치료되길 기도하면 할수록 하느님이 내 목소리를, 우리의 목소리를 더 들어줄지도 모를 일이었다.

그런 바람을 안고 기독교 잡지에 들어 있던 신청 엽서에 할머니 집 주소를 적어 보냈고, 곧 프로그램과 시험지가 든 얇은 소책자가 도착했다. 성경통신학교의 책자는 늘 뭔가 이국적으로 느껴지던 남부 지방에서 날아왔다. 답안지에 서명을 하고 봉투를 밀봉한 후에도 밤이면 요한계시록의 시시콜콜한 내용을 묻는 객관식 문제가 머릿속을 떠나지 않았다. 그러면 나는 우편함에 들어 있던 소책자의 표지를 떠올렸다. 어느 날은 대탕녀 바빌론이 머리가 여럿 달린 야수에 올라타고 있는 그림이 그려져 있었는데, 그 야수는 내가 동물원에서 본 여러 동물의 특징을 뒤섞어 놓은 모습이었다. 바빌론의 다홍색 옷과 머리에 쓴 왕관, 손에 쥔 지팡이, 그 아래에서 앞발을 들고 뒷발로 서 있는 야수를 생각하며 잠이 들었다.

우편으로 답안지를 보내면 이름을 알 수 없는 사람이, 혹은 고루한 중앙 컴퓨터가 채점을 했다. 나는 겨우 중간 점수를 받았다. 할머니에게 노래나 시편을 외워드렸을 때 음반이나 장난감으로 받던 상 같은 건 당연히 없었다.

그리고 열세 살 때 성경통신학교와 안녕을 고했다. 신은 내 목소리를 듣지 않았다. 솔직히 신이 나에게 쥐꼬리만큼이라도 신경을 썼을 거라고는 생각하지 않았다. 내 행동에 대해 하느님이 어떻게 생각하시겠냐는 할머니의 책망에는 점점 신경을 쓰지 않기 시작했다. 그러나 할머니는 신이 언제나 나를 지켜보고 있다고 누누이 말씀하셨기 때문에, 정말로 늘 누군가가 나를 보고 있는 건 아닐까 하고 생각하기는 했다. 내가 왜 성경 공부 같은 걸 하는지 친구들은 이해하지 못했다. 내가 누군가에게 도움을 요청하고, 기도를 하고, 구원을 기다리고 있다는 것을 아무도 알지 못했다.

언젠가는 문득 할머니 집에 있을 때의 나와 내 안의 진짜 내가 서로 일치하지 않는 것 같다는 생각이 들었다. 그래서 내 삶을 뒤덮고 있는 버거운 강박들을 정리하는 차원에서 분류 작업을 한번 해 보기로 했다.

할머니는 내가 좋아하는 음악을 사탄의 음악이라고 했다. 그러니 내가 듣고 싶은 음악을 들으려면 할머니의 말을 무시해야 했다. 내 몸을 만지면서 신이 나를 보고 있다는 생각을 하지 않으려면 연필과 시험지는 치워두고 그 순간 내 몸을 지배하는 것에 그냥 나를 맡겨야 했다(이 행위가 악마의 것으로 느껴진 적은 없었다). MTV의 새 비디오를 빠짐없이 챙겨 보면서 학교에서 내준 기본 과제와 선택 과제까지 다 해 가려면 성경 공부를 포기해야 했다.

그리고 집에서 엄마와 아빠가 싸우는 소리를 듣지 않고 싶다면 베개에 얼굴을 묻고 소리를 지르는 것이 유일한 방법이었다. 캄캄한 심해로 언제 끌려 내려갈지 모르는 우리 집에서 살아남기 위해선 성경 공부를 포기하는 수밖에 없었다.

실은 더 과감하고 호기롭게 그만두고 싶었다. 단 한 번의 손목 스냅으로 성경의 내용을 묻는 시험지들을 모조리 날려버리고 싶었다. 하지만 그와 동시에 가끔은 내 딜레마를 해결해줄 답을 하느님께 듣고 싶기도 했다. 우리 집이 조용할 때, 엄마와 아빠 중 한 명이 술에 취해 기절한 듯 소파에 뻗어버렸을 때, 혹은 이제 곧 조용해질 거라는 의미로 문이 부서져라 쾅 닫혔을 때, 나는 가만히 귀를 기울여보았다.

아무 소리도 들리지 않았다.

1985-1986년

6학년이 끝나갈 무렵, 아빠에게 오크크레스트 중학교에 가게 해달라고 졸랐다. 나는 유치원도 오크크레스트 부설을 다녔었다. 친한 친구들 대부분이 오크크레스트 중학교로 진학할 예정이어서 꼭 같이 다니고 싶었다. 그런데 학교의 위치가 부모님이 생각하고 있던 지역에서 조금 벗어나 있었다. 유치원과 초등학교 내내 아침마다 나를 차로 데려다주던 아빠는 출근에 걸리는 시간이 길어질까 염려했다. 동선상 나를 태워준 뒤 아빠의 일터로 가려면 왔던 길을 되돌아가야 했다. 그것은 아빠와 나 사이의 거리가 더 멀어진다는 의미이기도 했다.

어느 토요일, 아빠와 나는 집에서 오크크레스트 중학교에 들렀다가 아빠의 회사까지 가는 경로를 시험 삼아 주행해보았다. 아빠는 차의 계기판 숫자가 올라가는 걸 지켜보면서 시간을 쟀다. 아빠가 운전하는 동안 나는 깍지 낀 손을 무릎 위에 놓고 가만히 앉아 있었다. 시간이 너무 오래 걸릴까 봐 걱정되긴 했지만 다른 학교에 가고 싶지 않다는 것만은 분명했다.

"공립학교라고?" 학교에 대한 설명을 잠자코 듣던 아빠가 큰 소리로 말했다. "그 학교에 가면 아마 넌 산 채로 잡아먹힐걸." 그 얘기에 나는 누가 혹은 무엇이 나를 '산 채로 잡아먹을지' 생각해보려고 애썼다. 일진 같은 애들에게 맞는 상상도 해보고, 모범생이 당할 수 있는 일들도 떠올려보았다. 텔레비전의 청소년 특집 프로그램에서 본 장면들이었다.

아빠는 내가 공립학교를 두려워하게 만드는 데 어느 정도는 성공했지만, 나도 성공한 것이 있었다. 오크크레스트 중학교를 오가는 데 추가로 드는 시간은 10분밖에 되지 않았다.

결국 나는 오크크레스트에 7학년*으로 들어가게 되었다. 등록을 마친 후 체격이 작은 교장 선생님께 인사를 드리러 갔다. 교장 선생님은 여자분이었는데, 학생들에게 스스럼없이 자기가 부업으로 에어로빅 강사를 하고 있다는 말을 건네셨다. 교정은 작고 소박했다. 바닥에 시멘트가 덮인 교내는 담쟁이덩굴이 잔뜩 덮은 울타리가 둘러싸서 주변 거주 지역과 분명하게 구분되었다. 교정의 중간쯤에 위치한 단층짜리 교실은 추후에 별도로 지어진 것 같았다. 학생들이 주로 사용하는 교실은 길고 좁은 정원의 양쪽으로 자리하고 있었다. 본관은 〈백설공주와 일곱 난쟁이〉를 연상시키는 세모 모양 지붕의 건물이었다. 타일이 깔린 화장실은 탈의실로도 쓰였

---

* 중학교 1학년

고 빛이 덜 드는 안쪽에는 공동 샤워실이 있었다. 남자 화장실과 여자 화장실은 두꺼운 벽으로 나뉘어 있었다. 화장실에서 말을 할 때면 마치 지하 감옥처럼 으스스하게 목소리가 울렸다.

*

등교하는 학생들 사이에 끼어 이 작은 교정에 들어섰을 때, 내 첫 번째 관심사는 남자 선생님이었고 두 번째는 나보다 나이가 많은 여학생들이었다. 여자 선배들 대부분은 내 눈에 고등학교 고학년생처럼 보였는데, 고급 브랜드 옷과 액세서리를 걸치고 립스틱과 볼 터치를 잔뜩 바른 얼굴로 도도한 표정을 지으며 학교를 돌아다녔다.

초등학교 때는 겉으로 잘 드러나지 않았던 관심이나 인기, 지위를 얻기 위한 흥정이 중학교에 올라오니 눈에 띄게 잘 보였다. 그런 것들을 향한 욕구가 여기저기에 고동치고 있었다.

내 안에서도 새로운 것이 요동쳤다. 나는 자그마한 플라스틱 케이스에 든 아이섀도를 회색, 검은색, 보라색 등 색깔별로 모으기 시작했다. 각각의 네모난 케이스에는 작은 브러시가 함께 들어 있었다. 나는 책가방에 아이섀도와 흰색 립스틱, 검은색 아이라이너를 숨겼다. 아빠 차에서 내릴 때는 얼굴에 파운데이션만 한 겹 바른 상태였지만, 교실에 도착할 때쯤이면 눈가에 검은 아이라인이 생기고 눈꺼풀에는 메탈릭 그레이 색상의 아이섀도가 짙게 발라져 있었다. 나의 화장 선생님은 베로니카와 애비게일이었다.

학교에서는 주로 반 친구들과 함께 담임인 코넬 선생님의 교실에 있었다. "우린 교육 같은 거 필요 없어요! 저기요, 선생님, 우릴 그냥 좀 내버려 두세요!"* 우리는 핑크 플로이드Pink Floyd 노래의 후렴구를 다 같이 불렀고 코넬 선생님은 웃었다. 다른 선생님들은 이런 행동을 좋아하지 않았기 때문에 딴 수업 시간에는 그러지 않았다. 우리는 좁디좁은 교정 안에서 과목에 따라 담임 교실에서 수학 교실로, 수학 교실에서 미술 교실로, 생물 교실로, 영어 교실로 우르르 옮겨 다녔다. 내가 다녀본 학교 중에선 교정이 가장 작았다.

쉬는 시간이면 우리는 알루미늄 벤치에 널브러져 있거나 급식차 주변을 어슬렁대며 놀았다. 어쩌다 비가 오는 날에는 방과 후에도 꿉꿉한 교실에 틀어박혀서, 꽉 막힌 도로를 헤치고 우리를 데리러 오느라 언짢아진 부모님들을 기다렸다.

그즈음 나는 우리 부모님의 상황이 더 불안정해지면서 주위 친구들의 사정이나 이야기에 둔감해져 갔다. 나에게는 내 몫의 드라마가 있었다. 집안의 비밀을 지켜야 했고, 연기도 꽤 해야 했다. 집은 모든 것이 정상이었다. 다 괜찮았다.

그 와중에 아이버스 선생님이 내 삶으로 들어오게 되면서, 신기하게도 나는 그간 애써 연출해오던 모든 것의 바깥쪽으로 쑥 빠져나온 듯한 기분이 들었다. 그리고 그렇게 발견한 내 안의 새로운 안식처는 한결 종잡을 수 없고 격정적인, 그래서 생기가 넘치는 곳으로 느껴지기 시작했다.

---

* 〈Another Brick in the Wall (Part 2)〉의 가사 중에서 'we don't need no education / hey, teacher, leave those kids alone!' 부분을 일부 변형한 것

기념비적인 첫 통화 후 처음으로 맞은 월요일, 나는 아이버스 선생님을 좀 더 자세히 뜯어보았다.

선생님의 머리는 검은색, 완전히 새까만 검은색이었는데, 살짝 곱슬한 컬 사이로 간혹 적갈색의 머리칼이 보였다. 언제나 쾌활한 표정의 선생님은 농담을 입에 달고 살았다. 대화를 하거나 수업을 할 때마다 일상적으로 웃었다. 가끔씩 진한 초록빛을 반사하는 녹갈색 눈은 다소 작은 편이었다. 안경은 그냥 투명한 렌즈를 끼운 에비에이터* 스타일이었다. 나는 나이를 얼마나 먹어야 저렇게 밋밋하고 멋없는 안경테를 쓰게 되는 건지 궁금했다. 그런 생각을 하자 자연스럽게 갈색 얼룩무늬의 네모난 내 뿔테 안경에 손이 갔다. 엄마는 싫어했지만 내 방에 붙여놓은 제임스 딘 포스터 속 그것과 비슷해서 고른 안경테였다. ("그런 건 남자들이나 쓰는 거잖아!" 엄마는 이

---

* 비행기 조종사

렇게 말했었다.)

아이버스 선생님은 피부가 하얀 편이었는데 나중에 알고 보니 맥주를 몇 잔 걸치거나, 코카인을 흡입하거나, 때로는 화를 내면 불그레한 혈색이 도드라지는 사람이었다. 나는 선생님의 턱 가운데에 분명하게 갈라진 부분에도 끌렸는데, 여자들이 남자를 볼 때 빼놓지 않는 점이라고 생각했다. 그리고 나에게 결정타를 날린 것은 선생님의 위쪽 앞니 사이의 틈이었다. 이 특징은 이후 내가 다른 사람을 만날 때에도 큰 매력을 느끼게 하는 하나의 지표가 되었다.

하지만 내가 사랑에 빠진 것은 아이버스 선생님의 외모가 아니었다. 그전까지는 내가 푸른 눈이나 녹색 눈을 가진 금발을 좋아하는 줄 알았다. 처음으로 좋아했던 두 사람이 딱 그런 외모였다. 첫 키스를 나눈 남자애는 제임스 켈러였는데, 몸집이 작은 달리기 선수였고 어두운 금발이었다. 한편 (금기시되고 위험했지만 짜릿했던) 여자와의 첫 키스는 유치원 때부터 친구이자 모국어가 독일어인 애비게일과 했다. 애비게일은 나랑 키스하는 내내 녹색 눈동자를 담은 눈을 동그랗게 뜨고 있었다.

나는 은근슬쩍 선생님의 넥타이를 훔쳐봤다. 왠지 내가 보기에는 너무 격식을 차려 입은 옷차림이었다. 할아버지 같은 니트 카디건은 없어도 될 것 같았다. 그 카디건은 셔츠, 슬랙스와 일부러 맞춘 듯 얼추 잘 어울렸는데, 선생님은 날씨가 더워도 학교 안에서는 이 카디건을 늘 걸치고 있었다. 선생님이 가끔씩 밝은 분홍색 셔츠를 입고 온 날에는 아이들이 뒤에서 수군거렸다. 반 친구들은 그 셔츠의 색을 두고 "너무 게이 같아!"라고 했는데, 나는 그 말에 뭐라고 한마디를 하고 싶었지만 어떻게 말해야 할지 몰라 관뒀다.

그 대신 나는 선생님의 넥타이 매듭 부분을 바라보았고, 그러다가 나를 보고 있던 선생님과 눈이 마주쳤다. 그리고 생각했다. 지금 내가 선생님의 넥타이를 풀고 싶어 한다는 사실을 그는 알까?

이 비밀은 2년 후 내가 용기를 내어 선생님에게 말했을 때까지 그대로 남아 검게 그을리도록 타올랐다. 그 순간까지 나는 내 환상 속 끝이 없는 장면에 나를 파묻고 있었다. 내 엄지와 검지가 폭 넓은 실크 넥타이 위를 미끄러져 내려오고 다른 쪽 손가락 끝으로 넥타이를 푸는 장면이 눈앞에서 흩어지며 사라지곤 했다.

방과 후 친구들과 함께 부모님을 기다릴 때는 선생님의 복장이 완전히 바뀌었다. 그가 트레이닝 바지와 주름진 티셔츠에 야구 모자를 쓰고 나타나면 내가 느꼈던 끌림은 썰물처럼 빠져나갔다. 그 옷의 장점을 굳이 찾자면 트레이닝복 앞섶을 흘깃대며 선생님의 음경이 어떤 상태인지 상상해볼 수 있다는 것뿐이었다. 나는 그것이 어떻게 생겼을지 구체적으로 그려보다가 내 머릿속엔 비교할 대상이 딱히 없다는 걸 깨닫고는 상상하기를 그만두었다.

그때만 해도 나는 아직 키가 덜 자란 상태였고, 선생님은 키가 큰 편은 아니었지만 내 옆에 서면 훨씬 커 보였다. 선생님의 체격은 다부진 편으로, 그가 내뿜는 동물적인 에너지로 인해 내가 좀 더 부드러워지는 기분이 들기도 했다. 골반이 넓어지고 가슴이 생기면서 나는 소위 여성스러움이라는 것에 대해 생각이 많아지고 있었다. 나는 선생님 옆에 서고 싶었다. 아니, 실은 앞에, 그의 에너지를 느낄 수 있는 거리에 있고 싶었다. 지금보다 한결 어른스러워진 나와의 섹스에 대한 암묵적인 약속이 느껴지는 딱 그 정도의 거리에.

지금도 일어나고 있을 일들

　〈로스앤젤레스 타임스〉 웹사이트의 '로스앤젤레스 나우' 페이지에 들어가니 '학생들과 그룹 성관계를 가진 기혼 교사들, 유죄 확정'이라는 헤드라인이 나를 맞았다. 날마다 내용은 조금씩 달라지만 이 같은 기사는 언제든지 볼 수 있다. 지금도 일어나고 있을 일들이니까.

　검색창에 '교사 유죄'만 쳐봐도 쉽게 알 수 있는 내용이다. 어린 학생을 대상으로 한 성범죄 혐의를 받고 있거나 유죄 판결을 받은 교사에 관한 기사는 늘 쉬지 않고 올라온다. 이런 이야기는 점점 더 흔해지고 있음에도 항상 뉴스 목록 최상단의 인기 기사가 되곤 한다. 어느 때고 그렇다.

　로스앤젤레스 학교통합교육구는 최근 이런저런 사건들로 시끄러웠다. 그러자 새 학년이 시작될 때 학생을 맞이하는 이들의 구성이 달라졌다. 작년에는 교사들만 있었다면 올해는 정신건강 사회복지사, 학교 전담 경찰관, 뉴스 중계차 등이 추가되었다.

사람들은 이런 주제에 관해 논할 때 종종 특별한 언어를 사용한다. 가령 '음란하다'라는 단어는 '음란하고 외설적인 행동' 또는 '음란 행위'와 같이 다양한 방식으로 쓰이는데, 이때의 '음란'이라는 말은 나에겐 도무지 이해하기 어려운 표현으로 다가오곤 한다. 그래선지 나의 경우에는 순전히 내 경험을 적절하게 설명할 수 있는 단어들을 찾는 데에만 수년이 걸렸던 것 같다.

나는 신문을 훑어보면서도 성범죄자들의 사진에는 굳이 시간을 낭비하지 않고 지나치는 편이다. 대부분 회색 벽 앞에서 대충 찍은 머그샷인데, 심지어 어떤 수감자는 사진 속에서 웃고 있거나 일부러 입꼬리를 올리고 있다. 놀이공원이나 슈퍼마켓, 교실 같은 곳에서 이 사람들을 마주쳤을 때 딱히 식별해낼 만한 특징을 찾기란 매우 어렵다.

그나마 최근 접한 뉴스 중에 내 호기심을 자극한 이야기가 있었다. 엄마가 알려준 기사였다. 이 이야기 속 남성 교사는 가족을 버리고 직장을 관둔 뒤 이전에 자신의 학생이었던 여성과 살림을 차렸다. 이 둘은 그 학생의 나이가 법적으로 성인인 열여덟 살, 즉 마법의 숫자가 될 때까지 서로 사랑했고 그때까진 별다른 일이 없었다. 그러다 2012년 3월, 이들의 관계가 전국적인 뉴스가 되었고, 한 달 후 그 전직 교사는 열일곱 살의 또 다른 학생과 성관계를 맺은 혐의로 체포되었다. 열여덟 살짜리 여자친구는 그를 떠났다. 그리고 한 달 뒤 다시 돌아왔다. 그 남성은 미성년자와 성관계를 가진 혐의에 대해 보석으로 석방된 채로 여전히 재판을 앞두고 있었는데도.

나는 이런 일을 겪었거나 혹은 지금도 겪고 있을 여성들에게 해주고 싶은 말이 너무 많다. 그리고 동시에, 해줄 수 있는 말이 거의 없다. 그저 나는 이 어린 여성들과 팔짱을 끼고 걸으며 눈을 맞추고 이야기를 들어주고 싶다. 조용히, 가만히, 멀찍이 서서 이들이 내리는 결정을 지켜보고 싶다. 그것이 결정이라고 부를 수 있는 것이라면.

마흔이 다 되어가는 지금, 나의 일부는 이런 일을 더 이상 이해하지 못한다. 그러나 나의 다른 일부는 여전히 이해한다. 아주 본능적으로.

어느 때고 마찬가지다. 내 과거의 어두운 날들 중에, 선생님에 대한 환상을 품었던 때가 있었다. 그때의 환상들 중에는 짐을 모두 싸서 둘이 함께 몬태나로 떠나버리는 계획도 있었다. 선생님의 아이디어였다. 나는 몬태나에 대해 아는 게 하나도 없었다. 내가 가본 가장 먼 곳은 고작 워싱턴주였다. 우리는 마법의 숫자가 도착하기를 기다렸다. 그래봤자 숫자일 뿐인 1과 8이라는 수의 조합을.

그 후 나는 열여덟 살이 한참 지난 후에, 한때 나의 특별한 선생님이었던 그 사람이 다른 미성년 여학생들에게도 비슷한 악행을 저질렀다는 사실을 알게 되었다.*

인터넷을 통해 늘 같은 뉴스를 접한다. 자신의 특수한 권력을

---

* 제프 아이버스는 이후 다른 미성년자를 대상으로 한 성범죄로 유죄 판결을 받았고, 현재 관할 당국에 성범죄자로 등록되어 있다.

가장 끔찍한 방식으로 행사한 또 다른 사례에 관한 소식은 날마다 들려온다. 어느 때고 마찬가지다.

한 주가 지났다. 영어 수업이 있는 교실에 발을 들일 때마다 가슴이 울렁거리던 한 주가 지나갔다. 그리고 둘째 주, 셋째 주가 지났다.

어느 날 밤, 통화 중에 선생님은 우리가 전화 통화 하는 것을 부모님이 허락하는 내용의 확인서를 받아오라고 했다. 내장이 움츠러드는 기분이었다. 숨을 들이마시는 소리가 선생님에게 들리지 않도록 수화기를 멀리 떨어뜨렸다.

"알겠어요." 일단 대답부터 하고는 연이어 무슨 말을 해야 할지 생각했다. 목소리를 차분하게 내려고 노력했다. "그런데 엄마는 이미 우리가 통화하는 거 알고 있어요. 학교 일로 한다는 것도요." 나의 이 거짓말은 마치 몇 시간 동안 씹은 껌처럼 찝찝한 맛을 내며 입 안에서 부서졌다.

"알았으니까 확인서를 받아와." 선생님은 이렇게 말하고는 원래 하던 이야기로 돌아가 농구, 영어 수업, 그리고 본인이 교사 책상에 앉아 있을 때 내 입술을 보면서 얼마나 무방비 상태가 되어버리는지에 대해 말을 이어갔다.

전화를 끊은 뒤에 나는 방바닥을 보며 부모님께 확인서를 어떻게 받아야 할지 고민했다. 분명한 건 아빠가 아니라 엄마에게 부탁할 거라는 점이었다. 그래도 엄마한테는 이 선생님이 좋은 사람이고, 나에게 도움이 되며, 내 글을 좋아해 주시고, 무엇보다 선생님과 전화 통화를 하는 게 전혀 이상할 것 없다는 점을 설명할 자신이 있었다.

"엄마랑 내가 이야기하는 거랑 비슷해." 마침내 엄마에게 말을 꺼냈다. "선생님은 나 같은 애들의 기분을 잘 이해하셔." 엄마는 흐린 갈색 눈동자로 나를 쳐다보며 확인서를 써주었다. 그러고 나서 마시던 오렌지 소다와 보드카를 다시 입으로 가져갔다.

나는 내 방으로 살금살금 돌아왔다. 집 안에서는 항상 소리가 나지 않게 발끝으로 걸어 다녔다. 자칫하면 산산이 부서질지도 모른다는 듯 크림색의 유선 전화기를 조심스럽게 들어 올렸다.

*

노란색 리갈 노트패드에 이렇게 적었다. '우리에 관한 건 절대, 그 어떤 것도 적으면 안 돼.' 선생님이 내 귀에 속삭인 말이었다.

"아무한테도 말하면 안 돼. 네가 믿을 수 있는 사람이라 해도 절대로. 정말 진지하게 말하는 거다." 나는 그러겠다고 대답했고, 써놓은 글이 눈에 보이지 않도록 노트를 뒤집어 침대 위에 올려놓았다.

나는 선생님에게 제일 친한 친구라고 여기던 애비게일에 대해, 학교의 남자아이들에 대해, 그리고 부모님이 해결하려고 애쓰던 서로 간의 문제에 대해 이런저런 불평을 늘어놓았다. 아직 이혼이라는 말을 입에 올리지는 않았지만 엄마와 아빠의 이혼이 얼마 남지 않았던 때였다.

한편 베로니카와 애비게일에게는 선생님에 관한 이야기를 해도 될 것 같았다. 그 둘은 당시 나에게 가장 중요하고도 배울 점이 많은 친구들이었고, 내가 이렇게 위험하고 깊은 무언가에 연관되었다는 걸 알았으면 하는 사람들이었다. 특히 선생님이 자기를 차버린 여자친구에 관해 끝없는 이야기를 늘어놓을 때면 그 둘에게 더욱더 말해주고 싶었다. 나는 선생님처럼 그런 방면으로는 도무지 이야깃거리가 없는 아이였다. 매일 밤 내 몸을 만진 것 때문에, 혹은 예전에 내 방 옷장에서 여자친구들과 키스를 한 일 때문에 어쩌면 지옥에 갈지도 모른다고 속으로만 고민하는, 남자친구 없는 열세 살짜리가 바로 나였다.

나는 결국 베로니카와 애비게일에게 내 삶의 새로운 사건이라고 할 수 있는 선생님과의 전화 통화에 대해 털어놓았다. 둘은 내 말을 들으면서, 특히 우리가 총 몇 시간이나 통화를 했는지 알게 되면서 눈이 커졌고 입이 벌어졌다. 나는 비밀을 지켜달라고 했고,

둘은 입가에 의심의 미소를 띠며 입을 다물었지만 눈은 호기심으로 반짝이고 있었다.

친구들에게 이야기를 털어놓은 후 내 안의 무언가가 달라졌다는 것을 깨달았다. 어디를 가든 더러운 안개가 나를 따라다니는 것 같았다. 이 상황에 대해 자주 이야기하지 않는 편이 좋겠다는 생각이 들었다. 친구들은 내가 먼저 말을 꺼내기 전까지는 선생님과 관련된 이야기를 하지 않았고, 내가 그 이야기를 나서서 하는 일도 드물었다.

*

아이버스 선생님이 스스로 자기를 제프라고 부르기 시작했을 즈음, 나는 내 몸이 그의 말에 반응하고 있다는 사실을 알게 되었다. 선생님이 내 안에 만들어놓은 아주 생생한 환상들이 마치 흥분의 가시가 되어 나를 찌르며 자극하는 것 같았다.

나만의 환상 속에서 우리는 내가 꿈꾸던 레스토랑에 앉아 촛불을 켜고 저녁 식사를 했다. 드라마나 영화에서 본 레스토랑의 장면들을 적당히 섞은 모습이었다. 수많은 영화에서 봐온 것처럼, 과묵한 웨이터에게는 보이지 않는 테이블 밑으로 우리의 다리가 위험하고 유혹적으로 엉키는 상상을 했다. 비밀스럽고, 쾌락적이며, 기념할 만한 투항이었다.

선생님은 나에게 자신의 성적 판타지를 거리낌 없이 늘어놓았고, 나는 귀를 기울였다. 특별한 출입증이 있어야 들어갈 수 있는 비밀 장소라고 여기던 것을 나와 공유하는 그의 용기에 감탄했다. 나는 소리 죽여 웃는 법을 익혔고, "지금 손가락을 몸 안에 넣었니?"라든가 "내가 거기 있었다면 그랬을 것처럼 네 가슴을 손으로 꽉 쥐고 있어?" 같은 질문에 에둘러 답할 줄 알게 되었다.

내 몸은 선생님이 지휘하던 안무를 온전히 수용하지는 않았다. 대신에 귀를 기울여 모든 단어와 감정을 흡수하고 그가 시키는 대로 하는 척했다. 그가 성애적인 큰 그림을 그려주면, 나는 눈을 감고 손가락 끝의 찌릿한 느낌에 집중했다. 그러나 내 몸은 여전히 내 것이었고, 나만의 것이었으며, 어떻게 작동하는지는 나조차도 알 수 없는 감춰진 미스터리였다. 실은 혼자 공상을 하는 쪽이 훨씬 편했다. 내 상상 속의 장면은 대부분 쾌감을 위해 떠올린 추상적인 여성의 몸과, 죄책감을 달래기 위해 떠올린 더 추상적인 남성의 몸으로 채워지곤 했다.

노란색 노트에는 내가 되어가고 있는 새로운 사람의 탄생에 관한 글들이 계속해서 쌓여갔다. 선생님의 말들이 나의 새로운 탄생을 돕고 있는 과정에 대해 썼고, 나로서는 그것을 일기장에 기록하지 않을 도리가 없었다. 여섯 살 때부터 써온 다른 일기에서처럼 선생님의 모든 고백과, 어떻게 내 패를 보여주지 않으면서(난 그랬다고 생각했다) 선생님의 관심을 끌려고 애썼는지를 구체적으로 적었다. 우리의 상세한 통화 내용과 (뭔가 특별한 일이 벌어지더라도 전혀 이상하지 않을) 학교에서 마주친 순간들에 대한 기록 또한 남겨두었다. 내가 어떤 사람이 되어가고 있는지 끊임없이 생각하면서.

선생님은 혹시 우리의 관계에 대해 써둔 것이 있는지 종종 물어왔다.

"장난해요?" 내가 대답했다. "없어요. 당연히 없죠."

"그래. 절대로 쓰면 안 돼. 만약 네가 그랬다는 걸 내가 알게 되기라도 하면……."

나는 우리 사이가 끝나는 것을 원치 않았다. 우리가 무엇이 되어가고 있는지는 상관없었다.

그해 크리스마스에는 엄마한테 《롤리타^{Lolita}》를 사달라고 했고, 그 소설책은 다른 책 선물들과 똑같은 모습으로 나에게 전달됐다. 크리스마스용 포장지에 싸여 있었고, 책 사이에는 돈이 들어 있었다. 1달러짜리 지폐, 5달러짜리 지폐, 10달러짜리 지폐. 아이고, 놀랍기도 해라!

물론 내 관심사는 돈이 아니었다. 책표지의 배경은 흰색이었다. 상단에 제목이 넓게 펼쳐져 있었다. 제목 글자 안에는 립글로스를 바른 어린 소녀가 웃고 있는 사진이 비스듬히 들어가 있었다. 책을 열자 엄마가 쓴 메모가 보였다.

'나의 아가, 엉뚱한 생각은 말아라. 사랑한다. 엄마가.'

엄마는 내가 왜 이 책을 사달라고 했는지 묻지 않았다. 그리고 내 얘기인가 싶을 정도로 나와 비슷한 상황의 노랫말을 담은 폴리스The Police의 한 히트곡에 '나보코프Nabokov'라는 이름이 등장한다는 사실 또한 알지 못했다.

*

짧은 방학이 끝난 뒤, 나는 《롤리타》를 한 글자도 놓치지 않고 샅샅이 읽으려고 작정을 하고 있었다. 하지만 그때 나는 프랑스어를 포기하려던 참이었고, 영어에는 왠지 모를 갑갑함을 느끼고 있었다. 나는 주인공인 험버트가 사춘기 이전의 소녀들에게 매료되는 부분을 여러 번 읽었다. 그러면서 그 소녀들과 나 자신에 대해 좀 더 호기심 어린 눈으로 바라보게 되었다. 나는 아직 사춘기를 지나지 않았지만 내 몸은 사춘기 이전의 상태가 아니었다. 내가 나이를 말하면 종종 사람들의 눈이 커지곤 했으니까.

나는 책이 묘사하는 장면들을 꼼꼼히 읽고 나서 험버트가 제정신이 아니라고 결론 내렸다. 이해하는 데 한참이 걸리는 부분에서 진을 빼고 난 뒤에는 페이지를 한 장씩 천천히 넘기며 문득 이 남자가 딱하다는 생각도 들었다.

수업이 다 끝난 어느 오후, 에바와 나는 친구들 몇몇과 함께 아이버스 선생님의 교실에 남아 빈둥대고 있었다. 나는 앞줄의 책상에 앉아 있었고, 에바는 숙제에 관해 떠들고 있었다. 다른 한 아이는 출입구에 서서 농구공을 튕기며 교실 밖의 누군가에게 소리를 치고 있었다. 아이버스 선생님이 교실로 들어오면서 공을 갖고 놀던 아이들에게 농구는 밖에 나가서 하라고 꾸짖었다.

나는 가방에서 급하게 책을 꺼낸 뒤 선생님이 온 것을 모른 척했다. 그러고는 책을 골똘히 응시하다가, 고개를 들어 아이들을 나무라는 선생님을 흘낏 봤다가, 다시 책으로 시선을 돌렸다. 책을 향해 있던 내 눈은 선생님의 구두가 근처에 왔는지 확인하려고 책상과 바닥 쪽을 계속 오갔다. 나는 같은 문단을 읽고 또 읽었다.

잠시 후 나는 고개를 들고 질문했다. "선생님, '우매하다'가 무슨 뜻이에요?" 아는 단어였지만 선생님과 말을 섞고 싶었다. 내가 여기 있다는 걸 알아줬으면 했다. 그는 살며시 웃으며 가벼운 한숨을 내쉬고는 교사 책상 뒤편의 수납장으로 가서 두꺼운 사전 하나를 꺼냈다.

"에이, 됐어요." 나는 시선을 돌리고 다시 책을 읽는 척했다. 사실 《롤리타》에는 내가 완전히 이해하지 못하는 단어가 꽤 많았다.

에바는 곁에서 별 의미 없는 수다를 떨고 있었다. 교실에는 자기들끼리 대화를 나누던 아이들이 최소한 네 명은 더 있었다. 엄마는 30분 후에 나를 데리러 올 예정이었다.

아이버스 선생님은 내 책상 위에 사전을 내려놓았다. 그리고 내 어깨를 손가락으로 찔렀다. 나를 도발하듯이.

"그 단어가 혹시 지금 네가 읽고 있는 난잡한 책에 나오는 거니?" 선생님이 물었다.

"난잡한 책이라뇨. 고전이에요." 나는 손가락으로 콧잔등에 걸친 안경을 밀어 올리며 비웃듯이 말했다.

"어린 소녀가 나이 많은 남자랑 그렇고 그런 짓 하는 이야기 아니야?" 선생님이 얄궂게 웃었다. 나는 그러는 선생님을 미친 사람 보듯이 올려다보았는데, 내 얼굴은 내 안의 말을 듣지 않고 가만히 웃음을 지었다.

"방금 물어본 단어가 뭐였지, 웬디?" 선생님이 사전을 펼치려고 몸을 숙이며 물었다. 나는 이미 숨을 규칙적으로 쉬기 힘든 상태였다. 이 점을 선생님이 알았으면 좋겠다고 생각했다. 선생님과 나는 아주 가까웠고, 그의 향수 냄새 때문에 약간 미칠 것 같았다. 아랫배가 간질거렸고, 다리 사이가 훅 뜨거워지는 느낌도 들었다.

"우매하다." 나는 침착해 보이려고 애쓰며 답했다. 동시에 우리 대화의 바깥에서 일어나는 소리에도 귀를 기울였다. 교실에 있던 아이들은 수다를 떨거나, 책을 읽거나, 숙제를 하고 있었다. 이상할 것은 전혀 없었다. 우리는 안전했다.

"애무하다?" 선생님이 물었다. "'애무하다'가 무슨 뜻인지 알고 싶니?" 선생님은 빙긋이 웃으며 내 어깨를 다시 가볍게 찔렀다. 그의 목소리에서 애교가 느껴졌다. 거의 매일 밤 전화기 너머로 들어서 익숙해진 말투였다. 나는 제대로 숨을 들이쉬기도 힘들었다. 자칫 잘못하면 선생님의 숨까지 함께 들이마시게 될 테고, 그럼 불꽃 같은 폭발이 일어날지도 모를 일이었다.

"뭐래요." 나는 뽀로통하게 큰 소리로 말했다. "우매하다, 우매하다! 찾았다! 여기 있네요." 나는 그 말의 정의를 다른 아이들에게도 들릴 만큼 크게 읽었다.

내가 사전의 설명 글을 다 읽자 선생님은 두꺼운 사전을 홱 덮었다. "사전 찾기를 두려워하지 마." 그는 알 수 없는 미소를 지으며 이렇게 말하고는 사전을 수납장에 넣었다. 스웨터를 입은 그의 뒷모습을 바라보았다. 내 입에는 침이 고였고, 입술의 힘이 풀렸다. 나는 잠수를 준비하듯 숨을 깊이 들이마셨다.

1987

음반과 가사에 관한 이야기로 내리 몇 시간 동안 전화 통화를 하는 사이, 나는 몇 번이나 사전을 펼쳐 방금 전 대화에서 언급된 단어들을 찾아보았다. 문득 우리 사이의 나이 차가 깊은 골처럼 느껴졌다. 선생님의 지성을 따라잡아야 한다는 생각이 들었다. 우리의 통화가 점점 뜨거워져 최고점에 도달하기 전까지는 계속 그랬다.

그리고 대화의 정점에 이르러서 선생님은 이렇게 말했다. "나 지금 너 때문에 완전 딱딱해졌어." "학교에 있는 모든 것 중에서 네가 최고야." 나는 침대에 누워 머리를 베개 밑으로 넣고 한쪽 귀에 수화기를 댄 채 숨을 죽였다. 한 손은 속옷 안에 넣고서 가만가만 대화를 이어갔다. 새로 개발한 섹시한 목소리로 웃고 보채거나 그전에는 한 번도 해보지 않은 방식으로 신음 소리를, 혀 차는 소리를 날려 보내면서, 이 사람에게 내가 어떤 영향력을 행사하고 있는지도 조금씩 알아갔다.

우리가 하고 있는 건 고만고만한 남자아이들이 하던 짓이 아니었다. 공원에서 몰래 하는 손가락 장난도 아니고, 어두컴컴한 극장에서 서둘러 하는 키스도 아니었다. 이건 전화로 하는 섹스였다. 내가 태어나서 처음으로 해보는, 마음 졸이는 축축하고 새빨간 사랑이었다. 우리가 전화를 끊고 나면, 이 모든 건 뜨거운 분노의 눈물이 될 것이었다. 약속은 깨질 것이고, 우리는 다시 교실에서 서로의 손가락을 은밀하게 어루만질 것이다.

그러나 지금 당장은 둥글게 부푼 내 골반과, 선생님에게 다가가려는 나의 몸짓과, 내가 입고 있는 터틀넥 스웨터의 신비로움이 우리의 세계를 이끌고 있었다. 나의 속삭임과 입술의 힘이. 이건 불이고, 공기이고, 침잠이고, 분출이며, 소멸이었다. 이것은 위법이었다.

길쭉한 텀블러 안에 오렌지 소다를 섞은 보드카가 얼음과 함께 찰랑인다. 몇 년간 써온 이 플라스틱 텀블러는 곳곳이 긁혀 있고, 음료의 산성 성분 때문인지 점점 닳아가고 있다. 이끼색 카펫 위에는 병이 여러 개 뒤집혀 있고, 싱크대 아래 수납장에는 술병이 숨겨져 있다. 집에는 텔레비전이 세 대나 있는데, 그 기적의 소리는 침묵이나 분노의 소리를 덮어준다.

주택 담보 대출금의 납부 일정. 금색 테두리의 거울을 걸어놓은 벽과, 담요와 협탁으로 만든 텐트. 부모님이 서로 사랑하던, 같이 침실로 가던 밤들. 옷장 안의 검은색 가발과 거의 찾지 않던 넥타이. 아빠 혼자서 자던 킹사이즈 침대. 다른 방에 있는, 엄마의 척추를 영영 망가뜨린 소파베드.

뒷마당의 이슬 맺힌 초록 잔디밭은 시든 솔잎과 잡초의 보금자리가 되었고, 가시가 있는 식물들은 위험할 정도로 자랐으며, 과일 나무는 말라 죽었다. 건너편 언덕에서 피어오른 들불로 이곳까지 불어오는 재. 연못에 낀 거품. 흙과 나뭇잎으로 꽉 찬 배수로. 그림자, 거미줄, 버려진 차고, 콘크리트 바닥에 묻어 있는 기름.

썩어 들어가고 있는 나무 테라스. 카펫 위에서 자라고 있는 이름 모를 버섯. 언젠가 천장이 주저앉았을 때 햇빛과 습기에 노출되어 휘어버린 레코드판들. 울룩불룩한 벽지. 담배 연기로 거뭇해진 벽. 뿌연 유리 미닫이문.

우리 집.

10대들의 피난처였던 셔먼 오크스 갤러리아 쇼핑센터에는 다양한 카드와 기념품을 파는 가게들이 있었다. 나는 파스텔 톤의 연하장 안쪽에 새겨진 문구들을 읽으며 상가 이곳저곳을 배회했다.

수채화풍의 노을 그림과 청록색 또는 와인색의 서정적인 캘리그라피가 어우러진 카드, 고급스러운 종이에 삽화를 넣어 세 겹으로 접은 카드, 반짝이는 핑크색으로 마감한 조개껍데기 모양 또는 자줏빛이 섞인 하트 문양이 새겨진 카드들. 나는 이 다양한 제품들을 하나하나 꼼꼼히 살펴본 뒤 내 마음에 와닿는, 내 심경을 표현해줄 만한 카드를 집어 들었다. 거의 매주 카드를 샀다. 얇은 종이봉투에 담긴 그 카드를 비밀스럽게 집으로 가져와 방문을 닫고 분홍색이나 보라색 펜을 꺼냈다. 그리고 펼친 일기장을 받침대 삼아 내가 쓸 수 있는 가장 제약 없는 연애편지를 아이버스 선생님에게 썼다.

그 카드들은 대부분 질문으로 채워졌다. 우린 정말 친구인가요? 저를 진지하게 생각하나요? 선생님이 만나고 헤어지기를 반복하는 여자친구와 몇 년 안에 청첩장을 보내올 거라고 예상해야 할까요? 제가 정말 글을 잘 쓴다고 생각하나요?

소리 내어 말할 수 없는 것들은 블론디Blondie, 아바ABBA, 에코 앤 더 버니멘Echo and the Bunnymen, 브루스 스프링스틴Bruce Springsteen 등의 노랫말을 인용해 표현했다. 대문자로 쓴 가사는 행마다 빗금을 쳐서 구분했고, 노래 제목과 아티스트 이름을 나란히 적었다.

몇 년 후 선생님이 내 편지를 트럭 한 대가 꽉 찰 만큼 모으고 나면 그것들을 모조리 태워버릴지도 모른다고 생각했다. 혹은 작은 조각으로 잘라서 날려버릴지도 몰랐다. 조각들이 하얀 종이 곤충이 되어 자신의 손을 벗어나 멀리 고독한 여행을 떠나도록.

선생님은 내 편지를, 노래 가사와 나의 갈망을 아마도 읽자마자 없애버렸을 것이다. 뒷마당의 쓰레기통이나 구덩이 속으로 사라졌을 수도 있다. 마리화나 파이프에 불을 붙이던 성냥으로 내 손편지를 태워버렸을지도 모른다.

반면 나는 내가 쓴 몇몇 편지의 복사본을 가지고 있었다. 먹지를 사용하면 내가 원하는 바를 쉽게 이룰 수 있었다. 어떤 편지는 아예 보내지 않고 일기장에 끼워두기도 했다.

나는 내가 왜 이렇게 당신을 사랑하는지 몰라요
당신 때문에 변한 모든 것이……*

* 알 그린Al Green의 히트곡 〈Take Me To The River〉 중에서

그런 면에서 선생님은 영리했다. 편지를 읽고, 처리했다. 증거는 없었다.

*

유혹, 쾌락, 실망, 파멸 같은 것들 때문에 수업이 부담스러워지기 시작했다. 우리의 은밀한 관계로 인한 여파는 매일 최고점을 찍었다. 내 마음이 흐트러졌다가 달아오를 때까지, 시계추가 한쪽으로는 거세게, 다른 쪽으로는 약하게 흔들리며 오갔다.

수업 시간에 선생님이 여자친구 이야기를 하기라도 하면 나는 질투와 분노에 사로잡혔다. 강의를 귓등으로도 듣지 않거나 종이 울리는 순간 조금도 지체 없이 벌떡 일어나 나가버리기도 했다. 어떤 날에는 선생님의 손에서 내 손으로 분필을 옮겨 받는 단순한 행위만으로도 뼛속까지 흔들리는 기분이 들었다. 수업 중간에 서로의 손이 잠깐이라도 닿을 일이 생기면 선생님은 얼른 내 손바닥을 간질이고는 손가락을 움켜잡았다. 아주 길고 깊은 응시, 긴장에 젖은 입술, 갑자기 내 손에 분필이 들어오게 됐을 때 내뱉는 숨, 왜 이게 내 손 안에 있는 것인지 생각하며 마구 뛰는 심장. 몸에 화끈 열이 오르면서 가슴이 울렁이고 다리에 힘이 풀리는 걸 숨기려고 애를 써보기도 했다.

내 손에는 흰 분필이 한 자루 쥐여 있었고, 주변 아이들은 각자의 대화에 몰두하고 있었다. 친구들은 나를 이리저리 휩쓸리도록 만든 파도를 눈치채지 못했다. 선생님의 다림질한 듯 반듯한 슬랙스 안에 숨겨진 발기도.

나는 오히려 선생님의 행동이 불안했다. 선생님은 내가 비밀을 잘 지키길 바라면서 정작 본인은 우리의 관계를 숨기는 데 서투른 것 같았다. 나는 반 친구들의 10대스러운 마음이 얼마나 격정적이고 미묘한지 알고 있었다. 봉긋해지는 여자아이들의 블라우스와, 불룩하게 솟아오른 남자아이들의 바지. 아이들은 몸은 말할 것도 없고 작은 손가락 끝에서도 호르몬이 힘차게 솟구쳤다. 아무리 작은 자극이더라도 우리를 터뜨리기에는 충분했다. 교실과 운동장에 요동치는 상스럽고 자극적인 말들. 문득 나는 그런 멍청한 말들의 공간을 벗어나 혼자 외딴곳을 걷고 있는 느낌이 들었다.

확실히 내가 잠겨 있던 말들의 바다는 아이들의 그것과 달랐다. 선생님과 나는 서로를 향한 끌림을 수면 아래로 숨기는 비밀스러운 눈짓과 행동을 만들어냈다. 하지만 우리의 비밀을 가까스로 덮고 있는 그 수면은 아주 물렀고 또 끊임없이 변했다.

"내일은 검은색 치마를 입어. 스타킹은 신지 말고. 앞줄에 앉아서 태연하게 다리를 꼬았다가 풀어. 웬디, 그 아래에 뭐가 있는지 보고 싶어 죽을 지경이야. 내 마음이 궁금하면 그냥 고개를 들어 내 눈을 봐. 그럼 알 수 있을 거야."

검은색 치마를 입었다. 스타킹은 신었다. 두 번째 줄에 앉아서 선생님이 실망할 것에 대비했다. 볼펜 뚜껑을 씹으며 그의 실망한 표정을 상상했다.

선생님은 전혀 실망하지 않았다. 대신 수업 중간에 감탄사를 뱉으며 과장된 질문을 해서 아이들과 함께 웃었고, 그러는 동안 내 눈을 똑바로 바라보았다. 아이들은 자기들끼리 계속 웃고 있었고, 그 와중에 교실 구석에 앉아 있던 브라이언이 불쑥 한마디를 던지자 또 토니가 깔깔대고 웃었다. 그동안 선생님은 계속 내 시선을 붙들고 있었다. 몇 초 후 내 눈이 선생님의 눈에 고정되었다. 입술이 나도 모르게 벌어졌고, 거세게 돌진하는 전류가 교실을 가로질러 우리를 연결했다.

선생님은 다시 수업을 진행하기 위해 내게서 시선을 거둔 뒤에도 자꾸 내 쪽을 돌아봤다. 나는 선생님의 관심을 마지막 한 방울까지 다 마시고 나서야 책상 위의 종이에 집중했다. 내 눈길은 종이 귀퉁이에 낙서를 하고 있던 애비게일한테 갔다가, 책상 위에 손으로 턱을 괴고 있던 베로니카에게 향했다. 혹시나 우리의 전류를 중간에서 알아챈 사람이 있는지, 나와 선생님을 미심쩍은 표정으로 훔쳐보는 사람이 있는지 확인하기 위해 교실을 한 바퀴 둘러보았다. 아무도 없었다.

선생님은 교과 과정에 포함되지 않은 광고와 선전물에 관한 수업을 이어갔고, 우리가 하게 될 다음 프로젝트를 소개했다. 급우들 앞에서 광고를 직접 시연해보는 것이었다. 이게 영어 수업이랑 무슨 관련이 있는지는 알 수 없었다. 그래도 재미있어 보였다. 선생님은 똑똑한 사람 같았다. 다들 선생님을 좋아했다.

나는 혼자 싱긋 웃고는 책상 위의 쓰던 글로 돌아갔다.

1987년 3월

봄.

현장 학습이 우리를 답답한 교실에서 꺼내 열린 세상으로 데려다주었다. 나는 이 세상에서 점점 더 독립적인 존재가 되어가고 있었다. 현장 학습은 선생님들과 함께했다. 잡담을 나누거나 이상한 장난을 치는 친구들을 상대하는 일은 조금 성가셨지만, 그래도 나는 항상 밖으로 나가고 싶었다.

하루는 현장 학습으로 연극을 본 다음 산타 모니카 부두로 산책을 가기로 했다. 그날은 유난히 희망에 찬 날이었다. 학생 여럿에 어른이 두세 명씩 배정된 상태로 교실 밖 세상을 걸어 다녔기 때문에 성인 대우를 받는 기분이 들었다.

연극을 볼 때 나는 아이버스 선생님 옆에 앉았고, 당연하게도 그날 본 연극의 이미지나 감상, 이름, 내용, 장소 등은 전혀 기억나지 않았다. 연극이 상연되는 동안 가장 기억에 남은 것은 암전이 되고 배우들이 무대로 이동할 때 무릎 위에 고정되어 있던 내 손이었다. 선생님은 몸을 살짝 기대 오며 내 귓가에 조용히 속삭였다. "네 치마 속으로 들어가고 싶어지네." 그의 향수 냄새가 내 얼굴 주변을 떠다녔다. 눈에 보이지 않는 이 엷은 막 때문에 더 황홀한 기분이 들었다.

연극이 끝나고 우리는 슬렁슬렁 부두로 걸어갔다. "자, 결국 해변까지 왔구나." 선생님이 말했다. 나는 셀 수 없을 만큼 많이 상상했던 우리의 모습들 중 해변에서 만나는 장면을 떠올렸다. 파도를 보며 하루를 같이 보내는, 혹은 바닷가에서 아침을 함께 시작하고 조개를 줍기도 하는, 전화기 버튼을 누르거나 플라스틱 덩어리를 더 이상 귀에 대지 않고 직접 대화를 나누는 그런 장면들을.

"음." 내가 대답했다. "이걸로는 부족해요."

나는 캘리포니아 해안 도로 위쪽에 위치한 한적한 해변을 거닐고 싶었지만, 우리는 부두의 쇼핑 상가 앞에 있었다. 핫도그 냄새가 풍겼고, 기념품 가게에서는 그을린 피부의 호리호리한 금발 여성이 비키니 차림의 여자들이 등장하는 사진엽서를 팔고 있었다. 주변에 사람이 너무 많았다. 그래서 나는 고통스럽게도 현실의 우리가 누구인지에 관한 진실을 끊임없이 상기할 수밖에 없었다. 주위 사람들이 다 사라져서 우리 둘만 남게 되기를 소망하면서.

"네 말이 맞아. 지금으로선 부족하지." 선생님이 말했다. "너 지금 그 철통같은 레깅스를 입고 있잖아." 그는 학생들이 모여 있는 곳으로 돌아가 닿을 수 없는 사람이 되기 전에 내게 윙크를 보냈다. 그리고 다시 나의 학교 선생님이 되었다.

*

이날의 현장 학습을 가기 전날 밤, 전화 통화에서 선생님은 그날 일정이 끝난 뒤 나를 데려다주는 장면을 소리 내어 묘사했다. 나는 킥킥대고 웃으며 그 장면 중 일부라도, 한 조각만이라도 실현될 수 있을까 생각했다.

실제로 일어난 일은 이랬다. 현장 학습이 끝나고 나, 태미, 메리는 버스를 타고 제리스 델리*로 갔다. 아이버스 선생님은 우리와 볼링장 앞에서 만나기로 되어 있었다. 태미와 메리의 부모님이 허락한 일이었다. 나야 엄마한테 방과 후 뭘 했다고 말하든 믿어줄 것이었다.

우리는 식사를 마치고 볼링장 입구에서 선생님을 만났다. 나는 화장실에서 레깅스를 벗을 만한 핑계를 만들었고, 치마 아래로 맨다리가 되었다. 둘 다 별다른 눈치는 못 챈 것 같았다.

대화는 태미가 주도했다. 나는 태미와 아이버스 선생님 간의 친근한 태도를 옆에서 지켜보았다. 메리는 내성적이었고 편하게 행동하는 것을 조심스러워했기에, 농담이나 대화에 끌어들이려면 우리가 보채야만 했다. 나는 줄곧 관찰자로 남아 있었지만 나도 모르게 속으로 크게 웃었고, 태미가 있다는 것에 감사했다. 내가 열세

---

* Jerry's Deli. 다양한 메뉴를 판매하는 프랜차이즈 식당

살이라는 사실도 새삼 오랜만에 느낄 수 있었다. '우리는 볼링을 치고 있어.' 나는 생각했다. '이건 안전한 일이야. 재미도 있고.'

두 게임을 치고 나서 태미의 엄마가 태미와 메리를 데리러 왔다. 둘 다 볼링장 근처인 벤투라 지역 남쪽에 살았다. 나는 혼자 버스를 타고 갈 거라고 말할 준비가 되어 있었다. '괜찮아요, 데려다주실 필요 없어요.' 나는 연습하듯 조용히 되뇌었다.

"아, 내가 데려다줄게. 나는 상관없어." 친구들이 태미 엄마의 차에 올라탈 때 선생님이 이렇게 말했다. 나는 집으로 안전하게 돌아갈 태미와 메리를 보았다. 저 아이들은 지난 두 시간 동안 우리 넷 사이를 떠다닌 미묘한 공기를, 선생님이 나에게 기대 귓속말을 하던 순간을 눈치채지 못한 것 같았다. 어쩌면 그냥 선생님이 원래 좀 그런 사람이라서 그렇게 행동한 거라고 여겼는지도 몰랐다. 나에게 선생님은 생각보다 도발적이고 언제든 불타오를 수 있는 사람으로 보였다. 아이들과 함께 있는 동안 계속되는 선생님의 짧은 속삭임을 나는 못 들은 척 무시하려고 안간힘을 썼다. 그만해요! 애들이 들을 수도 있어요! 이렇게 말하는 듯한 표정을 계속해서 지어 보였다.

하지만 친구들은 이제 집으로 돌아갔고, 나는 선생님과 함께 그의 오래된 녹색 포르쉐로 걸어가고 있었다.

"어디라고 했지? 로렐 캐년 지나서?" 선생님이 조수석 쪽 문을 열어주며 물었다.

"네, 그 아래쪽으로 쭉 내려가면 돼요." 나는 낮은 천장에 맞게 머리를 숙이며 대답했다.

"아래쪽으로 쭉? 왠지 듣기 좋은 말이네." 선생님은 헛기침을 하고 시동을 걸었다. 그의 오래된 차는 디즈니랜드에 있는 레일 자동차가 생각날 정도로 큰 소리를 냈다.

"있지, 걔들 우리 사이 전혀 눈치 못 챈 것 같지? 섹시함이라는 걸 코앞에 들이대도 그게 뭔지 모를 것 같던데." 나는 잠시 망설였다. 정말 눈치를 못 챘는지 확신할 순 없지만 아무도 모르는 지금 이 상태를 유지해야 한다는 것만큼은 분명했다.

"모르겠어요. 우리는 그런 얘기 잘 안 해요." 내가 주차장의 다른 차들을 둘러보며 답했다. 벤츠, 페라리, 비엠더블유, 그리고 외롭게 서 있는 스테이션 왜건 한 대가 보였다.

"그렇지, 그런 얘기를 걔네가 왜 하겠어?" 선생님이 물었다. "너는 그 아이들보다 한참이나 앞서 있다고!" 선생님의 차가 주차장을 나섰다. "드라이브하고 싶나요, 우리 꼬마 숙녀?" 차가 로렐 캐년에 들어서면서 그가 장난스럽게 말했다. 나와 둘이 있으면 선생님은 갑자기 말을 멈추지 못하는 사람이 되곤 했다.

"어우, 아까 너 앞으로 기울이고 엉덩이는 적당하게 빼고선 공을 굴리는데… 볼링장에서 말이야. 믿을 수가 없었어. 나 완전 딱딱해졌잖아!"

"정말요?" 나는 두려움과 황홀감에 차서 선생님의 얼굴을 돌아보았다.

"그래! 몰랐어? 서 있을 수가 없더라고. 어쩔 수 없이 미니 테이블이 달려 있는 의자에 계속 앉아 있었잖아. 그렇게 안 했으면 끝장 났을 거야. 완전 표 났다고." 선생님은 손을 확성기처럼 말아 입 위에 올려놓더니 이렇게 소리쳤다. "장내 여러분께 안내 말씀 드립니다. 5번 레인에 있는 남자분은 즉시 퇴장해주시기 바랍니다. 볼링장에서는 발기가 금지되어 있습니다!" 선생님이 크게 웃었다. 나는 미소를 지으며 똑바로 앞을 보고 앉았다.

"넌 네가 나를 어떻게 만드는지 진짜 모르는구나? 그렇지?" 둘 다 잠시 말이 없다가 선생님이 이렇게 물었다.

나는 대답하지 않았다. 우리 사이에 일어나고 있는 일에 대해 완전히 인정하지는 않는 편이 나아 보였다. 그저 쏜살같이 달리는 선생님의 차와 우리 집 간의 거리가 멀어지기를 바랐다.

"있잖아, 웬디. 나 지금도 발기했어." 선생님은 한 손으로 핸들을 잡고, 다른 손으로 내 반바지의 바짓단을 헤치고 들어와 허벅지가 끝나는 곳에 손을 밀어 넣었다.

"바지를 조금만 더 위로 올려 입는 게 어때? 내가 아주 조금만 더 맛볼 수 있게……." 선생님은 낮은 신음 소리를 내며 도로 쪽을 주시했고, 내 다리 위에 올린 선생님의 손은 따뜻했다. 등을 의자에 밀착시켰다. 팔에는 소름이 돋았고, 자세를 자꾸 바꾸어 앉게 되었다.

버뱅크 대로를 지날 때 선생님은 "자, 느껴봐."라며 내 손을 가져갔다. 선생님은 자신의 사타구니에 내 손바닥을 가져다 댔고, 그가 볼링을 칠 때 갈아입은 청바지 안에는 크고 단단한 무언가가 있었다.

지금이 바로 그 결정적인 순간이었다. 언제나 도착하는 지점은 이곳이었다. 내가 남자아이들과 스킨십을 해본 서너 번의 경험에 따르면, 늘 이런 순간이 정점이었다. 청바지, 카고 바지, 면바지 아래 맥이 뛰는 동물이 있는 그곳으로 내 손을 인도하는 순간.

나는 내가 할 줄 알았던 유일한 것을 했다. 손으로 그것을 살짝 누르며 감싸 쥔 뒤, 그 위로 손바닥과 손가락을 문질렀다. 선생님이 좋아하고 있는지 궁금했다. 나는 이전에 다른 누군가와 이 행위를 해봤다는 걸 기억해내려고 애썼다. 차는 로스코 대로를 향해 달리며 우리 집과 점점 가까워지고 있었고, 바로 옆으로 차들이 지나갔다. 선생님의 쉼 없는 제안("아아, 그래, 바로 거기야.")과 칭찬("어떻게 나를 이런 기분이 들게 만들 수 있지?") 사이에서 이제 나는 길을 잃은 상태였다. 그러면서도 오래된 포르쉐의 조수석에 앉아 앞을 보고 있는 평범한 여학생처럼 보이려고 노력했다. 한 손은 내 무릎 위에, 한 손은 선생님 위에 있었다. 핸들을 잡지 않은 선생님의 손이 내 허벅지를 쓰다듬을 땐 가만히 있었다. 손이 팬티라인에서 겨우 몇 인치 떨어진 곳까지 올라왔다.

그리고 우리 동네가 보였다. "저기 보이는 주유소 앞에 내려주실래요?" 내가 이렇게 말하는 소리가 들렸다.

"그래, 알았어." 선생님은 주유소에 차를 댔다. 각자의 손은 원래 있어야 하는 자리로 돌아갔다. 나는 가방을 어깨에 걸쳤고, 선생님의 손가락 하나가 내 무릎을 배회하다가 핸들로 옮겨갔다. 정차한 차가 시끄럽게 부릉댔다.

기억의 발굴

"그럼 나중에 보자. 데려다주게 해줘서 고마워!" 문을 닫는 내 뒤로 선생님이 소리쳤다. 나는 미소를 띠며 손을 흔들었고, 걷기 시작했다.

뭐라고 불러야 할지 점점 더 모르겠는 이 남자와 헤어지는 것은 어려웠다. 더 이상 '아이버스 선생님'은 아니었다. 제프라는 이름은 내 환상 속에서만큼 입에서는 자연스럽게 나오지 않았다. 우리가 헤어질 때마다 생기는, 이제는 익숙해진 빈 공간이 있었다. 나는 그곳에 입 안에서만 맴돌던 그 말을 살며시 끼워 넣었다. 내 상상 속에만 존재할지라도 내가 사는 이유라고 믿은 그 감정과 함께.

다시 한번 웃음을 짓고, 손을 흔들었다. 녹색의 차가 도로로 들어섰다. 안녕, 이라고 입 모양으로만 뻐끔댔다. 사랑해요, 길가를 향해 말했다.

1987년 4월

"이게 단순한 성욕 때문만은 아니라는 거, 너도 알겠지."

"그럼요." 내가 말했다. "알아요."

밤 11시였다. 평소 우리가 통화를 하던 시간이었고, 가끔은 아침까지 대화가 이어질 때도 있었다.

"왜 이런 말을 하냐면, 어떨 때는 가끔씩 이런 게 궁금해지거든…."

"뭐가요?" 내가 거들었다. 나는 침대의 매트리스 커버와 이불 사이에서 몸을 웅크린 채 벽을 보고 누워 전화기가 입과 턱에 닿은 상태로 속삭이고 있었다.

"만약에 우리가 결혼을 하면 어떤 모습일까? 나중에 말이야. 그렇게 허황된 생각은 아니잖아." 눈을 꾹 감고 선생님이 이 말을 한 번만 더 하게 해달라고 기도했다. 그래야 이게 현실이라는 게 와닿을 것 같았다. 현실일 수가 없었으니까. 결혼? 내 마음을 읽기라도 한 건가? 한쪽 손이 머뭇거리며 속옷으로 내려갔다. 수화기를 대지 않은 반대쪽 귀는 문밖에서 나는 소리에 주의를 기울이고 있었다.

"너는 정말 놀라운 애야. 너에 대해 계속 더 알고 싶어. 해가 지 날수록 너는 점점 더 원숙해질 테고, 나는 그런 너를 빨리 보고 싶 어서 못 견디겠어. 이건 완전 고문이라고. 말도 안 되는 일이야." 머쓱해하는 선생님의 말에 공감하는 것처럼 들리도록 나는 가볍게 웃었다.

"흠, 아이버스 선생님, 제가 스물세 살이 되면 대스타가 될 거라 는 걸 기억하세요." 내가 의기양양하게 말했다.

"아이버스 선생님이라니, 뭐라는 거야?" 선생님이 물었다. 상처 받은 동시에 즐기는 듯한 목소리였다. "그러지 말고 제프라고 불 러. 할 수 있겠어?"

"뭔들 못 하겠어요." 나는 그의 제안을 일축하며 이렇게 답했다. 실은 그 말이 도저히 입에서 나오지 않았다.

"그런데 왠지 우리 반에 크게 성공할 애들이 많을 것 같다는 생 각 안 드세요?" 선생님이 내 말을 듣고 있는지 확인하려고 잠시 말 을 멈췄다. "저도 스물셋이 되면 또 몰라요." 내가 이 마법의 숫자 를 말할 때쯤 선생님의 아쉬워하는 듯한 한숨 소리가 들렸다. "어 느 날 신문을 펼쳤는데 브라이언이 1면에 날 수도 있잖아요. 뭔가 아주 유명하고 멋진 일을 해서요."

"그렇지." 선생님의 목소리에 애교가 섞였다. "그리고 신문을 접으면서 '제프, 우리 섹스해요.'라고 하겠지."

"단순한 성욕 때문만은 아니라고요? 네?" 나는 장시간의 통화 끝에 허스키해진 목소리로 웃었다. 그러고는 이불 속에서 반대 방향으로 돌아누우며 크림색 수화기를 다른 쪽 귀에 갖다 댔다.

"매일 퇴근하자마자 너한테 전화하는 이유가 성욕 때문만은 아니야." 선생님이 말했다.

그의 말을 믿었다. 그는 나에게 신나는 여름이 올 거라고, 많은 게 변할 거고 자기가 나에 대해 느끼는 감정을 확실하게 보여줄 거라고 했다. 나는 아직도 불확실한 부분이 있다는 점을, 특히 선생님이 내게 말로 그려준 그림 속에 당신의 여자친구가 어디쯤 있는지 모르겠다는 생각을 입 밖으로 꺼내지는 않았다. 선생님의 여자친구는 느닷없이 나타나 일상의 그를 빼앗아 갔다가, 화가 나고 상처 난 선생님을 다시 나에게 돌려보내곤 했다. 바로 그런 사람을 '우리의' 여름 어디쯤에 끼워 넣어야 할지 나는 알 수 없었다. 선생님 생각이 나지 않게 해줄 다른 사람을 만날 수는 없을까 하는 생각도 해봤다. 하지만 내 환상 속 여자들은 점차 흐려져 가는 중이었고, 선생님이 내게 그려준 환상의 그림 속에서 일그러진 채로 등장하는 경우가 잦아졌다.

우리의 밤 통화는 계속되었고 선생님은 나의 교육, 대학, 성공에 대한 잔소리를 늘어놓았다. 나는 졸기도 하고 꿈을 꾸기도 하면서 대화의 안팎을 헤매다가 전화를 끊고 잠이 들었다.

성욕이 유일한 이유가 아니라는 말은 맞는 것 같았다. 선생님이

기억의 발굴

본인 문제에 관해 이야기를 할 때면 나는 완전히 몰입해서 들었다. 가족과의 문제, 충족시키지 못한 기대, 오락가락하며 오랫동안 사귀어온 여자친구와의 괴상한 관계, 친구들과 개인적인 이야기를 나누는 일이 얼마나 어려웠는지 등에 대해.

특히 그가 이 이야기를 꺼냈을 때는 내가 반색을 하고 나섰다. 나는 우리 부모님에 관해, 그리고 부모님의 알코올 중독에 관해 털어놓았고, 그러자 선생님은 자기 아버지가 현재 재활 중인 알코올 중독자라고 했다. 나는 우리 사이의 이 우연한 공통점이 너무 반가워서 거의 펄쩍 뛰었다.

선생님은 알코올 중독이 유전된다는 점을 지적하면서 내가 스스로를 잘 돌보길 바란다는 짧지만 감동적인 설교를 건넸다.

"왜요?" 내가 물었다. 선생님에게 내가 어떤 의미인지 당장 듣고 싶었다.

"나한테 중요한 일이니까." 짧은 침묵 후 선생님이 말했다. "나는 너를 좋은 친구로 생각해. 그리고 우리에게 미래가 있을 수도 있으니까."

위태롭기 짝이 없는 나와 부모님의 관계에 대해 아는 어른은 아이버스 선생님뿐이었다. 엄마와 아빠의 삶은 펼친 손가락 사이로 흘러내리는 모래처럼 스러져가고 있었다. 나는 부모님과 대화를 하거나 두 분에 대해 생각하는 시간보다 베개에 얼굴을 묻고 우는 시간이 더 많았다. 부모님은 늘 싸우거나 서로 말을 하지 않았고, 아빠는 서서히 우리의 인생에서 퇴장하고 있었다.

나는 엄마와 아빠가 이혼한다면 엄마와 살기로 결심한 상태였다. 아빠보다 엄마에게 내가 더 필요할 것 같았다. 지금의 친구들과 같은 학교를 계속 다니고도 싶었다. 그때쯤이면 왜 전화가 항상 통화 중이냐고 물을 아빠는 집에 없을 터였다.

선생님과 내가 비슷한 경험을 가졌다는 것을 알게 된 후, 나는 이 새로운 사실을 기록해두기 위해 또다시 일기장을 펼쳤다. 나는 선생님에게, 선생님은 나에게, 우린 서로에게 무슨 말이든 할 수 있었다.

'천국.' 나는 이렇게 적었다. '이게 천국에 있는 기분일 거야.'

기억의 발굴

이런 메모가 적혀 있었다. '벌써 열네 살인 웬디에게!'

그 책은 종이 커버가 따로 없는 양장본이었다. 표지는 적갈색에 바인딩 부분은 검은색이었다. 책등에는 작은 꽃문양 형태의 소용돌이무늬 사이로 '칼릴 지브란의 명언집A Treasury of Khalil Gibran'이라는 필기체 글씨가 형압으로 새겨져 있었다. 제목과 소용돌이무늬는 무광 금색으로 되어 있어 내가 가진 다른 책들보다 예스럽고 기품 있어 보였다. 볼펜으로 대강 휘갈겨 쓴 메모를 보면서 나는 선생님이 나와 적당한 거리를 유지하고 싶어 한다는 사실을 알 수 있었다.

'재미있게 읽어!' 메모지에는 다음과 같은 문장들이 적혀 있었다. '이 책은 점점 나이가 들고 세상에 대한 지혜가 늘어가면서 읽고 또 읽기에 좋은 책이란다.' 선생님은 '시간의 흐름'이라든가 '삶을 살아간다는 것'과 같은 진부한 표현을 썼다. 열네 살인 내 눈에 이런 표현은 아랫사람을 가르치려는 듯한, 어른이 아이에게나 할 법한 말로 보였다. 하지만 그다음 문장을 읽은 나는 곧바로 선생님을 용서해주기로 했다.

'너도 이렇게 쓸 수 있어 언젠가 네가 그 지점에 도달하길 바란다'.

'너'라는 단어에 밑줄이 그어져 있었고, 문장의 감상을 붙잡아줄 마침표가 없어 뭔가 열린 결말의 느낌이 들었다. 그리고 사랑의 메시지나 다정한 인사말, 진심 어린 클로징 멘트 같은 것들 없이 이렇게 적혀 있었다. '생일 축하해.' 그 아래로는, '아이버스 선생님이. 1987.'

가끔 안방 화장실에서 옷을 벗고 뚜껑을 닫은 변기 위에 올라섰다. 세면대 거울을 통해 나의 코부터 종아리까지 볼 수가 있었다. 옆에는 샤워기에서 물이 쏟아지고 있었다.

머뭇거리는 한쪽 손을 가슴 위에 커튼처럼 올렸다. 피부가 가볍게 떨리고 무릎이 흔들렸다. 다른 한 손은 바로 옆 창틀에 얹어 몸의 균형을 잡았다. 닫아둔 블라인드가 꼭 감고 있는 수많은 눈처럼 보였다. 오직 거울과 나, 둘만을 위해 문은 잠겨 있었다. 손가락을 하나 입에 넣었다가 천천히 입술을 따라 쓰다듬었다. 거울 속 몸을 바라보았다. 납작한 배, 가무잡잡한 어깨, 매끈한 피부에 어울리지 않는 너저분한 음모.

폭신한 변기 커버를 내려다보며 내 무게를 버틸 수 있을까 잠시 생각했다. 엉덩이의 곡선을 확인하려고 뒤로 돌았다. 이런 식으로 내 몸을 보다 보면 천천히, 그러나 분명하게 내 안의 어떤 둑이 무너져 내리는 듯한 느낌이 들었다. 뭔가 관능적인, 내가 원하던 것이 보였다. 이건 분명 지금 여기에 존재하는 나의 몸이었다.

문득 내 기억 속에 조심스레 덮어두었던 많은 장막과 그림자 뒤로 애비게일과 함께했던 장면이 스치듯 떠올랐다. 남자친구의 역할을 하던 애비게일의 침대 위에서 그 아이의 아래에 누워 있던 나와, 닫힌 방문과, 열정적으로 키스를 할 때면 거칠어지던 우리의 숨소리 같은 것들이 생각났다. 그러자 이 기억의 주변으로 두려움이 덮쳐오면서 곧 나의 상상은 제압되었고, 나는 무심코 내 방에 널려 있던 잡지들로 생각을 옮겼다.

거울 속 형체를 뚫어져라 응시했다. 내 가슴을 엉덩이 크기와 비교해보았다. 가슴이 C컵 사이즈로 커지기를 바랐다. 옆으로 돌아 엉덩이를 뒤로 빼 관찰했다. 둔부의 둥그런 곡선과 그 아래의 근육을 지나 등허리부터 살이 언덕을 이루고 있는 곳까지, 이어서 그 밑으로 연한 살갗이 골을 이루는 숨겨진 지점까지 윤곽을 따라 내 손을 움직였다. 그리고 마치 체스의 명수가 갑자기 말을 이동시킬 때처럼 순간적으로 깨달았다. 다른 사람이 나를 볼 때 어떤 욕구를 가질지, 나는 다른 사람의 내면에 어떤 욕구를 일으키고 싶은지. 하지만 그때 당시에는 스스로 혐오했던, 뭔가 두려운 전조로 느껴지던 다소 울퉁불퉁한 피부가 눈에 들어오자 이 깨달음은 나타났을 때와 같이 순식간에 사라졌다.

엄마의 쿵쿵거리는 발소리가 부엌 쪽에서 들렸다. 나는 얼른 변기에서 내려와 샤워부스의 문을 열었다. 뒤를 돌아보자 뿌옇게 김이 서린 거울에 내 얼굴이 가득 차 보였다. 몸을 거울 앞으로 숙인 채 입술을 오므렸다가 힘을 뺐다. 선생님에게 보여주고 싶은 미소를 지어보았다. 내가 되고 싶은 모든 것을 담은, 그가 나에게 원할 거라고 생각한 것들을 담은, 수업 시간에 지어 보이고 싶은 미소였다. 열네 살짜리의 얼굴이 금세 나이를 알 수 없는 얼굴로 바뀌어 있었다. 묘하게 섹슈얼하면서도 장난기를 띤 살짝 벌어진 입술과, 잡지 코너에서 흘낏 보았던 정숙한 바니걸이 지을 법한 그런 표정도 보였다.

시간이 조금 지나고, 거울 속의 여자가 나라는 것을 다시 한번 확인했다. 내 눈을 잠시 응시하다가 몸을 돌려 샤워부스로 들어갔다. 문을 꼭 닫고는 증기가 나를 삼키도록 내버려 두었다.

1987년 6월

'흔들어, 흔들어, 베이베 shake it, shake it, bay-beh.' 신시사이저 음과 결합한 데이비드 보위 David Bowie의 목소리가 반복해서 울렸다. 평소에는 엄마가 쓰던 오디오의 볼륨을 늘 낮추던 나였지만, 이날은 소리를 한껏 올려두었다. 나는 엄마가 항상 음악을 크게 틀어놓는 이유는 배려가 부족하고 미성숙하기 때문인 데다 아빠가 한동안 집에 들어오지 않고 있었기에 뭐라고 할 사람이 없어서라고 생각했다.

전축의 바늘을 맨 처음으로 옮겼다. 벌써 세 번째였다. 노래를 따라 부르며 침대에 털썩 누워 아이버스 선생님의, 아니, 제프의 첫 방문을 다시 떠올렸다. 방을 둘러보며 이 중 어떤 인상을 그가 기억하고, 떠올리고, 지웠을지 생각해보았다.

그날 오후 나는 엄마가 집 안 어딘가에 숨어 있기라도 한 듯 모든 방을 확인한 뒤, (그리고 스스로에게 몇 번이나 엄마는 차로 30분 거리의 직장에 있다는 것을 상기시키고 나서야) 그를 내 방으로 안내했다. 그는 내가 모아둔 제임스 딘의 엽서와 사진, 흑백 포스터를 보며 몇 마디를 던졌다. 그리고 별생각 없이 켜둔 무드등을 보더니 손가락으로 가리키며 웃었다. "이거 재밌네. 연기랑 잘 어울리지?" 아마도 선생님은 마리화나 얘기를 한 것 같았지만 나는 그때까지 대마초를 피워본 적이 없었다. 그냥 무슨 말인지 아는 척 고개를 끄덕였다.

침대 옆에는 8학년 때 같은 반 아이들과 찍은 캠핑 사진이 진열돼 있었다. 각도 때문에 사진에선 금빛이 돌았다. 베로니카, 애비게일, 그리고 내 얼굴이 보였다. 베로니카는 염색한 검은 머리에 소매 없는 터틀넥을 입고서 은색 팔찌와 목걸이를 하고 있었다. 내가 좋아했다가 싫어했다가를 날마다 반복했던 애비게일은 하얗게 탈색한 머리카락 아래로 얼굴을 숨기고 있었고 앞머리는 검은 마스카라로 한껏 올린 속눈썹에 거의 닿아 있었다.

사진 속 애비게일의 얼굴을 보며 내 입술이 저절로 찌푸려졌다. 애비게일이 남자애들과 처음 사귀면서 '사랑'이라는 단어를 남발하던 때에도 나는 묵묵히 그 애의 짜증과 슬픔을 받아주었었다. 그런데도 애비게일은 나에 대한 관심이 줄면서 괜히 까탈스럽게 굴었다. 나를 이용해도 되는 사람으로 여기고 있는 게 분명하게 느껴졌는데, 우리 둘 다 이 점을 의식하고 있었지만 진지하게 얘기해본 적은 없었다. 서로 이야기하지 않은 또 하나는, 바로 우리 둘 다 베로니카에게 관심이 있다는 것이었다. 이런 생각을 하며 빛에 반사돼 반짝이는 사진을 손가락으로 만졌다. 애비게일의 얼굴에 흐릿한 지문이 남았다.

제프 선생님은 이불을 정리하지 않은 내 침대에 걸터앉아 사진을 하나하나 살펴보며 한마디씩 했다. "와! 베로니카가 있네. 어, 이 사진 봐. 브라이언이 장난치려고 한다!" 그가 하는 말이 겨우 귀에 들어왔다. 그는 가만히 있지 않고 벽에 붙은 모든 것을 찬찬히 뜯어보면서 방을 돌았다. 내 안의 피가 고속도로처럼 빠르게 돌았다.

나는 그날 오후에 대한 생각을 잠시 멈추고 몸을 일으켜 열두 살 때 애지중지했던 영국 밴드 휴먼 리그Human League의 히트 앨범으로 판을 갈아 끼웠다. 그러고는 침대로 다시 몸을 던졌다. 등 밑으로 스프링의 둔탁한 반동이 느껴졌다. 영국 악센트를 흉내 내며 노래를 따라 불렀다. 시계를 보니 엄마가 퇴근해서 집에 도착할 때까지는 아직도 몇 시간이 남아 있었다.

나는 선생님이 내 방에서 유독 관심을 가졌을 법한 것이 무얼까 생각하며 재빨리 주변을 훑었다. 그는 오래 머물지 않았다. 미리 생각해둔 가벼운 스킨십과 키스를 할 정도의 시간 동안만 겨우 있다가 갔다.

나는 이제 제프 선생님과 내가 친구라고 생각했다. 그런 관계만으로도 스스로 만족하길 바랐다. 그가 최근에 자주 했던 말을 떠올렸다. 그는 사랑이라는 건 틀에 맞추는 게 아니라고 강조했다. 적어도 내가 하려는 사랑은 그런 것일 수 없다고 했다.

한숨을 한 번 내쉰 뒤 전축 바늘이 저절로 들릴 때까지 기다렸다. 레코드판이 소리 없이 돌았다. 그가 오기로 한 전날 밤, 전화 통화에서 우리는 첫 방문에 대한 계획을 세웠다. 엄마와 아빠는 퇴근 전이라 위험할 것이 없었다. 그러다가 그가 화제를 바꿨다.

"웬디, 계속 글을 쓸 거라고 약속해줘."

"네, 그럴게요." 내가 대답했다.

나는 그가 이런 식으로 반응하는 게 좋았다. 거의 애원하듯 재촉하는 모습. 내 미래에 대한 이야기지만 정작 나는 시큰둥하고, 관심도 없고, 전혀 대수롭지 않아 하는데도.

"언론, 잡지, 이런 거. 아니면 작사가 같은 사람이 될 수도 있어. 내가 바라는 건 네가 계속 글을 쓰는 거야." 잔을 들어 무언가를 한 모금 삼키는 소리가 들렸다. "전에 숙제로 썼던 그런 글을 다시 읽을 수 있게 해준다면 좋겠어. 다음 주에 우리 어머니를 뵈러 갈 건데 네 글을 가져가서 보여드리려고 해. 그럼 내가 얼마나 재능 있는 아이들을 가르치고 있는지 아시겠지."

"음, 알겠어요." 나는 수화기를 다른 쪽 귀로 옮겼다. 반대편과 똑같이 뜨겁고 불편했다. "그런데 그 글이 어디 있는지 찾아야 돼. 전에 버렸던 것도 같고." 그가 나에게 다시 부탁할까? 정말로 다른 사람에게 내 글을 자랑하고 싶은 걸까? 나는 이런 과도한 관심과 칭찬이 한편으론 부자연스럽고 이상하게 들렸다.

나는 여전히 책을 쓰는 중이었고, 그 글들은 바인더 하나에 꽂아두기에는 공간이 모자랄 지경이 되었다. 영어 수업 시간에 글쓰기 과제용으로 쓰던 공책은 내 생각과 감정을 그와 공유하는 데 주로 사용되고 있었다.

"너한테는 특별한 게 있어." 그가 말했다. "무한한 가능성." 그는 쉬지 않고 별 볼 일 없는 이야기를 이어갔고 나는 곧 집중력을 잃었다. 그의 말 속에는 허풍, 충고, 운세 같은 것들이 섞여 있었다. "필요하다면 내가 대학에 보내줄게."

듣기만 했다. 믿으면 안 되는 말이었다. 당연히 나중에 대학에 가겠지만 지금은 그저 혼자 스티븐 킹의 소설이나 읽고 싶었다. 칼릴 지브란을 읽고 싶을 때도 있었지만 그것은 천천히 단어 하나하나를 음미하며, 완전히 이해하지 못한 아름다운 심상과 심오한 지혜에 밑줄을 그으며 읽는 책이었다.

그래도 그의 그 말만큼은 뇌리에 남았다. 무한한 가능성. 무언가 친밀하고 풍성한 꿈의 한가운데서 들은 듯한 말이었다. 그가 했던 말들을 되새기며 침대 위에서 자세를 바꿔 옆으로 누웠다. 손은 기도를 하는 것처럼 모아서 귀 아래에 두었다. 무릎을 당겨 가슴을 눌렀다.

그러다 문득 실제로 일어난 일에 대해 생각하는 편이 훨씬 만족스러울 것 같다는 생각이 들었다. 한쪽 팔꿈치를 받쳐서 상체를 세우고 다른 손의 손가락을 가슴 아랫부분으로 가져갔다. 티셔츠 속 그 부위에는 제비꽃 같은 키스 마크가 숨어 있었다. 나비 같은 그의 혀가 내 배와 골반 위에 깃털처럼, 때로는 거칠게 내려앉던 순간과 움찔대는 내 모습을 떠올렸다. 그날을 다시 사는 것처럼 그때의 컬러 이미지들을 상상하며 되감기, 재생, 되감기, 재생을 반복했다. 이 장면 속의 나는 똑바로 생각할 수 없었고, 잊고 싶은 그 말도 생각나지 않았다.

"나를 사랑하지 마, 웬디. 나는 그게 두렵다. 그러니까 그러지 마. 결국 이루어지지 않을 테니까."

갈 길을 잃은 내 손이 허리 아래로 내려갔다. 나중에 결혼까지 하자던 그의 계획은 어떻게 된 걸까? 사랑이 없는 결혼인 건가? 이런 식의 관계에 대해 그는 정말 아는 게 있는 걸까? 이런 관계를 원하는 사람이 있기나 할까? 사랑, 사랑, 사랑. 생각은 얼마든지 할 수 있지. 단, 그 단어를 입 밖으로 내지는 않을 거야. 다짐했다. 나는 그가 뭐든지 믿게 할 수 있었다.

까무룩 잠이 들었다가 엄마가 현관문을 쾅 닫는 소리에 깼다. 그 소리는 선생님과 사랑에 빠지지 않은, 결코 자신의 영어 선생님과 사랑에 빠질 수 없는 10대 여학생들의 세계로 나를 다시 밀어 넣었다.

1987년 7월

유투^{U2}의 노래가 그해 여름을 강타했다. 내 방 라디오에선 끊임없이 흘러나왔고, 엄마와 장을 보러 가는 차 안에서도 전기 기타의 둥둥대는 소리가 울려 퍼졌다. 다른 차들에서도, 베니스 비치의 산책로에서도 같은 곡이 쉴 새 없이 들려왔다. 1987년 여름, 라디오를 틀고 주파수를 맞추다 보면 꼭 어딘가에서는 그 노래가 나오고 있었다.

"그래서, 네가 찾던 물건은 찾았니?" 제프가 물었다. 우리는 같은 라디오 방송을 듣고 있었고 서로의 수화기를 통해 건너간 음악 소리 때문에 전자음의 울림이 생겼다.

"아뇨." 나는 시선을 내려 침대를 바라보았다. 햇살이 내리쬐는 꽃무늬 매트리스 커버는 2주 넘게 교체하지 않은 상태였다. "아직이요." 나는 발가락을 꼬물거리며 그의 말을 기다렸다. 내 대답이 그의 신경을 조금이라도 긁었길 바라면서. 잠깐의 침묵 후, 전화선을 거치지 않고 그의 입에서 바로 튀어나온 것 같은 목소리가 들렸다. "내 인생의 여자들이 늘 하는 답변이네." 그는 자조적인 목소리로 웃었다.

나는 한숨을 내쉬고 입술을 꽉 깨물었다. 거짓말과 나는 점점 더 가까운 사이가 되어가고 있었다. 매일 나누는 대화 속 문장들 사이에서 나는 이 새로운 친구를 어떻게 적용해야 할지 늘 적막한 고민과 씨름을 했다.

어느 날 밤에는 통화 중에 갑자기 연결이 끊겨 30분간 수화기를 들고 분투했다. 아무리 번호를 눌러도 통화 중이라는 안내만 들려왔다. 나는 몇 번이고 반복해 번호를 눌렀고, 시간이 흐를수록 더 혼란스럽고 짜증이 났다. 전화 교환원과 통화를 시도했고, 담당자는 제프의 회선이 '통화 중'이라고 했다. 나는 아마도 전화기 코드가 뽑힌 모양이라고 스스로 다독였다. 나와 한창 이야기를 하던 도중에 왜 그랬는지에 대해 의문을 가지지 않으려고 했다.

한 시간이 지나고, 전화기가 날카롭고 성난 소리로 울렸다. 제프였다. 그는 웃으며 잔뜩 취한 목소리로 말했다.

"내 전화기가 잠깐 끊겼었네." 그가 기분 나쁘게 키득대며 말했다. "코드를 다시 꽂았더니 전화벨이 울리더라고. 당연히 너일 줄 알았지. 내가 일부러 끊었다고 생각한 네가 화가 나서 막 무슨 말을 하려는 줄 알았어. 그래서 수화기를 들자마자 '아, 지금 막 네가 다시 전화할 거라 생각하고 있었어.'라고 했는데, 세상에. 파라가 전화를 한 거 있지."

그의 말을 잠자코 듣고는 있었지만, 마음 같아선 수화기를 내동 댕이치고 싶었다. 제프를, 그리고 우리의 대화 중에 난데없이 나타난 그의 여자친구를 혼내주고 싶었다.

"그래서 파라가 뭐라고 했냐면." 그는 목소리 톤을 확 올리더니 파라 흉내를 냈다. "'제프 있나요?' 그래서 내가 이랬지. '어, 나야! 다른 사람이 전화한 줄 알았어!'" 그는 키득거리느라 말을 잠시 멈췄다가, 뭔가를 크게 한 모금 들이켰다. 맥주가 분명했다. "그리고 파라가 뭐라고 했는 줄 알아? '너 또 어떤 어린 계집애랑 통화 중이었던 거야? 한 시간 내내 통화 중이더라. 또 어젯밤에는 아예 집에 있지도 않았잖아!'" 그가 어젯밤에 집에 없었다는 말에 잠시 숨이 멎었다.

"그래서 파라한테 아버지랑 통화 중이었고 전화기가 고장 났다고 둘러댔어." 뭔가를 집으려고 몸이 전화기에서 멀어졌는지 그의 목소리가 점점 작아졌다. 그러곤 다시 수화기 앞으로 돌아왔는지 갑자기 크게 들렸다. "지금 당장 파라한테 다시 전화하려고. 너한테 상황 설명을 해주려고 잠깐 통화하는 거야. 내일 전화할게. 알았지?"

내가 알았다고 조용히 대답하자 제프는 전화를 끊었다. 통화 내내 나는 아무 말도 하지 않았다는 걸 그는 전혀 모르는 것 같았다.

기억의 발굴

학기 중에는 주중에 거의 매일 제프를 봤는데, 이제는 그러지 못해 기분이 이상했다. 하지만 곧 있을 학교 친구 토니의 견진 성사* 파티에서 만날 예정이기는 했다. 나는 종교와 관련 있는 파티라는 것은 알고 있었지만 더 알아보려고 하지는 않았다.

제프 선생님은 토니의 1순위 초대 손님 중 한 명이었다. 토니의 부모님은 그의 팬이었다. 중학교 야구팀을 승리로 이끌었다는 점과 특유의 유머 감각을 특히 좋아했다.

파티 장소는 어두침침한 동굴 같은 이탈리아 레스토랑이었고, 엄마가 나를 데려다주었다. 걸어 들어가는 길에 벌써부터 코로나 맥주를 들이켜며 활짝 웃고 있는 제프가 보였다. 선생님답게 갖춰 입고 와서 회색 카디건은 의자 등받이에 걸쳐두었고 넥타이는 겨우 알아볼 수 있을 정도로만 살짝 느슨해져 있었다. 우리의 눈이 마주친 순간 그곳에 있던 사람 중 오직 나만이 느낄 수 있는 짜릿한 번개가 내리쳤다.

늦은 오후에 열린 그 파티는 세미포멀** 자리였다. 나는 포멀*** 이나 세미포멀 행사에 참석해본 경험이 거의 없었기 때문에 어떻게 하고 가야 할지 혼자서 고민이 많았다. 내가 입은 중간 길이의 몸에 꼭 맞는 드레스는 코스프레용 의상 같았다. 게다가 어릴 적부터 같이 자란 친구들과 함께하는 자리에서 제프를 앞에 두고 이런 어색한 드레스를 입고 있자니 기분이 좀 묘했다. 그는 평소보다 풀어진

---

* 주로 가톨릭교회에서 세례 성사를 받은 일정 연령
　이상의 신자에게 행해지는 안수 의식을 말한다.

** 반정장 차림
*** 정장 차림

상태로 차가운 맥주병을 손에 쥐고 한 병, 두 병, 계속 마셨고 넥타이는 풀리기 직전까지 느슨해졌다.

다른 열네 살짜리들이 서로 블루스를 추자고 꼬드기고 있을 때, 그가 재빨리 내 곁으로 오더니 어서 손을 내밀라며 조르고 보챘다. 그러고는 한 손을 내 등허리에 얹고 다른 손으론 내 손을 잡았다. 싸구려 스피커에서 〈Stand By Me〉가 흘러나오고, 아찔하게 달콤한 덩굴손이 뻗어와 내 심장에 들러붙었다. 토니의 아버지는 집채만 한 비디오 레코더를 메고 돌아다니면서 춤추는 아이들을 손가락으로 가리키며 킥킥대는 르네와 쉴라를, 헤비메탈 팬인 로라가 구석에서 뚱해 있는 모습을, 그리고 제프와 내가 블루스를 추는 모습을 찍었다. 제프가 속삭일 때마다 그의 입에서 맥주 냄새가 났다. "나, 너한테 할 말이 있어. 나중에."

나는 긴장이 돼서 반 친구들의 얼굴을 똑바로 보지 않으려고 애썼다. 그러다 그가 갑자기 "조!" 하고 내 뒤에 있던 사람을 큰 소리로 불렀고 나는 너무 놀라서 움찔했다. "우리, 사진 한 장 찍어줘요!" 나는 제프의 어깨 쪽으로 고개를 돌렸다. 팬티스타킹이 다리에 불편하게 달라붙는 느낌이 났다. 귀에서는 사이렌 소리가 들리고 가슴에서는 두려움이 날개를 펄럭였다.

토니의 아버지가 우리 쪽을 맴돌자 제프는 비디오 레코더를 향해 돌아서서 들뜬 목소리로 소리쳤다. "웬디, 여기 좀 봐. 아이버스 선생님을 얼마나 좋아하는지 카메라에 좀 보여주라고!" 우리는 춤추는 학생들과 어른들 사이에서 천천히 움직였고 나는 계속 발끝만

바라보고 있었다.

"너 그 드레스 입으니까 진짜 섹시하다." 토니의 아버지와 카메라가 어둠 속으로 사라지자 제프가 달콤하게 속삭였다. "그거 아니? 춤은 옷을 입고 하는 섹스 같은 거야." 그는 나를 더 가까이 밀착시켰고, 나는 태연한 척 그의 어깨 너머로 누군가 우리를 보고 있지는 않은지 살폈다.

블루스 음악이 끝나고 조금 빠른 노래가 시작되었다. 나는 미소를 지으며 제프에게서 천천히 뒤로 물러났다. 그는 자제력을 잃은 것 같았다. 비트에 맞춰 최면에 걸린 듯 춤을 추고 있는 그는, 나에게서 한참이나 멀리 떨어진 사람처럼 보였다.

저녁 식사 시간이 되었을 때 나는 뭘 먹을 수 있는 상태가 아니었다. 반 친구들과 함께 코앞에 닥친 고등학교 진학과 우리 대부분이 입학할 가톨릭 고등학교에서 의무적으로 교복을 입어야 하는 문제에 대해 이야기를 좀 하고 싶었지만, 제프가 계속 내 주변을 맴돌고 있었다.

"섹스하고 싶지 않니?" 내가 르네와 한쪽 구석에서 대화를 나누고 있을 때 그가 갑작스레 내 뒤에서 다 들으라는 듯 이렇게 말했다. 내가 돌아서니 이미 그는 거기에 없었다. 르네는 얼이 나간 표정이었고, 우리는 불안하게 웃었다. 이런 망할. 르네가 들었잖아. 나는 화제를 르네의 이야기로 돌리고자 고등학교에서 듣고 싶은 수업은 뭔지, 샌퍼낸도 밸리 건너편에 있는 가게까지 교복을 사러 가야 하는 것에 대해선 어떻게 생각하는지 물었다.

"나 좀 일찍 가봐야 돼. 다저스 경기 티켓이 생겼거든." 해가 질 때쯤 제프가 이만 가야겠다며 인사를 건넸다. "알겠어요." 내가 대답했다. 나는 한숨을 쉬고 지금이 몇 시쯤일지, 엄마가 언제 나를 데리러 올지 생각해보았다. 그의 몸이 내게 가까이 왔을 때의 그 기이한 스릴의 여운과, 이제 가보겠다고 말하면서 남긴 공허함을 좀 더 오래 음미하고 싶었다.

화장실에 가려고 잠시 연회장을 나와 표지판을 따라 걸었다. 여자 화장실의 문을 열기 전에 갑자기 제프가 문 앞에 나타났다. "깜짝이야. 여기선 안 돼요."

"왜 안 돼." 그가 말했다. "확인해봐. 안에 아무도 없는지." 나는 안을 들여다보았다. 한 칸뿐인 화장실의 문이 활짝 열려 있었다. 나는 뒤를 돌아보고 고개를 끄덕였다. 그는 과장된 몸짓으로 주변을 살폈다. 근처엔 아무도 없었다. 우리는 안으로 들어갔고 그가 문을 잠갔다.

우리는 허겁지겁 끌어안았고, 차가운 화장실 벽에 내 등이 닿았다. 그의 혀가 내 혀를 찾았고, 맥주 맛이 느껴졌고, 향수 섞인 그의 체취가 코를 간질였다. 그의 손이 재빠르게 움직여서 내 한쪽 가슴을 쥐었다. 그의 다른 손바닥은 단단하고 차가운 벽에 닿았다. 나는 그의 몸을 느낄 수 있도록 허리를 앞으로 내밀어 그가 발기했는지 소극적으로 확인했다. 그는 키스를 이어갔고, 나는 눈을 감았다. 만화책에 흔히 등장하는 머리 주변을 맴도는 새와 별, 그리고 정신없는 휘파람 소리가 떠올랐다.

"네가 사랑하는 사람이 누군지 말해줘." 그의 녹갈색 눈동자는 내 갈색 눈동자와 고작 몇 인치 정도 떨어져 있었다. 침묵이 흘렀다. 나는 숨을 죽이고 밖에서 발소리가 나는지 귀를 기울였다. 내 머릿속은 어떻게 하면 남의 눈에 띄지 않고 나갈 수 있을지 계산하느라 바빴다. 또한 그가 실제로 자기가 파티에 데려와 놓고선 거의 방치해두었던 친구와 함께 가버릴지, 중대한 일 같은 건 없었다는 듯이 정말로 야구장에 가버릴 건지 궁금했다. 속에서 불만이 끓기 시작했다. 내 양쪽 팔까지 감정의 파문이 올라왔다.

"웬디, 어서." 그가 고개를 떨궜다. 나는 무스를 바른 그의 머리를 올려다보았다. 그에게 키스하고, 머리를 만지고, 몸을 기대고 싶었다. "네가 사랑하는 사람이 누구야." 그가 바닥을 보며 말했다. 그리고 고개를 들어 내 얼굴을 찾았다. 나는 목이 꽉 막혀왔고, 기습적으로 차오르는 눈물을 애써 눈을 깜빡이며 참았다. 그가 잠시 나를 바라보았다. "자, 네가 좋아하는 사람이 누군지 말해줘."

"당신이요." 나는 신고 있던 낮은 흰색 구두를 내려다보며 웅얼거렸다. 오른쪽 발목이 꺾여서 구두 안쪽의 얼룩이 눈에 확연히 들어왔다. 그는 내 턱을 손가락으로 들어 올렸고, 자신의 입술을 다시 내 입술 위에 포갰다. 그러고 나서 그는 몸을 뒤로 뺐다.

"너를 너무 원하는 나를 증오해." 그가 세면대를 보며 말했다. 나는 한 장면에서 '사랑'과 '증오'라는 단어가 동시에 쓰이는 그런 연출법은 처음 보았다. 그것도 내가 주연으로 열연하는 장면이었다. 문득 나의 우스꽝스러운 드레스와 그의 정장 차림이 고통스러울 정도로 생생하게 느껴졌다. 인조 섬유가 피부에 부대낄 때의 거북한 감촉처럼.

"오늘 밤에 꼭 전화할게. 시간은 새벽 1시쯤일 거야." 그가 내 손을 만지며 말했다. 그는 문을 열어 밖을 살피고선 나를 보며 미소와 함께 윙크를 보낸 뒤 조심스럽게 사라졌다. 나는 화장실에 1분 정도 더 있었다. 수도꼭지를 틀자 차가운 물이 손바닥 위로 쏟아졌다.

다시 연회장으로 돌아가 억지로 파티 분위기에 동조하려고 애썼다. 곧 엄마가 데리러 왔다. 집으로 가는 길에 엄마는 파티에 누가 왔는지, 다음 달에 친구들이 모두 같은 학교에 진학할 것인지 물었다. 대답을 하면서 나는 내 입 속이 외국어 단어들로 가득 찬 기분이 들었다. 그날 밤 전화기는 단 한 번도 울리지 않았다.

며칠이 지난 후 그가 파티에 데려와 놓고 안 챙겨준 그의 친구가 나에 대해 물어보았다는 얘기를 듣게 되었다. "걔가 나한테 묻더라고. '파란색이랑 흰색 섞인 드레스 입은 저 여자애 누구야?'라고." 나는 수화기를 반대편 귀로 옮겼다. 그다음에 나올 말을 놓치고 싶지 않았다.

"그래서 내가 그랬지. '열여덟 살이 되면 나랑 결혼할 애야.'"

그가 씹고 있던 해바라기 씨 껍질을 뱉어내고 새 씨앗을 입에 털어 넣는 소리가 들렸다. 그는 웃었다. 나는 침을 삼킨 후, 웃으려고 애썼다. 믿고 싶었고, 그의 목소리가 좋았고, 그 얘기가 사실이 아닐 수도 있다는 가능성을 증오했다. 나는 화제를 돌렸다.

며칠 뒤, 오후 2시 반. 우리 집은 폭염에 녹아내린 것처럼 흐물거렸다. 나는 회색 반바지와 아일렛 블라우스를 입고 있었다.

옷차림에 대한 실험 중이었다. 이렇게 푹푹 찌는 여름에는 터틀넥에 손이 가지 않았다. 그런 옷들은 해변의 시커먼 조개들처럼 옷장에 쓸쓸히 걸려 있었다. 반바지가 허벅지를 간질였고 샤워하면서 면도한 다리는 조금 따끔거렸다. 라디오에서는 옛날 록 음악이 흘러나왔다. 마침 제프가 알려준 무디 블루스^Moody Blues의 노래가 나오고 있었다. 나는 가사를 건성으로 흘려들었다. 엄마는 4시가 넘어야 집에 들어올 예정이었다. 운이 좋으면 길이 막히겠지, 하고 생각했다. 앱솔루트 보드카를 사러 가게에 들를 가능성도 있었다.

전자 기기의 경미한 열기조차 견디기 어려울 정도로 더웠기에 신발을 벗어 던진 뒤 불이란 불은 모조리 다 꺼버렸다. 블라인드를 열자 쏟아지는 햇살에 내 방이 노란색으로 물들었다. 나는 종종걸음으로 방을 나와 껌껌한 동굴 같은 거실로 갔다. 방을 하나씩 확인하고, 다시 내 방 블라인드 사이로 밖을 내다보고, 현관문을 아주 조금만 열어 보조 현관문 밖을 살폈다. 잠겨 있긴 했지만 부수고 들어오기엔 어렵지 않은 문이었다.

내 머리는 학기 중보다 더 길어서 어깨에 닿을락 말락 했다. 머리색을 밝게 해주는 약을 몇 번 써보았고, 완전 탈색처럼 더 과감한 선택을 해야겠다고 결심한 상태였다.

자동차가 멈추는 소리가 들렸다. 제프였다. 그가 보조 현관문 앞에서 집 안에 있는 나를 들여다볼 때까지, 나는 그가 왔다는 사실을 눈치채지 못한 척했다.

"잘 있었어?" 그가 다 안다는 듯한 미소를 지으며 물었고, 나는 문을 열어주었다. 그는 안으로 들어온 후 문을 닫았다. 나는 제프의 마음이 편하기를, 지난번 우리 집에 왔을 때의 좋았던 기억이 되살아나기를, 그리고 오늘은 좀 더 오래 머물다 가기를 바랐다.

2시 45분. 우리는 방을 하나씩 둘러봤다. 이번에는 내가 어릴 적부터 쓰던 침대 주변의 잡동사니를 보고 그가 짓궂은 농담을 해왔다. 오늘 우리가 이 침대를 어떤 식으로든 같이 사용하게 될지 궁금해졌다. 나는 낡고 불안정한 내 침대 스프링을 혐오했다. 그는 고개를 끄덕이며 내 물건들을 살폈다. 마치 몇 주 전 우리 집에 왔을 때와 무엇이 바뀌었는지 비교하는 것 같았다. 그의 시선이 벽에 걸어둔 노란색 패브릭 포스터로 향했다. 내가 쓴 시와 라디오에서 들은 가사를 받아 적은 패브릭이었다. 그는 몸을 돌리더니 나를 데리고 거실로 향했다.

나는 속으로 자책했다. '서른 살 가까이 먹은 성인 남자가 열네 살짜리 방에서 놀고 싶을 이유가 뭐가 있겠어?' 버려진 내 방에 그런 실망을, 그가 내 물건을 만지고 칭찬하며 공감해주길 원했지만 응답받지 못한 내 바람을 두고 나오고 싶었다. 하지만 그러지 못한 나는 우리 사이에 생긴 공백을 고스란히 느끼며 제프를 따라갔다. 시원한 거실의 냉각기 소리가 우리 목소리 위로 윙윙댔다. 올리브색 카펫과 소파가 어둠에 묻혀 있었다.

거실에는 텔레비전 뒤편으로 여러 개의 거울이 벽을 덮고 있었다. 거울 조각들이 금색 벽면 여기저기에 붙어 있어서 가끔은 내 얼굴을 비춰볼 때도 있었다. "거울이 멋지네." 제프가 냉소적인 어투로 말했다. 그는 집에 있는 내내 중계방송을 하는 사람처럼 쉬지 않고 말을 이어갔지만 내 귀에는 그중 몇몇 부분만이 들려왔다. 나는 긴장했고, 기대에 부풀어 있었다. 그는 사방을 둘러보며 이 집에 대한 인상과 나를 키운 부모님의 흔적을 느껴보려고 하는 것 같았다. 거실의 거울, 어두운 카펫, 큼지막한 소파를 지난번과는 다른 눈으로 살펴보고 있었다. 내 눈에는 보이지 않는 무언가를 흡수하려는 사람처럼도 보였다. 나는 그의 말 사이사이에 이따금 말대꾸를 했고, 말장난을 주고받았다. 그의 웃음소리가 좋았다. 그렇게 우리는 실없는 대화를 나누며 그 분위기를 마음껏 즐겼다. 이어서 무슨 일이 일어날지에 대해선 예측할 수 없었다.

제프가 나에게 다가오자 내 피부가 공기를 들이마시려는 듯 열리는 느낌이 들었다. 우리가 내 방에 갔다가 거실로 돌아오는 사이 그의 손은 이미 내 엉덩이를 움켜쥐거나 뒷목에서 엉덩이까지 훑어내리기도 했었다. 순식간에 일어난 일이었고 그는 자신의 손을 불에 데기라도 한 것처럼 얼른 다시 가져갔지만, 그러고 나서는 아무 일도 없었던 듯 태연했다. 이게 어려운 일이라는 건 알고 있었다. 나는 긴장감을 좀 덜어내고 싶었다. 몸을 제프에게 더 가까이 해서 나를 만져도 괜찮다는 신호를 보냈다. 그가 그렇게 해주길 원했다.

나는 여전히 긴장한 상태로 대화를 나누다가 불현듯 용수철처럼 튀어 올라 부엌에 있는 시계를 확인하러 갔다. "3시예요." 내가 말했다. "엄마가 4시쯤 오실 거예요. 보통 오면서 마트에 들르시기는 해요."

"그렇구나." 그가 차분히 대답하며 내게 다가왔고, 갑자기, 내가 무슨 일이 일어나고 있는지 알아채기도 전에 나를 소파로 밀어붙였다. 그러고는 바닥에 무릎을 꿇더니 순식간에 까끌까끌한 내 울 반바지를 골반 아래로 끌어내렸다. 그는 공중에 떠 있는 내 발바닥에 코를 비비고 입술로 종아리를 애무하면서도 끊임없이 말을 하고 있었다.

나를 너무 원한다고, 내가 학교를 졸업한 후 내 옷을 벗기고 지금 갈망하는 것을 할 수 있을 때까지 기다리는 게 가능할지 모르겠다고. 내가 관능적이고, 너무나 강렬하고, 내가 입고 있는 팬티가 섹시하다고. 그리고 그 팬티에서 빠져나오려면 도움이 필요할 수도 있겠다고 말했다. 그러는 동안 나는 황홀경에 넋이 나간 사람처럼 순종적으로 발가락을 모으고 종아리의 힘을 풀었다. 그의 짧은 수염이 내 허벅지를 스쳤다. 그는 한 손으로 내 다리를 잡아 옆으로 벌리고 다른 손으론 팬티를 한쪽으로 밀어냈다.

내 머리는 폭신한 소파 쿠션˚ 위로 젖혀졌다. 이 소파 위에서 이와 비슷한 일을 한 적은 한 번도 없었다. '난 이런 거 해본 적 없잖아.' 속으로 말했다. 제프는 내 몸을 핥으며 계속 속삭였고, 나는 대화를 할 때처럼 몸으로 응답했다. 탄식에는 탄식으로, 앓는 소리에

기억의 발굴

는 외마디 소리로. 바삐 움직이는 그의 혀, 그리고 만족했다는 뜻이었기를 바라는 신음 소리. 그는 허리띠를 풀기 시작했고, 내 앞에 그의 얼굴이 보였다. 무아지경의 표정이었다. 그리고 나는 제프의 음경을 본 사람이 되었다. '우리 선생님의 그거 있잖아!' 그는 자세를 잡더니 이렇게 말했다. "그냥 바깥쪽을 조금만 느껴보고 싶어. 아주 조금만……."

이런, 어떡하지. 이건 현실이었다.

"그래, 그렇지." 그는 이렇게 말하며 내 안으로 들어왔다.

2분. 3분. 그가 나를 향해 몸을 밀어붙였고, 그러고 나서 눈을 감은 내가 앞 입술을 물었을 때쯤, 이 움직임의 리듬을 조금 알 것 같다고 생각했을 즈음, 그는 나가고 없었다.

그는 소파에 머리를 내려놓았고, 나는 다리를 내려 팬티의 위치를 바로잡았다. 나는 이 모든 게 아무렇지 않은 척했다. 그는 숨을 가쁘게 쉬었고, 그 사이로 이렇게 말하는 것이 들렸다. "세상에, 세상에, 세상에."

내가 일어서서 바지의 지퍼를 올리자 그가 나를 올려다봤다.

"나한테는 아주 질긴 공업용 키친타월이 필요하겠는데." 그가 멍한 얼굴로 이렇게 말했고, 우리는 웃었다. 내 밖에서 울리는 나의 웃음소리가 들렸다.

시계를 다시 확인했다. 그를 보내야 하는 시간이었다. 그는 내 입술에 가볍게 뽀뽀를 했다. 왠지 모르게 허기지고 불안정해진 나는 그를 내 쪽으로 당겨 뭔가 더 실속 있는 것을 해보려고 했지만,

그는 장난스럽게 웃으며 뒤로 물러났다. 마치 내가 돈도 없으면서 쿠키를 달라고 요구하기라도 한 것처럼.

나는 그를 놓아주었고, 그는 보조 현관문을 지나면서 손을 흔든 뒤 문을 직접 잠갔다. 그는 자신의 구형 포르쉐로 돌아가 손을 한 번 더 흔들고는 시선을 도로로 돌렸다. 나는 건너편 집의 베란다 창문을 흘낏 보았다. 창가에 늘 세워두는 이젤 위쪽으로 작은 램프가 켜져 있었지만 사람은 보이지 않았다. 나는 잠긴 보조 현관문의 잠금장치를 풀고, 현관문을 닫았다. 그리고 빗장을 걸었다.

나는 내 방으로 달려가 디지털시계를 확인했다. 손가락을 펴서 독일과의 시차를 계산해보았다. 여름 동안 독일에 가 있던 애비게일에게 전화를 걸어서 나도 너를 따라잡았다고 말하고 싶었다. 내 친구들 중에 내가 세 번째였다. 방 한가운데에 서서 팬티에 피가 묻었는지 확인했다. 나는 더 이상 동정이 아니었다.

내가 국제전화를 걸기 전에 전화벨이 울렸고, 나는 주방에 있는 전화기로 달려갔다. 엄마가 가게에 들르거나 저녁을 준비하기엔 너무 피곤하니 켄터키 프라이드 치킨을 사갈까 하고 묻는 전화일 수도 있었다. 나는 주방까지 들고 갔던 담뱃불을 재떨이에 끄고 나서, 한 손으로 수화기를 들고 다른 팔로는 담배 연기를 손으로 흩뜨렸다.

"나야!" 제프가 외쳤다. 주변의 차 소리가 들렸다.

"왜요?" 나는 겁이 났고 혼란스러웠다.

"믿을 수가 없어." 그가 말했다. 실망했다는 뜻일까? 후회한다는 걸까? 그만두겠다는 말인가? 나는 당장 울고 싶어졌지만 최대한 마음을 가라앉혔다.

"뭐라고요?" 내가 물었다. 다른 말이 생각나지 않았다.

"오다가 미친놈처럼 고속도로에서 차를 세웠어. 운전을 할 수가 없더라고. 심장마비가 오는 줄 알았다니까. 지금은 괜찮아. 그래도 잠깐만 쉬었다 가려고…." 나는 말없이 이마를 찌푸리고 숨을 참은 채 다음 말을 기다렸다.

"그러니까, 너도 알잖아. 내가 방금 한 짓은…… 선생이 절대 해서는 안 되는 짓을 해버렸다고! 최악이지. 난 방금 중대한 규율을 어겼어. 속이 좀 메슥거리네…. 미칠 것 같기도 하고…." 전화기 너머의 목소리가 점점 작아졌다. 나는 그가 어디에서 전화를 걸어온 건지, 왜 그렇게 주변이 시끄러운 건지 궁금했다. 정말 고속도로 위인가? 고속도로에 있는 비상 전화로 건 거야? 그게 가능하기나 해?

"알았어요." 내가 말했다. "괜찮아요. 다 괜찮을 거예요. 난 재미있었어요!" 문득 '재미'라는 말은 열네 살짜리가 할 만한 소리로 느껴졌고, 나는 입술을 깨물었다. "왜, 그러니까 정확하게 뭐 때문에 속이 메스꺼운 건데요?"

"그래, 알았어." 제프가 대답했다. "아무한테도 말하지 않기다. 이 얘기는 아무 데도 적지 않는 거야, 알았지?"

"당연하죠!" 내가 크게 대답했다. 목소리가 약간 떨린 것 같았다. "아무도 모를 거예요. 맹세해요!" 나를 믿어주세요, 속으로 말했다. 이번이 처음이자 마지막이지 않게 해주세요.

"걱정할 거 없어요. 약속해요." 내가 덧붙였다. 그는 2분 정도 더 흥분해서 떠들다가, 그제야 조금 진정하는 듯했다. 원래 내가 알던 선생님으로 돌아온 그는 웃고, 재치 있는 말을 던지고, 자기가 과잉 반응을 보인 것에 대해 농담을 하더니 마침내 차에 올라 운전대를 잡았다.

나는 전화를 끊은 뒤 다시 시계를 확인하고 독일은 지금 몇 시인지 따져보았다.

나의 사춘기는 요약하자면 이랬다. 정기적으로 약에 취하고, 호르몬의 지배를 받고, 불같이 화를 냈다. 엄마는 갱년기의 한가운데를 지나고 있었고, 아빠와 별거에 들어갔다. 내가 어릴 때 시작된 엄마의 가끔씩 폭음하던 습관은 어느새 몹시 그리운 것이 되었다. 이제 엄마는 취하지 않을 때가 없었기 때문이다.

아빠는 기억 속에만 사는 누군가가 되어가고 있었고, 자신이 딸에게 그저 한 조각의 기억보다는 중요한 존재라는 점을 상기시키고자 이따금 나를 보러 왔다.

매일 밤 내 방에서 요란하게 울리는 전화벨 소리를 기다렸다. 그 소리는 누군가 나를 생각하고 있고 내 목소리를 듣고 싶어 한다는 증거였다. 방을 나가지 않으면 엄마와 마주쳐서 싸울 일도 없었다. 엄마는 금요일 오후 6시면 보드카와 오렌지 소다를 끼고 주말을 시작했다. 그 생활은 월요일까지 이어질 때도 있었다.

가끔은 이런 일상에서 벗어나기도 했다. 엄마는 지난 주말 내내 정신을 못 차리고 누워 있기만 한 것을 만회하는 차원에서, 토요일에 베니스 비치로 나를 데려가 새 옷과 피스 문양의 패치, 춤추는 거북이 인형, 반투명 스티커, 와인쿨러* 등을 사주었다. 나는 색이 화려하거나 홀치기염색**을 한 옷, 청바지, 인디언 문양의 드레스 같은 것들을 시도해보았다. 전에는 검은색이나 회색만 입었지만 이젠 나의 존재를 세상에 알릴 만한 옷을 입고 싶었다. 내가 열렬히 들어가고 싶어 했던 화려하고 짜릿한 세계와 잘 어울리는 그런 옷을.

엄마와 함께 있을 때는 신분증 검사를 받는 경우가 없었다. 단한 번도. 어느 금요일 저녁, 둘이서 영화를 본 뒤 엄마는 '히든 도어'라는 이름의 집 근처 바에 나를 데리고 갔다. 맥주 한 잔만 마시고 갈 거니까 괜찮다고 했다. 나는 재미 삼아 코로나를 주문해보았고, 바텐더가 내게 맥주를 가져다주었을 때 우리는 마주 보고 키득댔다. 결국 나는 맥주 넉 잔을 비운 후 화장실로 비틀거리며 걸어가 변기 앞에서 머리를 흔들며 술과 팝콘을 한참이나 토해냈다.

엄마와 두 번째로 간 바는 베니스 비치에 위치한 '더 타운하우스'였다. 거기서 주크박스를 처음 보았고, 이번에도 엄마와 함께 바에 앉아 담배를 피우고 술을 마실 수 있었다. 바에 있던 다른 사람이 포켓볼을 하자고 제안하자 엄마는 나를 보며 허락한다는 듯이 고개를 끄덕였고, 나는 아주 어설프게 한 게임을 쳤다. 누군가 나에게 주크박스에 쓰는 25센트짜리 동전을 몇 개 건넸고, 나는 그

---

* 포도주에 과일 주스, 얼음, 소다수 등을 넣어 만든 칵테일   ** 직물을 묶어 침염해서 무늬를 내는 염색법

앞에 서서 글자판에 집중하며 신청하기로 마음먹은 노래 제목이 뭐였는지 기억해내려고 애썼다. 바에 마돈나^{Madonna}의 리드미컬한 노래가 울려 퍼졌다. 누군가 나더러 마돈나를 닮았다고 했고, 벽에 걸린 액자 위로 비친 내 모습을 취한 눈으로 쳐다보니 얼핏 그런 것도 같았다. 마돈나의 〈La Isla Bonita〉가 흐르자 나는 춤을 추며 바를 돌아다녔고, 아무도 나를 미심쩍은 눈으로 바라보지 않았다. 엄마는 내가 재밌어하는 모습을 웃으며 즐겁게 지켜보았다. 나는 그 시간 동안 내가 느낀 자유로움에 집중하려고 노력했다. 우리의 중심을 잡아줄 아빠는 떠났으며 완전히 망가진 주정뱅이 엄마와 남겨졌다는 사실은 외면했다.

그날 저녁에는 베니스의 산책로에서 반핵 운동 표시가 붙은 테이블 주변을 얼쩡거리는데 어떤 남자가 다가와 내 귀에 "커피 한잔하실래요?"라고 말했다. 올려다보니 처음 보는 사람이었다. 나는 웃음을 터뜨린 뒤 엄마와 함께 왔다고 말했다. "알았어요." 그는 웃으며 이렇게 말하곤 사람들 사이로 사라졌다. 나는 너무나 천진한 그 남자의 작업 방식에 놀라 한참을 생각에 잠겼다. 끈적한 말을 걸어오지도, 애정을 갈구하는 나의 피부를 의도적으로 만지지도 않았다. 사람들에 섞여 더 이상 보이지 않는 그는 무해한 남자였다.

샌들을 신고 사람들로 북적이는 길을 걸으며 문득 나에게 해로운 존재들과의 관계가 점점 깊어지고 있다는 사실을 깨달았다. 내 앞에 차를 세우고는 목적지가 어디든 데려다주겠다던, 아무렇지 않게 와인쿨러나 마리화나를 건네며 부탁 하나만 들어줄 수 있겠냐고 묻던 남자들.

나는 그들이 내민 손을 잡고, 문을 활짝 열고, 해로운 세상 안으로 들어갔다.   .

고등학교를 졸업하고 수년 후, 한 강좌에서 나는 다른 여성들과 함께 주먹 쥐는 법을 배웠다. 주먹을 쥐는 훈련에 들어가기 전에는 수업 시간마다 따라 해서 익숙해진 몸풀기 루틴이 있었다. 다 같이 스트레칭을 했다. 허리를 돌렸다. 크게 심호흡을 했다. 그리고 직관력과 우리 자신의 가치에 대해 이야기를 나눴다.

어쩌면 이상하게 들릴지도 모르겠다. 누군가의 가치에 대한 토론이라니. 하지만 얼마나 강렬한 주제인가. 더구나 모르는 사람끼리 모여 이런 이야기를 하다니.

우리의 공통점은 여성이라는 것이었다. 모두 자기방어법을 배우고 싶은 여성들이었다. 우리는 스스로를 페미니스트로 정체화한 사람들이었고, 자기방어를 위해 가장 먼저 우리의 가치를 인식해야 한다는 것을 이해해가고 있었다. 이것은 근본적인 개념이었다.

방 안에서 탈출 계획 세우는 법을 배우는 것보다 더 근본적이고, 발차기나 주먹질을 연습하거나 가해자의 눈동자를 노리는 것보다 더욱 근원적인 방식이었다.

나의 가치라는 것에 대해 생각해본 기억이 희미하게 있기는 했다. 하지만 나의 가치는 완전히 뒤틀린 개념으로 망가진 지 오래였기 때문에, 매주 이 방에서 다른 여성들과 함께 차근차근 풀어보려고 노력하는 중이었다.

한 여성은 베개 밑에 칼을 두고 자는 이유에 대해 이야기했다. 다른 여성은 공포 때문에 몸이 마비되는 느낌이 어떤 것인지에 대해 말했다. 공감할 수 없으면서도, 공감할 수 있었다. 나는 이런 공간에서, 그리고 대학의 교실에서 내가 10대 시절 견뎌내야 했던 상황을 묘사하기 위한 적합한 표현을 배우고 있었다. 쉽게 입 밖으로 나오진 않았지만 그런 표현이 존재한다는 것만큼은 점점 더 분명하게 느꼈다. 베개 아래에 칼을 놓고 자야만 하는 사람의 마음을 온전히 이해할 수는 없어도, 그가 그렇게 해야 안전하다고 느꼈다면 그것은 좋은 일이고 옳은 일이라는 걸 알게 되었다.

10대 때 내가 느낀 나의 가치는 손에 쥘 수 있을 정도로 작았다. 그것은 펜이나 종이, 혹은 기껏해야 사람들의 관심을 끄는 능력 정도였다. 대학에 들어가서야 나는 그게 얼마나 왜곡된 자아 개념이었는지 깨달았다. 그와 함께 경계라는 개념이 불현듯 내 의식 속으로 들어왔고, 같이 어울리던 여성들과 끊임없이 이야기를 나눌 수 있는 주제가 되었다. 경계 짓기. 좋은 경계. 끔찍하고 나쁜 경계.

내가 잘 알고 있는 주제였다.

세상에는 여성 전용* 구역을 비롯해 양성애자 전용 구역, 유색인 여성 전용 구역 등 다양한 영역이 존재한다는 사실 또한 알게 되었다. 나는 남이 그어놓은 경계를 존중했다. 내 주변으로도 가능한 한 많은 경계선을 그었다. 그리고 열셋, 열넷, 열다섯 살 때 나의 동의하에 혹은 동의 없이 침해당했던 내 안의 수많은 경계선을 다시 되돌리고자 노력했다. 내가 잃어버린 것들을 완전히 보상받기란 불가능하다는 것을 아직은 모르는 채로.

자신감과 단호함에 대한 토론에 귀를 기울였다. '자기 돌봄'이라는 용어를 알게 됐다. 나의 일부는 코웃음을 쳤지만, 나의 더 큰 일부는 이것이 나에게 없었던 도구라는 점을 깨달았다. 더 성숙하고 만족스러운 존재로 나아갈 수 있게 해주는 도구라는 사실을.

물론 내 발과 코어, 주먹을 사용하는 법도 배웠다. 다만 이다음 단계로 넘어가기 전 몇 년간은 방어와 저항의 방법부터 몸에 익혀야만 했다.

---

* 원문에서는 '여성 전용'을 'womyn-only'와 'wimmin-only'로 표기했는데, 이러한 표현은 영어에서 '남성man'이라는 단어를 기본형으로 두고 'wo-'를 붙여 '여성woman'이라는 단어를 만든 것에 저항하는 페미니스트들의 대안적 용어이다. 이러한 목적으로 만들어진 '여성'이라는 표현의 또 다른 단수형은 'womxn', 'womban', 'womon' 등이 있으며, 복수형으로는 통상 'wimmin'이 사용된다.

1987년 여름 ||

엄마가 정해놓은 통금 때문에 금요일 밤에는 대부분 집에 있었다. 그럴 때면 자발적으로 내 방에 틀어박혀 지냈다. 가끔 주방에서 다이어트 콜라, 팝콘, 식은 피자, 감자칩 같은 간식을 가져다 먹었다.

새벽 3시, 나는 텔레비전을 끄고 블라인드를 내렸다. 조명은 졸음이 쏟아지기 전까진 약하게 켜두었다. 매끈한 크림색으로 마감한 내 아동용 침대의 헤드보드가 빛을 받아 반짝였고, 그 위의 잎사귀와 덩굴, 작은 꽃무늬 그림들이 컴컴한 조명 속에 희미하게 보였다. 침대는 시트 한 장으로 대충 덮어두었는데, 완전히 가려지지 않은 부분에는 여기저기 뜯겨 우둘투둘한 매트리스가 그대로 드러났다. 점점 이 매트리스가 싫어지고 있었다. 상단의 스프링은 언제라도 뚫고 나올 것처럼 위협적이었다.

기억의 발굴

밀밭같이 밝고 노란 카펫은 내가 자주 다니는 동선을 따라 눌리고 때가 타 있었다. 한번은 오렌지색으로 탈색했던 머리를 다시 검게 염색하다가 카펫 군데군데에 어두운 얼룩을 남기기도 했다. 나는 방에서 그냥 담배를 피웠기 때문에 담뱃불 자국도 한두 군데 있었다.

내 방문의 양쪽 벽면은 《LA 위클리》에서 연재하던 만화 〈라이프 인 헬Life in Hell〉*의 페이지로 가득 차 있었다. 벽에는 레코드숍에서 가져온 너덜너덜한 명함들과 잡지 《피플》에서 뜯어낸 존 벨루시와 제임스 딘, 나탈리 우드의 사진도 붙어 있었고, '아드바크의 오드아크'라는 희한한 옷가게 이름이 쓰인 쇼핑백과 오래된 크레파스로 색칠한 디즈니 컬러링북 캐릭터들도 걸려 있었다.

무엇보다 내 방의 벽은 생리를 시작한 즈음부터 열심히 듣던 음악이 무엇이었는지 고스란히 보여주었다. 뉴웨이브 밴드 오잉고 보잉고Oingo Boingo를 이끌었던 대니 엘프먼Danny Elfman을 비롯해 폴리스, 수지 앤 더 밴시스Siouxsie and the Banshees 등의 이름과, FM 다이얼을 이리저리 돌려 제프가 듣던 방송을 따라 듣게 되면서 그가 인용한 가사가 내 방 벽에 등장하기도 했다. 존 레논John Lennon, 데이비드 보위, 잭슨 브라운Jackson Browne 등의 노랫말을 그가 준 작년 달력에서 오려낸 요세미티 사진 위에 마커로 써서 붙여두었다.

책은 중요도 순으로 침대 주변에 쌓여 있었다. 학교용 책은 전화기 옆에, 친구에게 빌린 책은 중간중간에 책갈피를 끼워 침대 옆에 두었다. 침대 헤드보드와 한 세트인 여아용 화장대에는 서랍이

---

* 〈심슨 가족〉의 원작자로 유명한 맷 그레이닝이 1977년부터 2012년까지 다수의 매체에 주간 형식으로 연재했던 풍자만화. 사람의 모습을 한 토끼들과 게이 커플이 주요 캐릭터로 등장한다. 사랑과 성, 일과 죽음 등 광범한 주제를 통해 불안, 소외, 자기혐오, 운명 등을 탐구한 작품으로 평가받아 왔다.

두 칸 달려 있었고 책상과 선반 세 칸이 연결되어 있었다. 서랍에는 공책, 일기장, 할 일 목록(4학년 때부터 매일 밤 작성해서 종이 클립에 끼워두었다), 낡은 펜, 마커, 편지, 애비게일이 독일에서 보낸 엽서, 졸업 앨범, 처키 치즈*의 토큰, 그리고 먼지 뭉치가 굴러다녔다. 나중에는 마리화나용 파이프와 작게 포장한 조인트** 따위를 숨겨두기도 했다.

가구 세트에 포함된 커다란 계란형 거울 아래에는 작은 서랍장이 하나 더 있어서, 그 안엔 갤 수 있는 옷을 넣어두었다. 첫 번째 서랍은 엄마와 같이 사용했다. 그 서랍에는 플라스틱 칸막이 안으로 예전에 쓰던 모조 장신구와 실핀, 배터리를 갈아야 하는 손목시계, 헤어밴드, 오래된 화장품, 머리카락 같은 것들이 들어 있었다. 화장대 위는 화장솔과 머리빗, 잠깐 쓰다 만 화장품, 공책 귀퉁이를 찢어 쓴 쪽지, 종이 성냥과 담배, 포장지, 포일, 담뱃가루 같은 것들로 가득했다.

제일 큰 옷장의 위쪽 두 칸에는 거미줄이 내려앉은 동물 봉제 인형들이 들어 있었다. 할머니는 그것들을 '봉제 장난감'이라고 부르면서 '봉제' 부분을 세게 발음하곤 했다. 옷장 위로는 유치원 때부터 1학년 사이에 내가 끼적였던 드로잉과 핑거 페인팅, 글 따위를 모아둔 종이 폴더가 보였다.

방 곳곳에 먼지가 쌓여 있었다. 블라인드 위에도 먼지가 내려앉아 있었고, 화려한 색상의 블라인드 날개를 여닫는 손잡이 끈에도 때가 껴 있었다. 언젠가 부모님이 내 방 커튼을 금속 재질의 블라인

---

* Chuck E. Cheese's. 어린이 놀이 센터를 겸하는 피자   ** 종이에 말아서 담배처럼 피우는 마리화나
  체인점

드로 교체하기로 한 날 엄청 화를 낸 적이 있었다. 아마도 일고여덟 살쯤이었을 것이다. 엄마와 아빠는 지금 생각해봐도 인간이 창조해낼 수 있는 가장 끔찍한 컬러의 조합으로 내 방 블라인드 색상을 정했다. 갈색과 유광 녹색에 번트오렌지색으로 이루어진 블라인드는, 걸레로 한번 닦으면 밋밋한 은색 빛이 났다. 나는 항의의 표시로 창문 선반에 씹던 껌을 몇 개 붙여두었다.

침대와 화장대 주변으론 옷이 널브러져 있고, 벽장 손잡이에도 옷이 걸려 있었다. 엄마는 본인의 옷을 내 방 벽장에 일부 보관해두었고, 그 아래 바닥에는 엄마의 낡은 하이힐을 비롯해 막 모으기 시작한 여러 종류의 내 부츠와 샌들, 그리고 나중에는 무릎 높이의 모카신과 통굽 슈즈까지 들어섰다. 벽장 선반에는 엄마와 내가 버리지 못하고 가지고 있던 것들, 이를테면 내가 어렸을 때 입던 옷이나 엄마의 오래된 레코드, 혹은 내가 태어나기 전에 엄마가 쓰던 가발 두어 개가 자리를 차지하고 있었다. 나는 또 다른 세계로 나를 인도하는 이 선반 쪽 문은 의식적으로 자주 닫음으로써 바로 눈앞에 보이는 책과 재떨이, 말보로 레드, 전화기 같은 실질적인 물건들에 집중하려고 노력했다.

남은 여름날은 침대에 드러누워 블라인드 사이로 보이는 하늘을 보며 생각에 잠기고, 라디오에서 나오는 노래 중 귀에 들어오는 가사를 곱씹고, 매일 밤 몇 시간씩 제프와 통화한 내용을 수많은 방법으로 해석하고, 그리고 독일에 가족을 만나러 갔다가 마침내 돌아온 애비게일이 내 방 창문을 두드리길 기다리며 보냈다. 나는 언제든지 거실로 쏜살같이 달려가 현관문을 열어젖힐 준비가 되어 있었다.

어느 날 밤, 제프가 알려준 라디오 채널을 듣고 있었다. 엘리베이터에서나 나올 법한 보컬 없는 퓨전 재즈가 흘러나오자 지루함과 짜증이 밀려왔지만, 그가 관심 있어 하는 음악이니 꾹 참고 들었다. 멜랑콜리한 피아노 연주곡이 끝나자, 제프 생각이 났다. 그리고 그가 여자친구를 위해 피아노곡을 직접 쓴 적이 있다고 말한 것이 떠올랐다.

무심코 제프가 이 방에서 맡았다는 냄새를 찾아보려 코를 킁킁댔다. 나는 그토록 작은 것까지 알아채는 그의 감각이 신기했다. 그는 누구에게나 각자의 냄새가 있는데 내 냄새는 자기에게 '후각적인 오르가슴'을 준다고 말했다. 나는 다리를 아무렇게나 벌린 상태로 숨을 들이마셨고, 쇠 냄새가 코를 스쳤다. 생리대를 갈 때가 되었다는 게 생각났다. 이번 생리는 처음으로 반가웠다. 나는 다리를 모으고선 문득 다른 사람의 냄새, 다른 이들의 후각적인 흔적에도 관심을 가져야겠다고 다짐했다. 그러나 여전히 내 머릿속을 떠나지 않는 것은 그의 스웨터에서 풍기던 랄프로렌 향수 냄새뿐이었다.

나는 침대에 가만히 앉아 두근거리는 기분을 느끼며 내가 사랑에 빠졌다고 생각했다. 뒷마당에서 뻗어온 나뭇가지 하나가 내 방의 길쭉하고 네모난 창문에 닿아 있는 게 보였다. 하늘은, 펜과 종이를 찾으며 생각했다, 하늘은 아름다운 보랏빛 푸르름이 넘치는

　　　　　　　　　　　　　　　　　　　기억의 발굴

빛깔을 가졌구나. 솔잎이 여름밤의 미풍에 흔들렸다.

　나는 집중력을 모아 도로 건너편의 집이나 그 뒤의 고속도로가 아닌, 그 너머의 바다를 상상했다. 창밖의 나무 바로 뒤편에 해변을 가져다놓았다. 고속도로에서 들려오는 소음이 천천히 멀어지다가 파도 소리로 변했다. 눈을 감았다. 해변에서 나는 신발을 벗고 갈색으로 젖은 모래 위를 걷고 있었다. 파도가 부서지며 바닷물이 튀어 오르자 팔로 내 몸을 감쌌다. 나는 그 풍경 속에서 무척 차분했고, 신기할 정도로 만족스러워 보였다.

1987년 8월

    여름날은 내가 빨아들이듯 읽고 있던 책들의 페이지처럼 순식간에 지나갔다. 선풍기는 꺼질 날이 없었다. 나는 데뷔 무대에 오르는 신인 배우같이 달뜬 흥분을 매 순간 느끼고 있었다.

    8월의 어느 날, 샌퍼낸도 밸리는 그날도 오븐을 켜 놓은 것처럼 뜨거웠다. 하지만 나는 내가 가장 좋아하던 회색 울 반바지와 흰색 민소매 블라우스를 입었다. 몸에 꼭 맞아 굴곡이 드러나는 순백색의 맵시는 백기 투항을 내포하는 듯 보이기도 했다.

    전화기를 재차 확인했다. 수화기를 들어 귀에 댔다가 내려놨다. 신호음은 정상이었다. 나는 참지 못하고 엄마의 회사로 전화를 걸어 3시 반까지 만나기로 한 약속을 다시 확인했다.

    "마트에 들르기로 약속하는 거지?" 내가 소심하게 묻자 미끼를 문 엄마는 피곤한 목소리로 그러겠다고, 나와 함께 장을 보러 가겠다고 말했다. 그 순간 나는 엄마가 알고 있는 열네 살짜리 소녀가 된 기분이었다. 비록 우리의 관계는 절벽에서 슬로우 모션으로 굴러떨어지고 있는 자동차와 같은 것이었지만.

이런 생각을 너무 오래 하고 있지는 않았다. 전화를 끊자 이 집에는 진짜 나 혼자였고 이제 자유라는 생각이 들었다. 샤워를 하고 엄마의 욕실에 있던 향수를 뿌렸다. '캘빈 클라인'이라는 상표 위로 '옵세션Obsession'이라는 제품명이 쓰여 있었다. 한 번 뿌렸을 뿐인데 주변에 은은한 향이 떠돌았다. 나는 맨발로 거실에 나가 얼룩진 소파에 기대 누웠다. 엄마가 즐겨 앉던 방향으로 돌아누우니 말보로 골드가 손을 뻗으면 닿을 곳에 있었다. 느긋하게 담배를 피웠다. 잠가둔 보조 현관문의 철망 사이로 연기가 빠져나갔다. 나는 다리를 꼬았다가 반대편으로 다시 꼬았다.

소파에서 일어나 니코틴의 짜릿함을 느끼며 가벼운 발걸음으로 현관문 가까이 다가갔다. 먼지 낀 보조 현관문 사이로 옆집이 보였다. 창가에 늘 이젤을 놓아두는 건넛집은 커튼을 활짝 열어놓은 상태였다. 그 집에 사는 남자는 자주 보아서 익숙했다. 오후마다 병적으로 잔디밭에 물을 주는 사람이었다. 어떨 때는 같이 사는 여자와 함께 차고와 진입로에 주차해둔, 연식은 좀 있어 보이지만 멋지게 생긴 차 몇 대를 꼼꼼히 세차했다.

나는 그들에 대한 이야기를 꾸며내기 시작했다. 그 집의 여자는 남자보다 훨씬 어려 보였고, 그래서 그 여자와 나는 공통점이 있을 게 분명했다. 내 상상 속에서 그 남자는 가끔씩 나를 집으로 초대한 뒤 커튼을 닫곤 했다. (몇 년 뒤 실제로 나는 그 집을 방문하게 되었다. 그 커플은 재미있고 독특한 사람들이었다. 남자는 거실에 놓인 오래된 치과용 의자에 앉아 해골 모형을 만지작거렸고, 우리는 짧지만 신비로운 이야기들을 나눴다. 그리고 언젠가 엄마와 할리우드 미술관에 갔을 때 나는 이렇게 말했다. "로버트 윌리엄스Robert Williams라고 정신 나간 예술가가 있는데, 여기 그 사람 그림 좀 봐." 이때만 해도 그 예술가가 우리의 이웃이라는 사실은 전혀 알지 못했다.)

어쨌든 이날은 그 집 커튼이 열려 있었고, 남자는 보이지 않았다. 유령처럼 생긴 커다란 흰색 이젤이 창문 근처에 놓여 있을 뿐이었다.

나는 학교에 가지 않아도 되는 날들을 하루하루 실컷 즐기고 있었다. 엄마가 출근 후에 전화를 걸어 나를 깨우고는 집안일 좀 해놓으라며 잔소리를 늘어놓을 때까지 늦잠을 잤다. 엄마는 심심한 중학생처럼 수다를 떨고 싶어 할 때도 있었다. 그렇게 나는 엄마가 새벽 6시 반에 출근하러 나서던 날들을 만끽했다. 오후 4시에 엄마의 하이힐이 또각또각 걸어오는 소리가 들릴 때까지 집은 내 차지였다.

엄마는 매일 현관문의 자물쇠를 잠그고 이중 잠금장치까지 채워두는 것이 얼마나 중요한지 강조하곤 했다. 너무 더워서 바람이라도 좀 통하게 하고 싶을 때는 보조 현관문만 닫아두는 대신 잠금장치는 꼭 걸어놓으라고 했다. 나는 엄마의 말을 되새기며 보조 현관문을 잠갔다. 그리고 소파로 돌아와 다시 누워 어깨와 다리의 맨살에 실바람이 불어와 부딪히는 것을 느꼈다.

제프의 포르쉐가 주차하는 소리를 듣고 벌떡 일어났다. 그러고는 소파에 앉아 몸을 앞으로 쭉 빼서 집 앞에 그의 녹색 차가 와 있는지 확인했다. 그가 계단을 올라오기 시작했을 즈음 나는 보조 현관문의 잠금장치를 풀기 위해 일어났다. 그는 이미 문 앞에 서서 안을 들여다보고 있었다. 이어서 문을 두어 번 두드렸고, 나는 얼른 달려가 문을 열었다. 그가 듣기 좋은 목소리로 "어머니, 아버지, 아니면 FBI든 아무나 나와서 저 좀 잡아보세요!"라고 크게 소리치며 집으로 들어왔다. 나는 웃으며 무거운 현관문을 닫았다. 잠그고, 이중 잠금장치도 채웠다.

곧 우리 사이에는 어떤 위험한 기운이 맴돌았고, 이는 완벽한 다음 행동으로 이어졌다. 제프는 키스를 하는 듯하다가 입술과 혀를 내 목으로, 볼로, 가슴으로 가져갔다. 나는 엄마의 소파 뒤에서 몸을 젖히고 눈을 감았다. 그와 눈이 마주치면 나는 열네 살, 그는 스물아홉 살이라는 사실이 생각날까 봐 두려워 눈을 뜰 수가 없었다. 우리는 황급히 내 바지의 단추를 함께 풀었다.

"도대체 이 바지를 왜 지금까지 입는 거야? 지금 바깥이 38도인 건 알아?" 제프가 물었다. 나는 그 말에 답하듯 종아리를 들어 그의 굵은 목을 감쌌다.

이번에는 삽입이 없을 거라는 걸 알고 있었다. 아마도 지난번과 같은 일은 두 번 다시 일어나지 않을 수도 있겠다는 생각이 들던 참이었다. 제프는 자기가 편안함을 느끼는 정도까지만 이 관계를 유지하고 싶어 하는 듯했다. 내 침실에 다시 발을 들이는 순간 벌어질 행위에 대해 굳이 위험을 감수하고 싶어 하지 않은 것처럼도 보였다. 어쩌면 내가 아직 여자가 아니라 여자아이라는 사실을 새삼스럽게 떠올렸는지도 몰랐다.

그래서 나는 제프를 향해 그의 가쁜 호흡만큼이나 뜨거운 숨을 내쉬며 우리의 환상 속에 좀 더 머무르려고 애썼다. 깊고 격앙된, 자욱한 현실 부정의 공기 속에.

*

8월의 어느 밤, 전화가 오더라도 그것이 제프는 아닐 거라는 사실을 알고 있었다. 그는 만나고 헤어지고를 반복하던 여자친구와 애너하임 스타디움에서 열리는 공연에 간다고 했다. 나의 영원한 아이돌 데이비드 보위의 콘서트였고, 수지 앤 더 밴시즈가 오프닝 공연을 맡았다고 했다.

제프와 여자친구가 공연장에 함께 있는 모습을 상상하니 질투심이 차올랐다. 그 둘은 아마 수지 수 Siouxsie Sioux 가 펼치는 환상적인 공연의 진가를 알아보지 못할 게 분명했다. 망할 이성애자들. 제프는 그런 음악을 좋아하기엔 나이도 너무 많았다. 수지의 노랫말은 파란색 마커로 내 벽장문을 장식하고 있었다.

빛나는 별들과

스러져가는 별들

기억의 발굴

마주한 갑갑함에

눈앞으론 물이 흐르고*

　라디오의 볼륨을 올리고 다이얼을 돌려 내가 자주 듣던 방송을 틀었다. 관중의 환호 소리가 울렸고, 마이크를 잡은 사람의 목소리가 들려왔다. 그 채널에선 애너하임 스타디움의 라이브 실황을 중계하고 있었다. 라디오가 나를 제프와 그의 여자친구 옆에 데려다 놓았다. 내 상상 속의 그 둘은 한껏 취해서 흥분한 상태로 수천 명의 사람들 사이에 섞여 웃고, 소리 지르고, 발을 구르고, 야광봉을 흔들며 무대를 바라보고 있었다.

　나는 바닥에 엎드려 눈물이 흘러나오는 대로 내버려 두었다. 까진 무릎이 쓰려왔고 관절에선 삐긋하는 소리가 났다. 얼른 일어나 앉았다. 머리 쪽에 피가 쏠리는 느낌이 들었다. 벽장으로 기어가 문을 열고 안에 든 낡은 배낭과 여행 가방을 뒤졌다. 유난히 무거운 가방 안에 옷으로 감아둔 와인쿨러가 들어 있었다.

　나는 다시 카펫 위에 누워 엄마가 들어오더라도 마시던 와인쿨러를 들키지 않도록 병을 의자 뒤로 밀어 넣었다. 이 와인쿨러는 엄마가 순간적인 판단 착오로 사 온 것이었다. 이런 술에는 손이 잘 안 가니까 스스로 음주를 줄일 수 있겠거니 하고 샀겠지만, 이걸 내가 가져다 마실 수도 있을 거라는 생각은 미처 하지 못했을 것이다. 하지만 엄마가 출근한 사이 그 술병들은 내가 다 빼돌렸다.

　관중의 환호는 절정을 향해 가고 있었다. 나는 나의 선생님을

---

* 수지 앤 더 밴시즈의 히트곡 〈Dazzle〉. 이하 인용되는 노랫말은 모두 같은 곡이다.

마음의 눈으로 바라보았다. 그리고 사진으로만 본 적 있는 페르시아식 이름의 그 여자도 보았다. 체격이 작고, 가슴이 크고, 피부가 어둡고, 검은 곱슬머리를 가진 여성이었다. 갑자기 눈물이 그치고 이런 말이 머릿속을 떠다녔다. '너는 애야. 꼬맹이라고. 여자가 아니야. 여자아이일 뿐이지, 여자친구는 아니야.'

나는 일어나 앉아 수박맛 와인쿨러를 단숨에 마셔버리고 병을 내려놓았다. 그리고 병에 붙어 있는 찢어진 라벨을 만지작거렸다.

다이아몬드를 삼키니
목이 조여 와
네가 웃을 때 이빨에서 반사된 빛이
묘비를 비추네

빌어먹을 제프. 몸이 뜨겁고 따끔거렸다. 누가 나를 만지기라도 하면 수만 개의 바늘 조각으로 폭발해버릴 것만 같았다. 머리가 지끈거렸고, 마침 애너하임 스타디움에선 내가 벽에 적어놓은 수지의 노랫말이 울려 퍼졌다. 수지의 고스 창법과 오케스트레이션 연주가 아름다운 협연을 만들어내고 있었다.

제프는 내 방에 이 노래의 가사가 적혀 있었다는 걸 기억할까? 내 생각이 날까? 문득 이런 질문들과 역겨울 정도로 달달한 이 와인쿨러가 찰떡궁합처럼 느껴졌다. 그리고 한 병 더.

놀라움의 축제

러시안룰렛을 돌려, 아니면 럭키 클립을

너의 심장에 보내는 움켜쥔 주먹과

네 폐에 앉은 석탄 가루

나는 눈동자가 아플 만큼 눈을 꾹 감았다. 침대 아래로 손을 뻗어 말보로와 그의 친구들, 재떨이와 라이터를 찾아 더듬었다.

선택받은 자의 그럴듯한 말들과

네 허리춤의 탄약

혹은 피투성이 가시

모든 게 다 거짓말이라 생각했다. 내가 여기 있잖아. 열네 살짜리가. (이 정도면) 예쁘고, (이 정도면) 똑똑하고. 안 그래? 당연히 돌아오는 대답은 없었다. 나는 한 남자를 갈망하느라 내 인생의 몇 시간을 속수무책으로 흘려보내고 있었다. 그것도 자기 여자친구 얘기로 내 자존심을 짓밟아버린 남자 때문에.

그는 내 앞에서 자기 여자친구와 가졌던 요란한 재결합 섹스에 대해 상세히 묘사함으로써 나를 괴롭게 했다. 그렇게 해본 지 너무 오래되었다는 말과 함께. 그는 지금 이 여자친구와는 결국 헤어지게 될 거라고도 말했고, 그럼에도 그 사람을 진정 사랑한다는 말도 빼놓지 않았다.

엔젤 더스트*를 가로지르는 총알

찰랑이는 수은으로 가득한 죽은 바다에서는

당신의 묵직한 검지와 엄지 아래 작은 피아노가 울부짖어

어떻게 좀 해봐요, 그들이 노래할 수 있도록

나는 굶주린 사람처럼 담배를 급하게 피워댔다. 콧구멍이 타들어 가는 것 같았다. 우리 셋과 애너하임 스타디움에 모인 관중들, 그리고 남부 캘리포니아에서 라디오를 통해 이 콘서트의 환상적이고도 구슬픈 선율을 듣고 있던 모든 사람이 내 착각을 목격한 것만 같았다. 내가 이 남자의 사랑을 받을 자격이 있다는 믿음을. 사랑받을 수 있다는 착각을.

눈부신 것들

그것은 찬란하게 반짝이는 최고의 축복

나는 온몸에 힘을 주었다. 이마가 조여왔다. 눈을 꽉 감고 집중했다. 지금 당장 텔레파시를 쓸 수 있다면, 불덩이가 그에게 날아가 박히듯 단 한 번만 쓸 수 있다면……. 제프, 나는 당신 때문에 너무 힘들고, 나는 처음으로 사랑에 빠진 사람처럼 당신을 너무도 사랑해요.

수지는 계속 노래했다.

---

* 합성 헤로인

빛나는 별들과

스러져가는 별들

말하지 않은 이유

나는 평범하길 원하지 않았다. 그 관계가 끝나지 않기를 원했다. 비밀을 지키는 건 어렵지 않았다. 내 잘못이라고 할까 봐 두려웠다. 그의 행동은 모두 나 때문인 것 같았다. 그때 나는 무감각했다. 그는 내가 색기를 내뿜는다고 말했고, 그러니 모든 건 내 책임이라고 생각했다.

사실은, 말한 적이 있다. 그와의 관계가 끝나지 않기를 바라며. 한 어른에게 말했다. 그 후 나는 정신적 고통과 적개심에 점차 익숙해져 갔다. 비극이었다. 나는 무감각했다. 그 어른은 이후에 자기가 내 편에서 행동하지 않은 점에 대해 사과했다. 당시 자신은 신입이었기 때문에 그 상황이 두려웠다고 고백했다.

나는 법정을 상상해보았다. 변호사가 손가락으로 나를 가리켰다. 내가 함께한 모든 성적인 행위를 정리한 요약본이 배부되었고,

누군가 크게 읽었다. 나는 수치스러웠다. 너무 수치스러워서 그런 상황을 견뎌낼 자신이 없었다.

신호는 수없이 많았다. 하지만 나의 부모님은 그런 신호를 감지하고 해석할 능력이 없었다. 나는 모든 게 나의 몫이라고 생각했다. 나는 지금도 그때의 내 마음에 대해 떠올리면 생각이 마비된다. 난 섹스를 원했다. 누군가의 세계에서 가장 주목받는 존재이고 싶었다. 그 어른은 사회복지사였다. 그가 내 이야기를 듣고 상관에게 보고해야 한다고 하자 나는 그곳을 떠나 두 번 다시 찾지 않았다.

나는 힘을 갖고 싶었다. 무감각해지지 않으려고 애썼다. 그 관계로부터 얻을 것이 분명 있을 거라고 생각했다. 사랑받고 싶었다. 그 일이 일어난 곳에서 북쪽으로 아주 멀리 떨어진 지역의 한 상담실에서 내 경험을 낱낱이 풀어놓기까지는 꽤 오랜 시간이 걸렸다. 항상 언제 터질지 모르는 지뢰밭을 걷는 것 같았다. 하지 말아야 하는 말을 하거나 밟지 말아야 하는 곳을 밟으면 사상자가 생길지도 모르는.

만약 당신이 한 어린 여성에게서 뭔가 미심쩍은 느낌을 받았다면, 혹은 누군가 당신에게 그런 일에 대해 알려줬다면 당신은 그 여성에게 무슨 말을 해주겠는가? 나라면 먼저 이야기를 들어준 뒤, 조심스럽게 몇 가지를 물어보겠다.

그 남자가 당신을 어떻게 대하던가요? 그와 함께 있을 때 어떤 기분이 드나요? 그와 함께 있지 않을 땐 어떤 기분인가요? 왜 비밀인가요? 그 일을 비밀로 했을 때 당신은 무엇을 얻나요? 그리고 무엇을 잃게 되나요?

1987년 9월

    수업이 일찍 끝난 날, 노터 데임 고등학교 앞 길가에서 제프가 나를 차에 태웠다. 그는 아직 방학이었고, 내가 진학한 이 가톨릭 고등학교는 8월 말에 학기를 시작했다.

    나는 3주 전 럼앤콕에 취한 채로 구입했던 교복을 입고 있었다. 그날은 한 남자애가 몰던 모터바이크 뒷자리에 타게 되었는데, 어찌나 빨리 달리던지 책가방을 줄곧 그 아이의 등과 내 몸 사이에 바짝 끼우고 있어야 할 정도였다. 그 후로 나는 다시는 럼을 마실 수 없게 되었다.

    "실은 나, 개인적인 문제가 좀 생겼어." 차에 오르는 나에게 제프가 말했다. 그러고는 학교에서 몇 블록 벗어나지 않은 지점에서 다시 말했다. "보여줄게."

    차가 막다른 골목으로 들어갔다. 그는 주변을 휙 한 번 둘러보더니 바지 지퍼를 내렸다. 지금 무슨 일이 일어나고 있는지 알 수가 없어 숨이 턱 막혔다. 나는 그의 바지춤 밖으로 나온 살덩어리를 빠르게 내려다보았다가 바로 고개를 들어 차 앞 유리창을 응시했다. 어금니로 볼 안쪽을 꽉 깨물었다.

"방학 동안 스무 살짜리 계집애랑 좀 놀았는데 걔한테서 뭘 좀 옮은 것 같아. 그러니까 당분간 나는 작동 불능이야. 기대하게 해서 미안."

"괜찮아요." 나는 자세를 고쳐 앉으며 말했다. 헤링본 교복 치마가 내 허벅지를 덮고 있었고, 흰색 블라우스는 타들어 가듯 햇살을 받고 있었다. 속이 조금 안 좋았다. 머릿속에 벌떼가 들어와 휘젓고 다니는 것 같았다. 나는 입으로라도 미소를 지으려고 애썼다.

"그냥 호숫가 쪽으로 드라이브나 좀 하자." 그는 손가락으로 하늘을 가리켰다. "날씨도 정말 좋으니까."

핸슨 댐은 죽어 있는 것 같았다. 물이 전혀 보이지 않았다. 내 흰색 발목 양말과 새로 산 자주색 페니 로퍼는 금세 먼지로 뒤덮였다. 나는 구부려 앉아 혀에 손가락을 찍어 구두에 광을 냈다. "저기 봐, 매다!" 제프가 소리쳤다.

우리는 잠시 떨어져 서 있었다. '좀 놀았다고…? 스무 살짜리 계집애랑?' 나는 숨을 크게 들이마시고 하늘을 올려다봤다. 햇살이 너무 강렬해 손을 들어 그늘을 만들었다. 매 한 마리가 우리 주위를 맴돌고 있었다. 나는 제프를 돌아보았다. 그는 매에 감격한 나머지 숭배하는 듯한 자세를 하고 있었다. 나는 그 모습을 바라보다가 희미하게 웃었다. 그러고는 눈을 깜빡이며 말없이 허리에 손을 얹었다.

우리 집 근방의 주유소에 도착하자 제프가 나에게 굿바이 키스를 했다.

"한 번 더 해줄래요?" 내가 최대한 다정한 목소리로 물었다. 한쪽 무릎을 들어 올리니 치마가 더 위로 올라갔다. 차 바닥에 있던 가방을 집어 들었다.

"안 돼. 미안." 표정 관리를 해야겠다고 생각하기도 전에 내 얼굴이 일그러졌다. 나도 모르는 사이에 하고 싶은 말이 쏟아져 나왔다.

"이번 한 번만요. 내가 뭘 부탁하는 것도 이번 한 번뿐이잖아요!"

나는 말을 멈추고 그의 반응을 기다렸다. 그런 뒤 조수석의 문을 벌컥 열고 밖으로 나와 문을 거세게 닫았다. 치마가 허벅지 뒤에서 펄럭였고 제프의 시선이 그쪽을 향하길 바랐다. 집으로 걸어가는 발걸음 하나하나가 무겁고 억지스러웠다. 종아리 근육이 긴장한 것 같았다. 제프는 차를 돌려서 가버렸다. 그날 밤 10시 반에 전화기가 울렸다.

"전에 말했던 거 있잖아, 네 말이 맞아. 그리고 참고로 알려주자면, 실은 아까 나 거의 차 돌려서 너한테 갈 뻔했다고."

우리의 통화는 아침까지 이어졌다. 제프는 내가 그를 위해 쓴 시를 좋아해 줬다. 나는 새로운 고등학교 생활과 수업, 불편한 교복, 그리고 귀여운 남자 선배들에 대해 틈나는 대로 이야기하려고 했다.

"다른 남자 이야기는 하지 않았으면 좋겠네. 별로 듣고 싶지 않아." 그가 이렇게 말하자 내 마음이 열렸다. 드디어 찾은 느낌이 들었다. 어느 약한 지점을. 손가락만 올려두어도 우리 둘 다 통증을 느낄 만한 연약한 곳을.

전화를 끊고 나는 만족스러운 기분으로 잠이 들었다. 키스를 한 번 더 해주길 원했던 마음은 잊어버렸다.

*

고등학교는 내가 상상했던 것과 달랐다. 텔레비전에서 본 것과도 전혀 달랐다. 갤러리아 쇼핑몰에서 만났던 10대 중후반의 친구들, 그리고 베로니카를 통해 만난 스킨헤드와 펑크족들은 아예 고등학교에 다니지 않았거나 혹은 다니더라도 학교에 관한 이야기는 거의 하지 않았다. 그래서 내게 고등학교는 평행 우주나 다름없는 미지의 공간이었다. 최악은 베로니카가 샌퍼낸도 밸리 건너편 지역의 다른 학교로 진학했다는 사실이었다. 유치원부터 중학교까지 쭉 같은 학교에 다닌 대부분의 친구들과 애비게일은 나와 같은 고등학교에 들어갔다.

종교 수업은 4년 내내 필수 과목이었다. 선택 과목으론 웅변, 상법, 미술과 미술사 따위가 있었다. 학생들은 직접 차를 몰고 와 학교 주차장에 능숙하게 주차를 하고는 1교시 종이 울릴 때까지 놀다가 교실로 들어갔고, 나는 그 모습에 감탄하곤 했다.

애비게일과 나는 처음으로 매일 아침 손을 흔들어 인사한 후 각자 다른 교실로 들어갔다. 여전히 우리 사이에는 숨길 수 없는 전류가 흘렀고, 말하지 않아도 몸짓에서 서로에 대한 감정이 드러났다. 한편 베로니카와는 더 친한 사이가 되어 있었다. 서로 다른 고등학교에 진학하긴 했지만 그런 변화에 대해 나는 전혀 걱정하지 않았다.

그 외에도 새로운 게 있었다. 어느 날 데니스 먼로라는 남학생이 눈에 들어왔다.

"좋아요." 수업 시간에 선생님이 말했다. "토론에 참여할 운 좋은 친구들을 몇 명 뽑아서 10분간 준비할 시간을 주기로 합시다. 주제는 무엇으로 할까요?" 선생님이 교실을 둘러보며 물었다. 웅변 수업은 다양한 학년의 학생들이 참여했다. 데니스 먼로는 4학년이었고, 오렌지색 폭스바겐 미니버스를 몰았다. '소리치는 리더'라는 별명이 있었는데, 아마도 치어리딩 팀의 일원이라서 그런 듯했다. 운동 경기가 열리는 날이면 나는 선배들로 구성된 치어리더들을 애써 외면하려고 했다. 여자 선배들의 파란색과 금색이 섞인 치마는 엉덩이를 가릴락 말락 했고 상의는 부자연스러울 정도로 몸에 딱 붙었다. 그 속에서 데니스 먼로는 누구든지 그에게 반하더라도 이상할 게 없는 남자로 보였다. 그 수업을 들으면서 데니스를 향한 나의 짝사랑은 점점 더 확실해졌다.

"남자 대 여자는 어때요? 남자와 여자 중 어느 쪽이 우월한지 토론해봐요." 누군가 이렇게 외쳤다. 학생들이 떠들썩하게 의견을 쏟아내기 시작했다. 우리는 토론에 참여할 학생들이 어서 선정되길 기대에 찬 마음으로 기다렸고, 10분 후 토론이 시작되었다.

한 여학생이 자리에서 일어나 여성의 양육 능력과 평화를 사랑하는 마음, 상식적인 태도 등에 대해 설명했다. 그 친구의 치맛단은 무릎에 거의 닿을 정도로 길었고, 나는 내 치마를 꼭 줄여야겠다고 다짐했다.

"그렇기 때문에 여성이 언제나 남성보다 우월한 것입니다."라는 말로 발표가 마무리되었다. 그 학생은 바로 옆 강연대 앞에 서 있는 데니스 먼로를 돌아보며 의기양양한 표정을 지었다.

데니스는 자신의 강연대 위에 놓인 노트를 바라보며 웃음을 참고 있는 것 같았다. 나는 고개를 숙인 그의 머리와, 교칙보다 조금 더 길어 보이던 숱 많은 검은 머리를 바라보았다. 그가 고개를 들자 녹갈색 눈동자와 흩뿌려진 주근깨가 보였다.

"여성." 데니스가 입을 열자 굵고 낮은 목소리가 나의 내면을 일깨웠다. "여성은 숭배할 만한 존재임이 분명합니다."

모든 학생의 시선이 발표자를 향했고, 이어 다들 즐거운 표정으로 주변을 두리번거렸다. 선생님은 그의 말을 끊을 수도 있다는 태세였다. 나는 데니스의 얼굴을 뚫어져라 쳐다보았다. 그가 어떤 의도를 가지고 있는 건지, 이 수업을 어디로 끌고 가려 하는 건지 알고 싶었다.

"먼저, 여성은 생리학적으로 놀라운 존재입니다. 남성보다 훨씬 매력적이죠." 학생들이 킥킥대기 시작했다. 나는 소리 내어 웃고는 스스로 놀라서 손으로 잽싸게 입을 가렸다.

"그리고 두 번째로." 데니스는 잠시 말을 멈추고는 얼굴에서 웃음기를 없애느라 표정을 일그러뜨렸다. "여성은 멀티 오르가슴이 가능합니다. 여성이 아니라면 누가 이런 놀라운 성취가 가능하겠습니까? 남성은 못 합니다. 하지만 여성은 몇 분 안에 오르가슴을 몇 번이나….” 아이들이 소리를 지르며 웃자 그의 목소리가 작게 들렸다. 선생님이 성큼성큼 다가가 세 걸음 만에 교단에 섰다. 얼굴을 붉힌 선생님은 다소 초조한 미소를 띠고 있었다. “그 정도면 충분할 것 같네요. 됐습니다. 다른 사례를 볼까요?”

데니스는 느긋한 걸음으로 자기 자리로 돌아갔고 나는 그 모습을 지켜보았다. 그의 셔츠는 바지 밖으로 나와 있었고, 카키색 바지는 헐렁했다. 처음 누군가에게 반했을 때 열이 화끈 오르는 기분이 느껴졌다. 나의 온몸을, 한층 민감해진 피부를 누군가 입술로 훑어줬으면 좋겠다는 기분. 짭조름한 살결을 맛보고, 부드럽고 비밀스러운 부분에서는 좀 더 긴 시간을 할애해주었으면 하는 그런 소망.

웅변 수업은 내가 가장 좋아하는 시간이 되었고, 그날 이후로 제프와 대화를 할 때면 데니스에게 반한 이야기를 가급적 자주 하려고 애썼다. 내가 데니스 이야기를 꺼낼 때마다 제프에겐 작은 동요가 일었다. 제프에게 지금 당장 여자친구가 있든 없든 우리는 다시 종종 만나고 있던 상태였고, 그런 동요는 그의 방문을 더욱 부채질해주었다.

  토요일에는 대부분 교통 카드를 손에 쥐고 배나이스에 있는 '포 앤 트웬티'라는 식당까지 버스를 타고 갔다. 식당 근처 정류장에 내리면 비슷비슷하게 생긴 집들이 모여 있는 교외의 주택가를 따라 내리막길을 한참 걸어갔다. 집 밖에 나와 있는 사람은 아무도 없었다. 집 앞에서 세차를 하는 사람은커녕 커튼 사이로 밖을 내다보는 사람도 없었다. 문득 내가 투명 인간처럼 느껴지기도 했지만, 어쨌거나 나는 일종의 초대를 받은 셈이니 스스로 조금은 중요한 존재가 된 기분으로 제프의 집을 향해 걸어갔다.

  버스에서 내려 행진을 시작하기 전에는 항상 포 앤 트웬티의 공중전화에 20센트를 넣고 번호를 눌렀다. 제프가 전화를 받으면 나는 그 상황에서 제일 효과가 있는 새침한 목소리를 냈다. 내가 지금 어디인지 그에게 말하고 나면 잠시 적막이 흘렀고, 그 순간 전해지는 느낌에 따라 오늘 그의 집에 놀러 가도 되는지 안 되는지를 알 수 있었다.

토요일 날 제프의 집에 누가 와 있는지 미리 알 방법은 없었다. 그래서 이 전화 통화는 일종의 신호였고, 꼭 필요한 것이었다. 때로는 커피숍에서 키라임 파이*를 먹거나 커피를 마시며 시간을 보낸 뒤 제프가 다시 연락하라고 한 시간에 전화를 걸어야 했다. 그의 집에 함께 있던 사람이 돌아가고 제프가 혼자 있을 시간에.

나는 다리를 벌려 제프 위에 올라앉아 그의 방에 걸린 거울 속 나를 보았다. 이럴 때를 대비해서 가방에 넣고 다니던 헤링본 치마는 골반까지 추켜 올라가 있었고, 그가 나에게서 무엇을 보는지, 데니스 먼로는 날 보며 무슨 생각을 할지, 아니면 그게 누구든 간에 날 보면서 어떤 생각을 할지 골똘히 생각에 잠겼다.

오후 늦게, 또는 이른 저녁에 집으로 돌아왔다. 엄마한테는 도서관이나 레코드 가게, 친구 집에 다녀왔다고 했다. 물론 이것도 엄마가 술에 덜 취해서 내게 물어볼 정도의 관심이 있을 때나 하는 말이었다.

월요일 오전에는 친구들이 주말에 있었던 일에 관해 이야기하는 것을 들었다. 조용히 듣고, 제때 웃고, 설명이 부족한 부분에 대해선 질문을 했다. 내가 주말에 한 일에 대해서는 말을 꺼내지 않았다. 내가 얼마나 술에 취해 있었는지, 몇 시까지 밖에 있었는지, 누구 차를 타고 돌아왔는지 같은 이야기는 하지 않았다. 누가 뭘 했느냐고 물으면 토요일과 일요일을 싸잡아 적당히 둘러댔다. '모른다

---

* 연유와 라임즙으로 만든 미국 플로리다주의 전통 디저트

기억의 발굴

는 건 상처받을 일이 적다는 뜻이겠지.' 나는 데니스 먼로가 월요일 아침 자기 차 옆에 서 있는 모습을 보며 이렇게 생각했다. 친구들은 부모님과 외식한 이야기, 부모님의 지도하에 볼 수 있는 영화, 가톨릭 학교의 축제 같은 것들에 대해 떠들고 있었다.

*

어느 토요일, 우리가 처음 만났던 중학교 앞에서 보기로 약속했다. 나는 제프가 본인의 교실에 달력과 포스터 붙이는 작업을 도와줄 계획이었다. 약속 장소에는 예정보다 늦게 도착했다. 이제는 시내의 고등학교에 다니고 있어서인지 졸업한 중학교에 와보니 나 자신이 예전보다 더 성숙하고 지혜로워진 느낌이었다.

제프는 보이지 않았고 정문은 잠겨 있었다. 주변에 서서 지나가는 차들을 보며 기다렸다. 차편이 필요하거나, 초조하거나, 바람맞아서 화가 난 사람처럼 보이고 싶지 않았다.

한 시간 뒤 제프의 차가 나타났다. 허리부터 꽉 낀 철사가 몸을 조이듯 갑갑했던 기분이 그의 차를 보는 순간 모두 날아가 버렸다. 모든 분노와 초조함도 사라졌다. 우리는 학교의 정문을 열고 차를 주차장에 댄 후 그의 교실로 걸어갔다.

"일할 준비는 됐니?" 그가 손바닥을 비비며 물었다.

"그게……." 실은 이런 토요일에 나 스스로 일을 얼마나 할 의향이 있는지 확신이 없었고, 그가 말하는 '일'이 정확히 어떤 것인지도 몰랐다.

"왜 이래. 네가 할 수 있는 일이 있다고." 이렇게 말하며 그가 물품을 꺼내려 배낭을 뒤적였다. 활짝 열린 지퍼 사이로 와인쿨러가 보였다.

"알았어요." 우리는 벽에 포스터를 붙이기 시작했다. 스테이플러를 세게 눌러 벽에 박고, 금색 압정을 엄지로 꾹꾹 눌렀다. 게시판에 포스터와 사진의 위치를 잡으며 계속 대화를 이어갔다. 그러다가 최근 들어 간간이 하던 말다툼을 벌였다. 그가 다른 여자와 썸을 타는 이야기를 들으면서 점차 나는 말이 없어졌고 속이 부글거렸다.

"왜 그래? 왜 말이 없어?" 그가 물었다. 나는 고개를 저었다. 이미 조금 전 교정 앞에서 와인쿨러를 들이켜고 담배까지 피운 후였다. 눈 안쪽에 눈물이 고여왔다.

"웬디, 너 이러는 거 정말 짜증 나. 이렇게 갑자기 조용해지는 것도 이제 지겹다고." 그는 말을 멈추고 내 얼굴을 똑바로 보았다. 나는 그가 아닌 칠판으로 시선을 돌렸다. 내가 그의 수업을 듣는 학생이었을 때 연습하던 것을 떠올렸다. 난 관심 없어. 흔들리지 않아.

"너, 배우 해야겠다." 신경이 곤두선 말투였다. "넌 무표정한 얼굴을 너무 잘 지어서 무슨 생각을 하고 있는지 알 수가 없어." 그리고 침묵.

"그거 알아? 이런 거 다 쓸데없는 짓이야." 그는 내게서 등을 돌리더니 책상 위의 종이들을 정리하기 시작했다. 내 안에서 파도 같

기억의 발굴

은 분노가 피부 표면까지 차올랐다가 가라앉았다.

"쓸데없는 짓……." 내가 따라 말했다. 그러고는 몸을 일으켜 가방을 들고 자리를 박차고 나왔다. 교실을 나오면서 기분 나쁜 희망이 내 안에서 피어났다. 제프가 나를 보고 있었기를, 내 머리칼이 드라마틱하게 흩날리는 모습을, 내 몸이 열기와 울분으로 떨리는 모습을 지켜보고 있었기를. 교실 바닥의 무늬들이 내 부츠의 돌진이 두려워 옆으로 비켜서는 상상을 했다.

"진짜 가는 거야?" 그가 나를 향해 소리쳤다.

"가짜같이 보여요?" 내가 되물었다.

정류장에 도착하자마자 마법처럼 버스가 도착했고 얼른 올라탔다. 버스는 우드맨 거리를 지나 우리 집으로 향했다. 버스에서 내려 담배를 한 대 피우고, 정류장에서 집까지 걸으며 관자놀이가 세게 눌리는 기분이 사라졌다는 것을 알았다. 한 손에는 집 열쇠를, 다른 손에는 가방을 들고 자물쇠를 돌려 안으로 들어갔다.

집에서 시큼한 냄새가 났다. 엄마는 오디오를 요란하게 켜놓고 소파에 드러누워 입을 벌린 채 코를 골고 있었다. 반 정도 남은 술잔이 거실 테이블 위에 놓여 있었다. 잔 바닥 주변에는 물기가 고여 있었다. 나는 살금살금 식탁으로 가 엄마의 손가방에서 조심스럽게 지갑을 꺼내 허리춤에 넣은 뒤 주방으로 숨었다. 내가 움직일 때 나는 삐걱거리는 소리는 음악 소리에 묻혀 잘 들리지 않았다. 엄마는 음악을 틀지 않은 채로 취해서 뻗어 있을 때도 있었는데, 그럴 때를 대비해 나는 거실 바닥의 어디를 밟으면 어떤 소리가 나는지

다 꿰고 있었다.

엄마의 지갑을 뒤졌다. 낡은 가죽 냄새와 담배 냄새, 그리고 희미한 향수와 파우더 냄새가 났다. 10달러짜리와 5달러짜리 지폐, 그리고 찢어진 지폐 등이 손에 잡혔다. 나는 5달러짜리 한 장과 1달러짜리 한 장을 꺼낸 뒤 지갑을 닫아 엄마의 손가방에 넣었다.

채 두 시간도 지나지 않아 나는 다시 중학교 정문 앞에 와 있었다. 담쟁이덩굴로 덮인 울타리 너머로 소리를 치니 농구장 나무 벤치에 앉아 있던 제프가 내 목소리를 들었다. 그가 문을 열어줄 때 루이스 수위 아저씨가 같이 있었다. 둘은 마리화나 파이프 한 대를 주거니 받거니 하며 피우던 중이었다.

나는 아무 일도 없었다는 듯 콘크리트 벤치에 앉아 두 사람의 대화를 들었다. 둘이 피우고 있던 담배는 쳐다보지 않았다. 나는 용감하게 내 담배를 꺼내 불을 붙였다. 제프의 얼굴은 보지 않았다. 벤치 아래에 있던 빈 스프라이트 캔을 주워 조심스럽게 재를 그 안에 털어 넣었다. 내 시선은 손에 쥐고 있던 캔에 고정되어 다른 곳은 보이지 않았다.

"이거, 꽤 품질 좋은 거예요." 제프가 일어나 손을 머리 위로 뻗어 스트레칭을 하며 말했다. "웬디는 괜찮아요." 그가 루이스 아저씨에게 이렇게 말하자 아저씨는 나와 시선을 맞추고 고개를 끄덕였다. 아저씨의 볼에 보조개가 보였다. 나는 다시 스프라이트 캔으로 시선을 옮겼다. 제프는 청바지 주머니에 손을 넣더니 포일 재질의 팩 하나를 꺼냈다.

기억의 발굴

"자, 교실 정리 도와줬으니까 주는 거야. 한 번에 다 피우지는 말고." 나는 고맙다는 말과 함께 마리화나가 든 그 팩을 가방에 넣었다. 루이스 아저씨는 웃으며 반대편으로 걸어갔고 농구장에는 선생님과 나만 남았다. 잠시 불편한 침묵이 흐르고, 우리는 학교를 지키듯 서 있는 커다란 나무 쪽으로 걸어갔다.

콘크리트 바닥에 가방을 던져놓고 눈앞에 보이는 굵은 나뭇가지에 매달렸다. 그러곤 도움닫기를 하듯 다리를 휘저어 나뭇가지 위로 올라갔다. 나무의 몸통은 무척 굵었지만 몸통에 붙은 돌기와 가지는 보기보다 유연했다. 내가 올라 앉은 자리에서 한 팔로 머리께의 다른 가지를 조심스럽게 잡으니, 담쟁이덩굴로 뒤덮인 울타리 밖으로 우드맨 거리와 길 건너편의 불 켜진 아파트 입구가 보였다.

바람이 찼다. 따뜻한 옷을 챙겨 오지 않은 것이 생각났다. 찬바람이 빨갛게 상기된 내 피부를 가차 없이 때렸다. 나는 나무를 잡고 있는 내 팔과, 뼈와 근육을 감싸고 있는 피부의 윤곽, 해를 보지 못해 새하얗게 남아 있는 팔 안쪽을 흡족한 눈으로 바라보았다. 5시가 다 되어가면서 해는 구름 뒤로 숨었고 밤이 다가오고 있었다. 아래를 보니 루이스 아저씨가 다가와 제프와 함께 나를 올려다보고 있었다. 내가 둘을 내려다보자 제프가 웃었다.

"본드라도 마시고 있는 거야? 거기서 뭐 하는 거니?" 그가 물었다. "황산 같은 거라면 아래로 흘리지 않는 게 좋을 거다." 루이스 아저씨도 살짝 웃음 띤 얼굴로 거들었다.

"저기, 우리 이제 가야 돼." 제프가 말했다. "내가 집에 데려다줄게. 대신 아까 그 선물 돌려줘야 한다.”

나는 한숨을 내쉰 뒤 한 발 한 발 신중하게 나무에서 내려왔다. 가방에서 포일 팩을 꺼내 그에게 돌려주었다. 루이스 아저씨는 커다란 열쇠 꾸러미를 흔들며 옆에 서 있었다. 둘이 농담을 주고받고 인사를 하는 동안 나는 재빨리 다시 나무 위로 올라갔다. 그 위에선 그들의 목소리가 들리지 않았다.

루이스 아저씨의 차가 빠져나가고 정문이 잠기자 제프가 나무 위로 올라와 나보다 낮은 쪽 가지에 앉았다. 한동안 우리는 말없이 앉아 있었다. 우드맨 거리에는 차가 쌩쌩 달리고 버스는 느릿느릿 정류장마다 서가며 운행하고 있었다.

“우리, 평생 친구인 거야?” 제프가 솔직하고 아이 같은, 낯선 목소리로 물었다. 아래쪽 가지 위에 앉아 있는 그가 나를 올려다보는 게 느껴졌다. 나는 하늘을 바라보며 이 도시의 인공적인 불빛이 모두 꺼져서 별을 최대한 많이 볼 수 있으면 좋겠다고 생각했다. 그리고 그가 나를 보면서 내 생각을 읽고, 나를 꿰뚫어 보고, 내가 자기를 사랑하고 있다는 사실을 마지못해 인정하는 모습을 상상했다.

나는 그를 잠시 내려다보다가 싱긋 웃었다. 추위 때문에 팔에 소름이 돋았고 나뭇가지에 앉아 있던 엉덩이가 아팠다. 다리를 흔들었다.

“그랬으면 좋겠어요.” 결국 이렇게 대답했다. 제프는 여전히 고개를 들어 내 쪽을 보고 있었고, 갑자기 피로가 몰려왔다. 섹시한 척을 하기에도, 몸을 움직이기에도, 삐지거나 싸우기에도 너무 피곤했다. 그 밤은 그저 한없이 열려 있었고, 텅 비어 있었다. 돌아가고 싶은 집 같은 건 없었지만, 그렇다고 내가 원하는 게 무엇인지 알지도 못했다. 각각의 생각들은 상당한 집중력과 에너지를 필요로 했지만 나에겐 아무것도 없었다. 도로가 물기를 머금은 듯 희뿌옇게 보이기 시작했다. 나는 고개를 들어 더 오를 수 있는 부분이 얼마나 남았는지 보았다. 가슴을 진정시키고, 눈가가 마를 때까지 기다렸다.

우리는 나무에서 내려왔다. 교실 계단 근처에 앉아 제프가 씹는 담배를 우물거리는 소리를 듣고 있었다. 씹는담배는 그를 통해서 처음 알았는데, 나에게 그것은 키스를 할 수 없는 상태라는 뜻의 물건이었다.

"정말 다 괜찮은 거야?" 그가 묻고 또 묻던 질문을 했다. "너 나한테 말 안 하고 이상한 약물 같은 거 하는 건 아니지?" 나는 계속해서 무표정한 얼굴로 대답했다. "아뇨, 그런 거 없어요."

완전한 밤이 되었다. 제프의 차에 타면서 집에 관한 이런저런 생각이 들었다. 엄마가 잠에서 깨 내가 집에 없다는 걸 알게 되었을 수도 있었다. 전에 몇 번 그랬던 것처럼 어쩌면 엄마는 정신없이 차를 타고 돌아다니며 나를 찾고 있을지도 몰랐다. 물론 그럴 때마다 집으로 돌아오는 길에는 주류 판매점도 놓치지 않고 들렀지만.

제프는 차를 빼고 정문을 잠근 뒤 다시 차에 올랐다. 그리고 한동안 시동을 켜둔 채 다른 차가 오가는 거리를 바라보았다. 나는 그의 얼굴을 슬쩍 보았다. 우리 근처를 지나는 차가 뿜어낸 전조등이 그의 불그스름하고도 푸근한 얼굴을 비췄다. 그는 나를 향해 돌아 앉더니 이렇게 말했다. "드라이브나 가자."

나를 달래려는 것 같았다. 평소보다 다정하고 따스한 목소리였다. 차가 잽싸게 우드맨 거리로 들어섰고, 나는 이 밤을 온전히 마주하듯 앞만 보고 있었다. 이런 밤 덕분에 누릴 수 있는 자유를, 무겁고 진하고 깊은 자유를 음미하듯이. 나는 손가락에 힘을 주어 이 자유가 손으로 잡을 수 있는 것이길 소망했다. 그래서 마음대로 가져갈 수 있는 것이기를.

우리는 벤투라 대로를 지나 언덕길을 달렸다. 구불거리고 경사진 길에서는 나도 모르게 숨을 참았다. 이런 길을 밤에 본 적이 없었다. 제프는 좁은 비포장도로에 차를 세웠다. 안내판도 신호등도 없는, 멀홀랜드의 비밀스러운 장소 중 하나였다.

침묵이 소란스러웠다. 마치 대화를 주고받는 속도가 점점 빨라지다가 웅웅거리는 소음이 되어 그 안에 묻혀버린 느낌이었다. 머릿속에는 단어와 문장이 생겨났지만 아무 말도 하지 않았다. 단어들을 엮어 입 밖으로 내기가 두려웠다. 그가 나에게 기대 와 키스했을 때, 나는 느낄 수 있었다. 이것은 침묵을 깨기 위한, 나를 북돋아 주기 위한 행동이라는 것을.

제프는 다시 시동을 걸고 불 켜진 벤투라 대로로 돌아왔다.

"아직 집에 가기 싫어요." 내 말에 그는 한숨을 내쉬고는 벤투라 대로에서 좌회전을 해 밸리의 서쪽으로 향했다. 집에서 멀게 느껴지는 곳이었다.

차가 다시 멈췄을 때 우리는 키스를 했고, 내 목에서 아주 작은 소리가 들려왔다. 하고 싶은 말이 목 안에 박혀 있는 것 같았다. 키스를 할수록, 손으로 더듬을수록 내 입술은 점점 더 무거워졌다. 어딘지도 잘 모르는 숲에 주차해둔 차 안에서, 첫 오르가슴을 그와 함께 느꼈다. 달이 보였다. 손으로 포르쉐의 문을 꽉 잡았고, 그가 내 얼굴을 보고 있다는 걸 아는 상태로 눈을 감았다. 우는 모습을 보여주고 싶지 않았다.

밤이 빠르게 흘러갔다. 우리 양쪽으로 쏜살같이 스쳐 지나가는 자동차와, 빨간색에서 녹색으로 바쁘게 바뀌는 신호등을 지나쳤다. 배에서 꼬르륵 소리가 났고, 흘러내린 브라 끈을 무심코 어깨로 끌어 올렸다. 내 모습이 유리창에 어떻게 비쳐 보이는지 그가 눈치채지 못하게 확인하고 싶었다.

쿠키 공장이었던 길쭉한 벽돌 건물과 베이지색의 앤하이저 부시 맥주 공장을 지났다. 나는 조금 전 내가 아름다웠는지, 내 피부의 모든 땀구멍에서 배어나던 나의 절정이 그의 눈에 보였는지 알고 싶었다. 그러다 유리창에 비친 내 모습을 확인하려던 걸 포기하고 조용히 앞을 바라보았다.

차가 로스코 대로를 지나 틀림없이 술에 취해 걱정과 분노로 가득 차 있을 엄마가 있는 우리 집에 가까워지고 있을 때, 제프가 여자 친구에 대해 이야기하기 시작했다. 나는 창밖으로 스치는 식당, 자동차 영업소, 단독주택, 아파트 들을 보았다. 순간 강렬하고 역한 기름과 홉 냄새가 공기를 채웠고, 문득 가보지 못한 아주 먼 곳을 걸고 싶어졌다. 조금 전 차를 주차했던 숲이 생각났고, 다시 그곳에 갈 일이 있을까 궁금해졌다. 지도에서 그곳을 찾을 수 있을까.

차가 주유소에서 멈췄다. 나는 창문을 닫지 않은 채로 문을 열었다. 제프가 차를 돌리기 전에 내가 창문 사이로 머리를 넣었고 우리의 눈이 마주쳤다.

"나는 이별할 수도 있다고 생각하고 마음의 준비를 했었어요. 여자친구는 어쩔 수 없는 거 알아요." 내 입에서 이런 말이 나왔다. 마치 또 다른 내가 옆에 서서 어떻게 이런 해서는 안 될 말을 할 수 있는지 경악하는 것 같았다. 머릿속으로 우리의 다음 전화 통화를 상상했다. 사과를 해야 할까, 아니면 솔직하게 말한 이유를 설명해야 할까. 목에 걸려 하지 못한 말은 또 어쩌지.

그는 몸을 내 쪽으로 들이민 채 내 얼굴을 바라보았다. 입술이 미세하게 벌어져 있었다.

"네가 다시는 나랑 이야기하고 싶지 않다고 하면," 한 글자 한 글자가 천천히 들렸다. "나는 마음이 찢어질 거야." 그는 운전석으로 돌아가 앞 유리 너머를 응시했다. "몇 년이 지나도 우리는 계속 친구일 거라고 약속해줄래?"

나는 돌아서서 거리를 내려다보았다. 신호등이 녹색으로 바뀌었다. 차들이 위태롭게 달리고, 사람들은 데이트를 하러 가고, 스피커는 토요일 밤의 흥을 한껏 뿜어냈다. 내 다리가 차들이 달리고 있는 아스팔트처럼 느껴졌다. 무겁고, 여기저기 갈라진.

"못 하겠는 거지?" 기다리다 못한 그가 물었다. 나는 고개를 좌

기억의 발굴

우로 흔들었다. 얼굴이 무너지는 것을 막기 위해 힘을 준 광대뼈가 실룩거렸다. 그는 잠시 조수석의 의자를 보다가 창문을 올렸다.

집으로 걷기 시작했다. 밤 11시였다. 도착하면 엄마에게 둘러댈 변명이 필요할지도 몰랐다. 지긋지긋하고 우스꽝스럽지만 그게 내 삶이었다.

1987년 늦가을

수많은 토요일 중 어느 날, 그의 집에 도착했다. 나는 망설이며 먼지 낀 보조 현관문 사이로 안을 슬쩍 들여다보았다. "들어와!" 문을 여니 제프가 있었다.

이 문을 들어서는 순간부터 나의 관심, 직감, 의식, 무의식은 모두 우리의 관계를 위해 존재하는 것처럼 느껴졌다. 일부러 엉덩이를 씰룩대며 현관문 밖으로 다시 나올 때까지, 나의 온 신경은 그의 움직임, 그의 입에서 나오는 말, 우리가 나누는 대화 사이 행간의 의미에 쏠려 있었다.

"웬디가 버스 정류장에서 전화를 거네." 그는 라디오에서 흘러나오는 오래된 팝송에 내 이름을 넣어 흥얼거렸다. 나는 거실로 들어서며 미소를 지었다.

"오늘은 히치하이크해서 왔어요." 대화의 시작으로 내가 먼저

기억의 발굴

입을 뗐다.

"뭐라고? 어떻게 왔다고? 세상에……." 마리화나 한 뭉치를 가느다란 파이프에 채워 넣고 있던 제프의 손이 멈췄다. 나는 가방을 카펫 위에 내려놓으며 거실에 가만히 서 있었다.

"버스가요….."

"아니, 잠깐, 잠깐." 그는 잠시 말을 멈췄다. "그거 알아?" 그가 시선을 바닥으로 내렸다가 나를 쳐다봤다. 나는 얼굴이 붉어졌고, 내가 통제할 수 없는 열기가 볼과 이마에서 귓불까지 번졌다. 아무 말이나 해보려고 입을 벌렸지만 아무 말도 나오지 않았다.

"여기 오려고 히치하이킹을 할 거면 차라리 안 왔으면 좋겠다."

나는 입을 다물고 조용히 침을 삼켰다. 그리고 바닥의 가방을 주워 들었다. 코가 시큰했다.

"아니, 잠깐만. 있어 봐." 그가 표정을 바꾸고 자기 옆에 앉으라는 듯이 소파를 툭툭 쳤다. "자, 이거 봐. 이 약병 안에 있는 게 뭘까? 물 좀 마실래? 조금만 놀다 가."

나는 가방을 다시 바닥에 내려놓고 그가 앉아 있던 소파에서 멀리 떨어진 주방 쪽 의자에 앉았다. 그의 무릎에는 흉터가, 반바지 아래로는 다리털이 보였다.

"이쪽에 앉아보라고." 제프가 겸연쩍은 목소리로 가까이 오라는 시늉을 했다. 그러고는 다시 파이프에 마리화나를 채우기 시작했다. 나는 한숨을 크게 내쉬고 소파로 갔다. 그는 파이프를 내려놓더니 테이블 위의 갈색 약병 안에 컵의 물을 몇 방울 떨어뜨렸다.

"마셔봐." 그가 말했다. "그냥 코카인 좀 넣은 거야. 별로 강하지 않을 거야."

나는 그 작은 유리병을 들어서 위스키를 마실 때처럼 단번에 털어 넣었다. 작은 알갱이들을 삼키자 목구멍이 화끈거렸다. 마리화나를 두 모금 피우고 나니 심장은 여전히 두근거렸지만 기분은 진정되었다. 조금 전 느낀 분노도 사라져버렸다.

나는 취해 있는 동안에는 무슨 대화를 하든 거기에 열중했다. 자동차 이야기, 텔레비전에 나온 정신과 의사 이야기, 싸구려 로맨스 소설 쓰는 법, 산타 모니카 산맥 등반과 같이 주제가 무엇이든 상관없었다.

그의 집에 있는 방을 하나하나 자세히 알지는 못했다. 그의 침실에도 거의 들어가지 않았다. 그 집에 머무는 동안 우리가 현관이나 창문 근처가 아닌 다른 공간에 있다는 것은 곧 위험한 모험에 뛰어들 준비가 되었다는 의미였다.

한번은 제프의 룸메이트 방에 들어간 적이 있었다. 제프는 포르노 잡지 더미를 손가락으로 가리켰고, 나는 얼굴을 찌푸렸다. 솔직한 마음으론 아무도 없을 때 후루룩 훑어보고 싶었다.

룸메이트들이 주말 내내 집을 비운 어느 날은, 둘이서 제프의 자그마한 욕실로 들어갔다. 그가 내 안으로 들어왔을 때 나는 세면대를 움켜잡았다. 거울 속에서 우리는 땀으로 얼굴이 반짝였고 숨을 거칠게 몰아쉬었다. 나는 우리가 이 집에 처음으로 '침입한' 사람들이라는 점에 이상한 자부심을 느꼈다. 이 무방비로 노출된 공간은 마치 마음대로 더럽혀도 되는 빈 캔버스 같았다. 내 방과는 한참이나 멀리 떨어진 그 집은 어느덧 그렇게 우리 사이의 비밀을 품게 되었다.

제프의 집에서는 대개 내가 유일한 손님이었지만 가끔은 다른 손님들과 함께할 때도 있었다. 오크크레스트 중학교의 운동부 감독이나 루이스 수위 아저씨 같은 사람도 그곳에 놀러 왔다. 나는 항상 편하게 자리를 잡고, 부엌에서 직접 물을 떠다 마셨다. 대개는 소파나 의자에 앉아 있었는데, 그 집에 있으면 이상하게 여기저기 돌아다니는 게 불편했다. 아주 작은 움직임도 내가 열네 살밖에 되지 않았다는 사실을 제프에게 상기시켜 그가 나를 우리 집으로 보내버릴 것만 같았다.

그런데 언제부턴가 시계추가 반대 방향으로 움직였다. 나는 조금씩 집 안 구석구석을 돌아다니기 시작했고, 특히 다른 사람이 없을 때면 밑단이 풀린 반바지, 얇은 흰색 티셔츠, 그리고 그 안에 입은 레이스 브라의 효과를 최대화하기 위해 더 많이 움직였다. 내가 여기에 있다고 제프에게 끊임없이 알리고 싶었다. 한편으론 투명인간이 되고 싶으면서도 그랬다. 그 집은 내가 거기에 있어야 하는 이유를, 그 필요를 가진 것 같았다.

그 집의 가구 종류가 왜 그토록 이것저것 뒤섞여 있었는지는 지금에 와서야 알 것 같다. 20대 때는 흔히 중고 시장이나 쓰레기장, 혹은 친구나 부모님으로부터 가구를 받아 오는 경우가 많으니까. 그 집의 거실에는 커다랗고 밋밋한 소파가 있었고, 다이닝룸에는

1970년대풍의 유리 테이블과 의자 네 개가 있었다. 벽난로 선반에는 양초와 여행 기념품, 여자친구의 사진 액자, 그리고 내 흑백 사진 한 장이 놓여 있었다. 내 사진은 중학교 댄스파티 때 학교에서 고용한 사진사가 찍은 것이었다.

거실에는 붙박이 책장이 있었는데 나는 그 앞에 서서 다양한 책들의 책등을 만지는 것을 좋아했다. 책장은 현관 바로 뒤편에 있어서 문을 활짝 열어두면 우리는 그 뒤에 숨어 끌어안거나 몸을 더듬을 수 있었고, 누가 현관으로 다가와도 가느다란 문틈 사이로 미리 알아볼 수 있었다. 실내는 무척 고요한 가운데 집 밖에선 새들이 짹짹거렸고, 제프는 두툼한 양손으로 내 허리를 잡고 자신의 몸을 나에게 밀어붙였다. 나는 그의 팔뚝을 잡고 그 에너지를, 우리 사이에 명백하게 존재하는 흥분의 불꽃을 받아들였다.

밖에서 차가 오는 소리가 들리면 그 불꽃은 켜졌을 때만큼이나 빨리 꺼졌다. 나는 뒤를 돌아 손가락으로 책장의 책을 만지작거리며 마음과 옷매무새를 동시에 가다듬었고, 그는 종종걸음으로 반대편의 주방 조리대로 향했다. 바깥에서 나는 소리는 우리의 불꽃을 꺼트리는 힘이 있었고, 나는 그때마다 속상한 마음을 붙잡고 언제든 다시 시작할 준비를 했다. 한편 초조하고 불안해진 제프는 물담배나 코카인이 간절할 뿐이었다.

＊

쌀쌀한 오후가 별일 없이 느릿느릿 흘렀다. 제프와 나뿐이었다면 분명히 안고 뒹굴었을 시간인데, 룸메이트 하나가 자기 방을 떠나지 않아 그럴 수가 없었다. 나는 제프가 여자친구를 만나고 있다는 걸 알고 있었지만 그는 이제 더 이상 그런 이야기는 하지 않았다. 기분이 내키지 않을 땐 나를 만지고 키스를 하다가도 몸을 빼며 그저 "안 돼, 못 하겠어."라고 말할 뿐이었다.

나는 "안 돼."라는 답변이 돌아올 거라고 예상하며 "나 좀 집에 데려다줄래요?"라고 물었다. 잠시 후 나는 우리 집으로 가는 제프의 차 안에 앉아 있었다.

이른 겨울 휴가를 즐기는 사람들로 가득한 배나이스 대로를 지날 때까지도 그가 내 요구를 거절하지 않은 게 신기하다고 생각하고 있었다. 차는 내가 꼬박꼬박 들르던 중고 옷가게와 거기에 딸린 화장품 가게, 그리고 나중에 가보려고 생각하고 있던 마리화나 용품 가게를 지나쳤다. 신호등에서 차가 멈추자 제프는 내 쪽으로 몸을 돌려 진한 키스를 한 번, 두 번, 세 번 했고, 손으로 내 볼을 만졌다. 그가 자기 위치로 돌아갈 때까지 나는 어안이 벙벙해서 그를 쏘아보았다. 그가 늘 보여주던 편집증이 사라지고 그 자리에 전에 본 적 없는 나약한 열정이 들어서기라도 한 것 같았다.

"너한테 줄 크리스마스 선물 살 거야." 그가 말했다. 나는 "안 그래도 돼요."라고 했지만 흘러나오는 웃음은 참을 수가 없었다.

그는 미소를 지었다. 버스 정류장에 세 명의 남자가 서 있는 앞에서도 키스를, 주유소에 도착해 아스팔트 길에 발을 내디디며 인사를 할 때도 키스를 했다. 주변 남자들이 우리를 향해 웃으며 야유를 보냈다. 나는 집까지 천천히 꿈을 꾸듯 걸었다. 울퉁불퉁하게 포장된 도로에 몇 번이나 발이 걸려 넘어질 뻔했다.

대학에 간 것, 그리고 대학이 있는 도시에서 살아본 것은 얼마나 값지고 감사한 일인지.

나는 그때 만났던 급진주의자, 퀴어, 활동가, 스트리퍼, 작가, 화가, 사진가, 강인한 여성과 거친 여성, 그리고 몽상가 들에게 영원히 갚지 못할 큰 빚을 졌다. 나라는 사람이 지닌 가치에 대해 그들과 어울리면서 가장 많이 배웠기 때문이다.

대학 시절, 한 여성이 내 누드 사진을 찍고 싶다고 했다. 그 이유는 내가 완벽하지 않기 때문이라고 했다. 나는 영리하고 섹시한 방식으로 부당함과 맞서 싸우는 사람들을 만나 같은 침대에서 잠을 잤다. 내가 만났던 여자들은 끔찍한 일을 겪고도 살아남아 자신의 경험을 예술로 승화시킨 사람들이었다. 그곳에서 나는 제프와의 관계를 통해 배웠던 사랑과는 전혀 다른 사랑에 대해 배웠다.

대학에 다니는 동안 나는 발굴보다는 보존에 신경을 썼다. 내 안에 있던 모든 것을 헤아려보고, 그중 어떠한 잠재력을 다듬어 발휘할 수 있을지 알아내려고 노력했던 시간이었다.

그 후 워싱턴주의 올림피아라는 도시에 위치한 몇몇 심리치료실에서, 언젠가는 하게 되었을 나에 대한 발굴을 비로소 고려하기 시작했고 나중에는 내 머리와 눈과 손을 모두 사용해 본격적인 발굴 작업에 착수할 수 있었다. 그렇게 나는 도구를 하나하나 챙겨 내 몸이 더럽혀질 것을 개의치 않고 나만의 경험 속으로 온몸을 던져 넣었다.

그리고 그 더러움이 나를 통째로 집어삼키지 않도록 하는 법을 깨쳐 나갔다.

매주 토요일, 엄마가 있는 집을 나설 때면 바깥세상은 마치 내가 창조해낸 세계처럼 느껴졌다.

제프와 나는 그날도 오후 내내 약에 취해 있다가 정신을 좀 차린 뒤 그의 차고를 구경하기로 했다. 그는 이사하면서 둘 곳을 정하지 못해 일단 쌓아놓은, 정 때문에 못 버린 물건들을 가리켰다. 그가 키우던 샴 고양이가 나른한 걸음으로 들어오더니 내 눈에는 다 쓰레기로 보이는 물건들 주위를 맴돌았다. 고양이가 우리의 다리를 가볍게 스치며 지나갔고, 나는 그가 하는 말을 골똘히 들으며 왜 그 물건들을 버릴 수 없는지 이해하려고 노력했다.

밖에 차가 와서 섰다. 제프는 먼지 쌓인 구석에서 한 물건을 가리키며 그게 왜 보물인지 중얼거리고 있었고, 나는 고개를 돌려 그에게 누가 왔다고 막 알려주려던 참이었다.

"어, 파라가 왔네." 그가 차 소리를 듣고는 태연하게 말했다. 그 여자가 차에서 내렸다. 나는 시멘트 바닥에 발이 붙어버렸다.

제프는 우리를 서로에게 소개했다. 파라는 늘씬했다. 관리받은 손톱에 헤어젤로 고정한 머리는 깔끔했다. 파스텔톤의 반팔 블라우스와 치마가 잘 어울렸고 조금은 몸에 너무 붙어 보이기도 했다. 선물로 받은 게 틀림없는 금목걸이와 팔찌도 보였다.

파라는 반갑게 인사말을 건네며 악수를 청했다. 나는 컷오프진* 반바지를 입고 있었는데, 너무 타이트해서 허벅지께가 답답했다. 굳어버린 듯 움직이지 않는 무릎에는 약에 취해 카펫 바닥에 몸을 문지르느라 생긴 새 딱지가 앉아 있었다. 가슴이 조금 움츠러들었다. 블라우스를 꽉 채운 파라의 가슴 앞에서 내 가슴은 왠지 뾰족하고 이상하게 느껴졌다. 내 키가 더 큰 것 같았다. 흰 펌프스힐을 신고 있는 파라의 맞은편에, 염색한 하이탑 컨버스를 신은 내가 서 있었다. 몇 분이 지났고, 이젠 그 자리를 떠도 자연스러울 것 같았다.

"안 가도 되는데." 제프가 파라의 손을 잡으며 말했다.

"아니에요, 가야 돼요. 고마웠어요." 나는 뒤로 물러나며 이렇게 말했다. "참, 내 가방." 나는 혼잣말을 크게 하고는 현관문을 손으로 가리키며 물었다. "들어가서 가져와도 돼요?" 둘은 그 자리에 서서 나를 보고 있었다. 제프는 얼굴을 찡그리며 이렇게 말했다. "당연하지, 웬디. 근데 정말 이렇게 금방 가야 돼?"

무슨 뜻으로 하는 말인지 알 수 있었다. 내가 방금 온 것처럼 보이게 하려는 거구나.

---

* 원하는 기장만큼 잘라내 끝단이 풀린 채로 입는 청바지

기억의 발굴

"네, 갈게요. 안녕. 좋은 시간 보내세요." 나는 그곳을 빠져나와 전혀 다른 세계로 나를 인도해줄 길로 접어들었다.

*

그날 밤에도, 그다음 날 밤에도 제프에게 전화를 걸지 않고 참았다. 엄마는 전화벨이 끊임없이 울린다며 불평했고, 나는 아마 애비게일일 거라고 둘러댔다. 엄마도 내가 애비게일과 보내는 시간이 점점 줄어들고 있다는 것을 알고 있었다. 결국 나는 전화기 코드를 뽑아버렸다.

코드를 다시 꽂았을 때, 음성 사서함에 쌓인 메시지들을 들었다. 제프가 "안녕, 나야, 그 나쁜 놈. 전화 좀 해줘."라고 연거푸 말하고 있었다. 버튼을 눌렀다. 삭제.

며칠 후에야 나는 전화를 받았다.

"얼마나 걱정했는지 아니." 내가 좋아하는 간절한 목소리였다. 골반이 저절로 열리게 하는 그런 말투. "너 그렇게 가버린 날 파라랑 애너하임에 저녁 먹으러 갔는데, 계속 신경 쓰여서 안절부절못했잖아. 네 걱정 하느라. 왜 그렇게 가버린 거야? 찾으러 나가야 하나 고민할 정도였다고."

나는 대답하지 않았다. 예전에 가르쳤던 학생인 나에 대해 그는 무슨 이야기를 했을까 궁금했다. 다른 아이들은 부모님과 외출했거나, 집에서 텔레비전을 보거나, 축구를 하고 있었을 토요일 오후에 왜 이 여자아이는 창고 문간에 그와 함께 서 있었는지. 제프와 그의 여자친구는 나를 위해 작은 연민의 파티라도 열어주었을까. 그러는 동안에도 그의 손에는 나의 체취가 남아 있었을 테지. 내가 두고 온 거실 탁자 위의 담배처럼.

그는 내게 듣고 싶은 말이 있어서 전화를 한 건 아닌 듯했다.

"웬디야." 그가 입을 뗐다. "우리 사이에 벽이 느껴져. 네가 나에게 무슨 말이든 할 수 있었으면 좋겠다."

나는 한숨을 쉬고 눈동자를 한 바퀴 굴렸다. 잠시 수화기를 귀에서 떨어트렸고, 방을 청소할 때가 되었다는 생각이 들었다. 알코올로 걸레질을 할 때 풍기는 냄새와 마음을 편안하게 해주는 하얀 천 조각을 떠올렸다. 수화기를 반대쪽 귀로 가져갔다.

"나 너한테 신경이 많이 쓰여. 믿지 못할 수도 있겠지만, 정말이라고."

나는 플라스틱 수화기를 얼굴에서 잠시 뗐다. 그의 이야기를 계속 듣고 있어야 할지 고민이 되었다. 수화기를 다시 귀로 가져다 대고 또 한 번 큰 한숨을 내쉬었다. 짜증이 올라왔다. 제프의 말투가 티 나게 바뀌었다.

"그래도 이 말은 해줘야겠다. 파라가 곧 이 동네로 이사 오는데, 우리 다시 한번 잘해보려고 해. 그러니 내 신경은 이제 다른 데 가 있을 거라는 거 알아둬."

이제 다른 쪽에 신경을 쓰시겠다. 그나마 미지근했던 마음이 순식간에 얼음장이 되었다. 이마에 힘이 들어갔고 얼굴이 떨리기 시

기억의 발굴

작했다. 그날은 아무것도 먹을 수 없을 거라는 걸 벌써부터 알 수 있었다.

나중에 제프는 여자친구가 자신의 집을 청소해주면서 벽난로 선반에 내 사진을 다시 올려두었다는 것과 나에 대해 뭐라고 말했는지 들려주었다. "그 친구 그날 상태가 너무 안 좋아 보이더라. 그런데도 그 아이 특유의 느낌은 살아 있더라고." 파라는 이렇게 말한 뒤 계속 먼지를 털었다고 했다.

이런 이야기를 듣고 있자니 나의 일부는 웃음을 멈출 수 없었다. 그의 여자친구, 나, 그. 파라는 잘 모르고 있었던 이 역겨운 삼각관계. 나의 또 다른 일부는 주말 내내 잠을 잤다. 조그만 파란색 수면제 몇 알이 선사해준, 바다에 관한 꿈을 느릿느릿 꾸면서.

풋볼 경기와 신입생 댄스파티, 그리고 미사가 있는 날이었다. 아침이면 나는 회색 울 또는 하늘색 면 소재의 치마에 흰색이나 하늘색의 블라우스를 입고 양말을 발목까지 말아 내렸다. 이날도 여느 때처럼 페니 로퍼를 신은 뒤 라디오를 껐다. 가방을 손에 쥐고 문을 나서면서 건너편 집 창문을 흘낏 보았다. 커튼은 닫혀 있었고 전등 빛이 이젤 위로 새어 나왔다.

보도 위로 울퉁불퉁하게 솟아오른 부분을 빠짐없이 밟으며 걸었다. 다양한 종류의 선인장을 앞뜰에 심어둔 집, 노랗게 마른 잔디, 송전탑, 그리고 할리우드 고속도로가 내려다보이는 장소들을 지나쳤다.

오후에 있을 미사 때문인지 학교 수업은 일찍 끝났다. 성당은 향냄새와 성경 봉독 소리로 가득했다. 이날은 선생님들이 교육의 현장에서 잠시 물러나 한숨을 돌릴 수 있는 날인 동시에, 밤에는 체육관에서 열리는 댄스파티 때문에 종일 학교에 있어야 하는 날이기도 했다.

고등학교에 다니는 동안 나는 댄스파티에 네 번 참석했다. 그중 두 번은 신입생 때였다. 그곳에서 나는 모두 파트너 없이 온 내 친구들과 어색하게 한 줄로 서서 사진을 찍었다. 그리고 아무하고나 춤을 추면서 데니스 먼로나, 혹은 그처럼 여자를 잘 아는 잘생긴 남자아이의 시선을 기다렸다.

그날 밤 새벽 첫차를 타고 집에 돌아온 나는 일기장을 펴고 기억을 되살렸다. 내가 좋아하던 사람은 스물아홉 살의 남자였다. 그는 무릎을 다쳤었고, 어깨 통증이 있으며, 감기에 자주 걸렸다. 스포츠를 좋아했지만 직접 뛰는 사람은 아니었고, 몸매에서도 그 점이 조금씩 드러나고 있었다. 섹스 중에 숨이 차서 오르가슴까지 가지 못할 때도 있었다.

나는 유독 공부를 하고 싶을 때면 반납 기한을 넘긴 도서관 책을 펼치거나 텔레비전을 켜고 케이블 뉴스를 보았다. 앵커나 아나운서보다 그 뒤편에 보이는, 머리에는 헤드셋을 쓰고 손에는 종이를 든 채 바쁘게 오가는 사람들과 윙윙대며 작동하는 컴퓨터에 더 시선이 갔다. 펼친 일기장을 앞에 두고 백과사전에서 찾아본 사회주의에 대한 시시콜콜한 내용을 떠올렸다. 그 내용은 이런 용도로 사용하던 줄공책에 파란색 펜으로 필기해두었다.

어느 날 한쪽 팔에는 책을 들고 한쪽 어깨에는 책가방을 멘 채

버스에서 내려 집으로 가고 있었다. 블라우스를 안으로 넣어 입었을 뿐 전체적으로 헐렁한 교복 차림으로 익숙한 길을 걸어 내려가던 중이었다. 트럭 한 대가 내 쪽으로 오더니 갑자기 멈춰 섰다. 운전석에 한 남자가 앉아 있었다. 크고 높은 타이어 때문에 그에게서 위압감이 느껴졌다. 나는 햇빛에 눈이 부셔 찌푸린 얼굴로 운전석을 올려다보았다. 물어볼 말이 있는 것 같았다. 고속도로와 인접한 미로 같은 주택가에서 길을 잃는 것은 종종 있는 일이었다.

그 남자는 창문을 내리지 않고 운전석의 문을 열었다. 햇볕에 그을린 몸을 불쑥 내밀어 자신의 몸을, 번들거리는 나체와 근육, 체모를 나에게 노출했다. 그러고는 똑바로 앉아 차 문을 닫고 트럭의 기어를 변속하더니 그대로 가버렸다. 나는 그 자리에 잠시 서 있었다. 왜 그런 일이 일어났는지 곰곰이 생각해보았다. 주변에 창문을 열고 밖을 내다보고 있는 집이 있는지 둘러보았다. 덥고 강한 햇살이 내리쬐던 날이어서인지 창문마다 커튼은 닫혀 있었고 진입로에도 차가 없었다. 나는 가방을 다른 어깨로 옮겨 메고 다시 걷기 시작했다.

집 앞에 도착했을 때, 엄마에게 조금 전 일을 꺼내놓기로 결심했다. 엄마는 방금 퇴근한 터라 정신이 말짱했다. 내 이야기를 들은 엄마는 주방 전화기 앞에 앉았다. 엄마가 분노에 차 손부채질을 하며 경찰에 신고하는 소리가 들렸다. 나는 거실에 앉아 엄마의 목소리를 들으며 벽 거울에 비친 내 모습을 바라보았다. 웃음이 나오는 것을 참았다.

발굴을 위해선 생각보다 다양한 자재와 도구가 필요하다. 나는 이 사실을 내 아이가 보는 한 어린이 책을 통해 알게 됐다. 책의 주인공 큐리어스 조지*는 고고학 발굴 현장에 견학을 간다. 눈앞에 있는 것들을 파헤치기 전, 미리 준비된 곡괭이와 솔, 삽 등을 확인한다. 불도저, 페이로더, 모터그레이더, 굴착기와 같은 중장비도 동원된다.

먼저 구멍을 판다. 굴착기의 날이 땅을 물어뜯는다. 언뜻 보기엔 발굴이 진행되는 것 같다. 하지만 그 전에 이루어져야 하는 해체 작업이 있다. 그 자리에 있던 건물이나 잔해를 철거하고 지면을 정리한 후 개공식을 거치고 나서야 본격적인 발굴 작업에 들어갈 수 있다.

"여기에는 뼈가 보이지 않네요." 책에 등장하는 한 여성 고고학

---

* Curious George. 영미에서 인기 있는 어린이 책 시리즈의 유인원 캐릭터. 우리나라에는 《호기심 많은 조지》라는 제목으로 소개되었다.

자가 흙을 꼼꼼히 뒤지며 이렇게 말한다. 뼈처럼 보이지만 그냥 돌인 경우도 많다. 그러나 이 학자는 실마리를 찾으려 애쓴다. 뼈의 골수에는 시간 정보가 숨겨져 있다. 이 뼈는 퍼즐의 조각이고, 보물이다. 조금이라도 '진행'이 이루어져 그 위로 모든 걸 덮어버리기 전에 발견되기만 한다면 말이다.

오래된 일기장을 펼치는 일은 땅을 파는 것과 비슷하다. 나는 손가락에 침을 묻히고 페이지를 넘겼다.

아직 이혼은 하지 않았지만 아빠는 거의 따로 살고 있었다. 엄마와 나는 한집에 살면서도 주중에 일하고 주말에 쉬는 평범한 동거인들처럼 꼭 필요한 대화만 나누었다. 주말이면 둘 중 하나는 외출을 했고, 나머지 한 명은 집에 있었다. 일요일 밤까지 견디기 어려운 서로의 존재를 잊기 위해 갖은 애를 쓰다가, 월요일이 오면 일반적인 세계의 보통 시민으로 돌아갔다. 주말마다 엄마와 내가 어떤 사람이 되는지 알았더라면 우리를 결코 용서하지 않았을 그 세계로.

할머니는 전화로 애원하듯 걱정을 늘어놓으셨다. 나는 할머니가 지금의 엄마를 만든 장본인 중 한 명이라는 사실을 점차 이해하게 되었다. 엄마는 뉴스에서 듣거나 주변에서 읽은 어둡고 무서운 이야기를 종종 들려주었고, 그래서 내가 겁을 먹고 '착한 아이'가

되기를 원했다.

내가 자라면서 들은 말은 이런 것이었다. "우리 아가, 착하게 지냈지?" 엄마는 지금도 내 딸에게 이렇게 묻는다. 두 살인 내 딸은 착하게 지냈다고 답할 뿐이다. 두 살짜리가 '착한 아이'가 되려면 어떻게 해야 할까. 엄마는 앞으로도 이 질문을 끊임없이 던질 텐데, 나는 자라나는 딸에게 '착한 아이'를 뭐라고 정의 혹은 재정의 해줘야 할까.

엄마와 할머니에 관해 글을 쓰다 보면 나는 착한 아이가 아니었다는 생각을 떨쳐버릴 수가 없다. 나는 제멋대로였다. 툭하면 화를 냈고, 엄마를 때려서는 안 된다는 나만의 선은 지켰지만 거의 때리기 직전까지 갔던 것도 최소한 두 번이다. 엄마는 이 사실을 기억하지 못할 것이다. 한번은 엄마가 취해 있었고 나는 한창 예민한 상태였다. 엄마를 밀쳐버리고 싶었고, 내가 밀어냈다는 걸 엄마가 생생하게 느끼길 원했다. 엄마가 술에서 깨 미안하다며 반성하고, 그러면 내 곁으로 가까이 끌어당기고 싶었다.

결국엔 엄마도 당시 내가 힘겨루기를 하던 어른 중 한 명일 뿐이었다. 어른이라서 갖게 된 힘을 얼음 섞인 보드카와 바꿔버린 사람. 나는 내가 가진 힘을 그러모아 엄마를 완전히 무력화시키려고 애썼다. 그때만 해도 엄마라는 존재의 힘이 얼마나 강력한지 몰랐다. 엄마와 할머니를 묶고 있는 실을 통해 얼핏 보았다고만 생각했다. 엄마와 할머니의 통화는 짧고 모진 데다 늘 싸움으로 끝나곤 했지만, 그래도 엄마는 고집스럽게 매일 전화를 걸었다. 엄마가 나를 끌어당기는 힘 또한 한없이 강력했다. 내가 가진 온 힘을 다해서 저항해야 할 정도였다. 나는 착한 아이는 못 되었다.

지금도 엄마에 관한 이야기를 해야 할 때면 나는 방어적인 자세로 엄마의 행동을 변명하기 바쁘다. 엄마는 자기가 할 수 있는 최선을 다했다고 말이다. 나는 엄마의 집에서 억지로 기어 나오고 싶진 않았다. 다시 말해 나는 엄마 곁을 지켰고, 함께 살았고, 법적으로 독립하지 않았다. 술에 취해 널브러져 있는 엄마의 지갑에서 돈을 훔치더라도, 먼저 엄마가 숨을 쉬고 있는지 확인했다. 성적도 적당히 유지했고, 엄마가 맨정신일 땐 최소한의 예의는 지켰다. 하지만 엄마나 할머니가 바라던 착한 아이는 절대 될 수 없을 거라는 걸 나는 알았다.

그 와중에 아빠는 내 무의식 어딘가에 가끔씩 나타났다 사라지는, 결국 머릿속에서 지워버린 환영과 같은 존재였다. 만약 아빠가 나에 관한 진실을 알았다면 얼마나 화를 내고 실망했을지는 쉽게 상상할 수 있었다. 엄마나 할머니에게는 거짓말을 하는 것도, 비밀을 숨기는 것도 어렵지 않았다. 하지만 아빠한테는 애초에 그런 노력을 들일 필요조차 없었다. 아빠는 간혹 나를 만났을 때 학교는 잘 다니고 있느냐는 것 외에 다른 질문은 하지 않았다. 아빠와 나의 관계는 말 없는 차 안에서 우리가 서로를 이해하지 못할 수도 있다는 공감대를 바탕으로 이루어진 것이었다. 차에 흐르는 음악만이 침묵을 채워줄 뿐이었다.

물론 내 인생의 어른들, 그러니까 나의 부모님과 제프는 힘이 있는 사람들이었다. 착하기도 했고 나쁘기도 했던 그때의 나는, 내가 제어할 수 있는 작은 틈을 보았고 그 점을 이용해 내가 할 수 있는 것을 했다. 그게 나의 최선이었다.

1988

할리우드의 극장들은 내가 살던 동네의 극장과는 차원이 달랐
다. 극장 앞 도로는 반짝이는 조명으로 화려하게 빛났다. 나는 주
말 밤이면 엄마에겐 적당히 둘러대고 집에서 빠져나와 친구들과 할
리우드의 거리를 활보하고 다녔다. 집을 나서기 전에는 몰래 주방
과 내 방의 전화기 코드를 뽑았다. 그러고 나면 엄마와 나는 절대로
닿을 수 없는 사이가 되었다.

그날은 시내에서 축제가 열리고 있었다. 시네라마 돔 극장은 둥
근 지붕이 인상적이었다. 특이하게 생기거나 멍한 얼굴을 한 사람
들이 거리를 오갔다. 긴 머리를 한 남자 몇몇은 나란히 걷고 있던
우리에게 다가와 마리화나나 LSD*가 필요한지 물었다.

우리는 연기로 자욱한 식당에 들어가 칸막이가 있는 자리에 앉
았다. 한 남자가 우리에게 다가왔다. 베로니카가 그를 소개했고,

---

* 환각제

나는 그 사람이 예전에 베로니카에게 줬던 팸플릿이 생각났다. 본인 스스로 지은 '앨리 캣'이라는 이름 아래에 타자기로 친 선언문과 그림 등이 인쇄된 출판물이었다. 앨리 캣은 리필한 커피를 단숨에 들이켠 뒤 코스모 거리에 있는 자신의 원룸 아파트로 우리를 데려갔다.

방 한구석에 형광등이 켜졌고, 벽은 똑바로 쳐다보기에는 너무 민망한 포스터와 그림으로 가득 차 있었다. 전자 기기에서 나는 윙윙대는 소리가 외부의 소음을 차단했다. 방은 물을 채우지 않은 수족관으로 빙 둘려 있었는데 그 안에는 비둘기, 고양이, 방울뱀, 이구아나, 타란툴라 같은 동물들이 있었다. 앨리 캣은 걸걸한 목소리로 우리에게 계속 말을 걸었고, 나는 베로니카와 애비게일의 얼굴을 노려보았다. 지금 이거 현실이야? 다들 제정신인 거 맞아? 나는 긴장해서 온몸에 힘이 들어갔고, 맘속으로 도망칠 준비를 했다. 전구의 빛 때문인지 몸이 간지러웠다.

나가려고 자리에서 일어났을 땐 얼마나 마음이 놓였는지 모른다. 앨리 캣은 자기가 복사해서 만든 다른 잡지를 건넸고, 우리는 그윽한 하수구 냄새가 코를 찌르는 코스모 거리로 나와 주차해둔 차로 향했다.

밸리로 돌아온 우리는 자주 가던 식당에 들어가 맛없는 커피를 몇 잔이나 연거푸 마시며 담배를 피웠다. 웨이터의 이름은 카를로스였는데, 다들 자기가 찜했으니 관심을 끄라고 우겼다. 칸막이 안의 둥그런 테이블은 베이지색 비닐이 찢어진 곳마다 절연 테이프를 붙여두었는데 그 모습이 왠지 아늑하고 평화롭게 느껴졌다. 애비게일이 담배에 불을 붙이며 웃음을 터뜨렸고, 나는 매일 밤 이렇게 편안한 공간에서 내 친구들처럼 멋지고 아름다운 이들과 함께 커피를 마시고 대화를 나눌 수 있으면 좋겠다고 생각했다.

　집에 돌아와 내 방 전화기의 코드를 꽂고 제프와 통화를 하면서 오늘 있었던 일들을 이야기했다. 엄마는 만취해서 거실 소파에 뻗어 있었다. 나는 침대 위에서 이불을 둘둘 말고 내가 원하는 것, 내가 바라는 것들에 대해 속삭였다.

＊

　"응, 파라랑은 이제 끝났어."

　침묵. 제프는 기관지염 때문에 목소리가 갈라지고 코가 막힌 상태로 내 인생 최고의 뉴스를 발표했다. "두고 봐야죠, 뭐." 공감하는 척하려고 애쓰며 대답했다.

　"나, 너무 슬퍼서 죽든 살든 상관없다고 하면 믿겠니?" 그는 기침을 하고 가래를 뱉었다. 누르면 바로 전화가 끊길 버튼에 내 검지가 닿았다. 그 버튼을 가볍게 쓰다듬으며 이걸 눌러버리면, 그의 목소리 대신 신호음이 들리면 어떨까 상상했다.

　버튼을 누를 필요는 없었다. 우리는 곧 통화를 끝냈다. 나는 자리에서 일어나 부엌으로 가 립톤사의 컵수프를 전자레인지에 데웠다. 위잉 소리를 내며 전자레인지가 돌아갈 때, 창밖의 옆집을 내다보았다. 불이 켜져 있고 커튼이 닫혀 있었다. 엄마와 내가 소리 지르는 걸 옆집에서 들은 적이 있을까. 엄마에게서 멀리 떨어진 곳에 유리잔을 던져 박살 내는 나를, 누구도 상처받지 않길 바라며 열렬히 화를 내던 내 모습을 보았을까. 가슴이 폭풍우가 몰아칠 것처럼 갑갑해져 왔다. 옆집의 커튼이 움직였다. 나는 시선을 돌려 노란색 테이블과 파란색 꽃무늬의 키친타월을 내려다보았다. 손을 목에 얹었다가 침을 삼키고 내 방으로 돌아가 문을 쾅 닫았다.

*

음반 가게에서 지미 헨드릭스 익스피리언스The Jimi Hendrix Experience 의 데뷔 앨범 《Are You Experienced?》와 재니스 조플린Janis Joplin 의 베스트 앨범을 산 날, 내 생각은 확고해졌다. 나는 웅변 수업을 같이 듣는 데니스 먼로에게 푹 빠진 게 분명했다. 그날 나는 데니스에게 밸런타인데이 댄스파티에 같이 가자고 말하며 친구들과 난리 법석을 피웠고, 그가 그러자고 답했을 때는 더 호들갑을 떨었다.

"웬디야. 현실적으로 봤을 때, 나는 네 남자 목록에서 내가 최소한 두 번째는 됐으면 좋겠다." 어느 주말 오후, 열정적인 키스를 한 뒤 제프가 이렇게 말했다. 우리는 현관문 뒤에 숨어 그의 룸메이트가 맥주를 사 오기를 기다리고 있었다.

"현실적으로라니, 무슨 뜻이에요?" 그의 얼굴을 보려고 몸을 뒤로 빼며 물었다.

"네가 그렇게 좋아하는 데니스 먼로 다음이고 싶다는 말이야." 그가 다시 키스하려고 나를 끌어당기며 말했다. 잠시 후 한숨을 돌리고 그는 또 이렇게 말했다. "일단 기다려봐. 우리가 나이를 더 먹으면 이런 일들도 다 웃으면서 이야기하게 될 거야." 다시 키스가 이어졌다. "그때에도 내가 결혼을 안 했고 너도 그 데니스라는 놈이랑 진지한 사이가 되어 있지 않다면 말이지."

제프가 원하던 대로 되었다. 데니스는 나와 댄스파티에 같이 가기로 한 약속을 취소했다. 웅변 수업 시간에 나는 내 자리에 털썩 앉으며 이제 데니스 쪽은 쳐다보지도 않기로 결심했다. 그는 정중하게 사과했지만, 소용없었다.

"자기 손해지 뭐." 제프는 이렇게 말하고는 자신이 새로 떠올린 판타지에 대해 이야기하기 시작했다. 내가 제프의 룸메이트 두 명과 동시에 섹스를 하는 동안 그가 지켜보는 상상이었다. 나는 수화기를 귀에 대고 호기심에 차서 조용히 그가 하는 말을 들었다.

*

연휴를 맞았다. 우리 집의 연휴는 구색만 맞추는 정도였다. 엄마는 추수감사절이나 크리스마스처럼 대대적인 연휴는 챙겼지만 부활절이나 밸런타인데이 같은 날은 잊고 지낸 지 오래였다.

기대하지 않았던 전화가 걸려왔다. 제프는 평소처럼 유치하고 사소한 말다툼이 아닌, 욕망보다 깊은 차원의 대화를 걸어왔다. 그는 이번 연휴에 나름 의미를 두는 것 같았다.

"여자한테 고백하기에 1년 중 가장 좋은 날이네." 제프가 웃음기 묻은 목소리로 말했다. "한 여자를 향한 내 진심에 대해서 말야."

"그래요." 이런 이야기가 흥분하는 데 조금이라도 도움이 되는지 궁금했다.

"웬디, 넌 백만 명에 한 명 나올까 말까 한 사람이야." 다시 시작되었다.

"또 그 소리."

"휴, 넌 너무 터프하다니까. 알았어, 알았다고." 그가 말했다. 수화기 너머에선 물을 휘젓고, 공기를 빨아들인 뒤, 숨을 내쉬는 소리가 났다. 물파이프를 한 모금 마신 음흉한 목소리가 들려왔다. "너… 열여덟 살이 되면 나랑 몬태나로 도망가서 같이 살림 차리고 아기 낳지 않을래?"

그 말을 듣는 순간 나는 놀라고 믿기가 어려워 온몸의 근육이 뻣뻣하게 굳었지만, 그와 함께 웃어주었다.

"너는 아직 모르겠지만, 넌 내 거야." 제프는 우리의 결혼과 아이 계획을 늘어놓은 뒤 이렇게 말했다.

나는 눈을 감고서 이루어질 거라 생각해본 적 없는 나의 가장 비밀스러운 장면을 떠올렸다. 아이를 가지는 환상. 바닥이 나무로 된 집에 살고, 식물을 잔뜩 키우고, 어쩌면 거기에 제프가 있을지도 모르는. 그 환상 속에서 나는 녹갈색의 눈으로 나를 올려다보는, 곱슬한 검은 머리를 뒤로 모아 고무줄로 묶은 아이들의 손을 꼭 붙잡고 있다. 눈을 뜨고 지금의 내 손을 내려다보았다. 부드럽고, 주름지고, 텅 비어 있었다.

그의 이런 말들은 분위기를 잡을 때를 빼고는 평소 대화에선 거의 등장하지 않았다. 언젠가 그가 모터바이크를 타고 집 앞에 온 적이 있었다. 나는 기꺼이 그를 안으로 들였다. 봄 방학 기간이었고 엄마는 퇴근 전이었다. 그가 헬멧도 벗지 않고서 나를 밀쳐내고 거실로 들어왔을 때, 나는 넌더리가 난 채로 열린 문에 기대어 서 있었다. 뭔가 겁에 질린 상태로 전전긍긍하며 이 방 저 방 오가는 그를 보면서, 이 사람이 정말로 나와의 결혼이나 아이를 진지하게 생각하고 있기는 한 걸까 궁금해졌다. 그날 제프는 약에 미친 사람 같았고, 헬멧을 벗기 싫어 키스는 못 하겠다고 했다. 그러고는 떠나버렸다. 그는 나가기 전 나를 잠깐 더듬었고, 출발할 때 바이크 소리가 어찌나 컸던지 건너편 집 커튼이 사람 손에 살짝 열렸다가 닫히는 게 보였다.

현관문을 잠그고 내 방으로 돌아가 핑크 플로이드의 테이프를 틀었다. 나는 화가 나고 욕구불만인 상태로 노란 카펫 위에 엎드려 몸을 비볐다. 쓸쓸하고 황홀한 클라이맥스를 위해.

1988

1988년 봄

학교가 쉬는 날이나 주말이면 엄마한테는 애비게일네 집에서 잔다고 둘러놓고 니콜라스와 시간을 보냈다. 니콜라스는 소매를 거칠게 잘라낸 검은색 헤비메탈 티셔츠를 즐겨 입었다. 곱슬곱슬한 금발은 내가 좋아하는 길이보다 조금 더 길었다. 그는 열일곱 살이었다.

우리는 만날 때마다 드라마틱한 요소가 있었다. 니콜라스는 내 블라우스 단추를 풀거나 팬티를 벗기는 데만 길고 짜릿한 몇 분을 소요했다. 내 손도 그의 리바이스 청바지 단추를 급하게 풀었다가, 멈췄다가, 잠시 물러났다가 하면서 시간을 오래 끌었다. 우리는 매트리스 커버나 이불 따위가 어떻든 상관하지 않았고, 콘돔도 거의 쓰지 않았다.

그날도 니콜라스의 여동생이 학교에서 돌아온 기척이 날 때까지 우리가 벗어놓은 옷은 방바닥에 아무렇게나 흩어져 있었다. 우리는 만족한 채로 방에서 나와 텔레비전을 틀었다. 로스코 대로의 교통 상황이 흘러나왔다. 우유와 함께 쿠키 한 접시를 비우고 다시 그의 방으로 돌아가 마리화나를 피운 뒤 작별 키스를 했다. 니콜라스의 집에서 몇 발짝 떨어진 곳에 버스 정류장이 있었고, 집으로 가는 버스를 기다리며 일기장에 쓸 내용을 떠올리니 절로 콧노래가 나왔다.

"내 인생 최고의 섹스를 했어요." 나는 수화기에 대고 소리를 질렀다. 니콜라스가 내 안에 가득한 기분이었고, 내 옷에도 그의 향기가 흠뻑 묻어났다. 스케이트보드, 깨끗한 면 티셔츠, 그리고 마리화나 냄새. 나는 카펫 위에서 맨발로 거의 춤을 추고 있었다.

"최고였다고? 최고로 괴랄한 거였어?" 나는 잠시 멈칫했다. '괴랄한'이 정확히 무슨 말인지 알 수가 없었다. 단어가 뭔가 부자연스럽고, 상황에 어울려 보이지도 않았다. 제프와 마지막으로 함께 있었던 때를 떠올려봤다. 나는 그의 방 거울에 비친 내 모습을 바라봤었지. 혹시 그 방에서 사용한 어깨 마사지기 같은 걸 두고 괴랄하다고 하는 건가?

"말썽 일으키면 안 돼." 한참을 생각에 집중하고 있던 나에게 그가 충고했다. "임신하거나 그런 거 말이야. 그럼 안 된다." 나는 웃었다. 엄마는 거실에 있었고 텔레비전 소리가 요란하게 들렸다. 시트콤에서 흘러나오는 웃음소리가 복도를 채웠다. 나는 담배에 불을 붙이고 같은 성냥으로 재떨이에 있던 마리화나 꽁초와 스틱향에도 불을 붙였다. 방문은 활짝 열려 있었고 수화기 너머론 제프가 잔소리를 하고 있었다.

나는 마리화나를 세게 한 번 빨아들인 뒤 불붙은 담배를 허공에 휘저었다. 그리고 대답했다. "안 그럴게요."

*

니콜라스는 어느 쌀쌀한 겨울의 늦은 밤, 애비게일이 친구네 차고에서 소개해준 사람이었다. 와인쿨러 몇 병과 수줍은 대화 끝에 우리는 그의 집으로 같이 걸어갔다. 둘 다 서로의 몸에 손을 대고 싶어 어쩔 줄 모르는 상태로. 니콜라스가 부모님과 함께 사는 집의 문을 열었고, 그의 방으로 가서 불을 끄자 내 안의 무언가가 달라졌다. 새로운 시절이 시작되는 순간이었다.

한 달 정도 일기를 쓰지 않고 있던 참이었다. 다시 기대감에 부푼 마음으로 빈 일기장을 펼쳤을 때, 나는 이전과는 완전히 다른 방식으로 살아 있음을 느꼈다.

내 인생의 공식 남자친구 1호 등장! 너는 고등학교를 중퇴했고, 직업학교에 들어가는 게 꿈이지. 나보다 세 살밖에 많지 않고, 키는 7센티미터 정도 크네! 반점이 보이는 푸른 눈동자와 곱슬거리는 금발. 내가 매력을 느끼는 새로운 종류의 남자가 나타났구나! 너는 주근깨와 빨간 수염이 있고, 헤비메탈 팬이었다가 지금은 펑크록을 하고 있지. 마리화나를 어지간히 많이 피우고,

친구네 차고에서 코가 삐뚤어질 때까지 맥주를 마시고, 지금까지 여자 운은 별로 없다가, 이제야 내가 나타난 거야! 우리가 처음 만났을 땐 내가 열다섯 살도 되지 않아 좀 놀란 것 같았지만, 맛도 없는 와인쿨러를 몇 병이나 들이켜고 취한 채로 너의 집으로 걸어가는 길에 가로등 아래에서 키스할 때쯤엔 모든 게 다 괜찮아졌지. 다정한 너는 나의 1순위 남자친구고, 네가 어울리는 펑크족 친구들보다도 너는 훨씬 괜찮은 사람이라고. 너랑 나는 앞으로 4년 반을 만날 건데, 그동안 나는 헐렁한 전등 스위치처럼 네 것이었다가, 다른 사람 것이었다가, 다시 네 것이 되기를 반복할 거야. 너랑 나는 이제 풋사랑이라고 불리는, 10대라면 누구나 해보게 될 경험을 함께 시작하겠지. 취하거나 쩔어 있을 때도 나랑 함께해줘서 고마워, 남자친구 1호. 같이 있어줘서 고맙다구, 내 남자친구 1호!

몇 년 후 이때를 돌아보니, 우리의 만남은 탁월한 요행이자 지독한 농담 같은 것이었다.

*

열다섯 살이라는 나이를 누리기에 이보다 좋은 방법은 없었다.
주말 저녁이면 엄마는 내가 모르는 사람들과 모임을 하러 나갔다. 나는 아무것도 물어보지 않았다. 집 안을 돌아다니며 커튼을 걷고, 블라인드를 올리고, 창문을 연 뒤, 현관문을 잠갔다. 점점 쌓여가는 레코드 더미에서 크림Cream이나 레드 제플린Led Zeppelin을 찾아

틀면 모든 공간이 음악으로 가득 찼다. 전화를 몇 번 돌리고 나면 친구 대니가 베로니카를 차에 태워 나타났다. 아이들은 스릴러 영화 〈상태 개조Altered States〉나 컬트 클래식 영화 〈트립The Trip〉 같은 비디오테이프를 들고 오기도 했다. 내가 숨겨둔 와인쿨러와 대니가 가져온 마리화나로 적당히 술놀음을 하면서, 한 시간 안에 훅 가버릴 수밖에 없는 게임 규칙을 만들어내곤 했다.

핑크 플로이드의 콘서트에서는 모르는 사람들이 애비게일과 나에게 피우던 조인트를 건네며 오렌지 선샤인*에 대해 얘기해주었다. 쇼핑몰 편의점에선 돌기가 있거나 색이 첨가된 콘돔을 새하얀 카운터 위에 돈과 함께 올려놓으면 아무도 눈 하나 깜짝하지 않았다.

나는 다양한 색깔의 패치를 잔뜩 붙인 책가방을 자주 어깨 위로 추켜올렸다. 가방에는 엄마의 술병에서 덜어 온 보드카가 들어 있었다. 애비게일이 분홍빛 엄지손톱에 코카인을 올리면 나는 코에 돌돌 만 지폐를 대고 힘껏 빨아들였다. 베로니카는 처키 치즈의 화장실에서 조인트를 깔끔하게 만 다음, 나에게 오락기에서 쓸 수 있는 토큰을 열 개 건넸다. 베로니카의 아르바이트 시간이 끝날 때까지 그걸로 시간을 때웠다.

베로니카는 펑크족이나 스킨헤드족과 어울렸고, 나는 걔들을 따라 LAPD가 정기적으로 들이닥치는 파티를 들락거리기 시작했다. 처음에 한두 번 경찰을 보고 나니 이후론 매번 그들이 들이닥칠 것 같은 기분이 들었다. 내가 잘 모르는 동네의 주택가였고, 검은색 제복을 입은 경찰들은 정원에 깔린 잔디를 지나 집 안으로 들어

---

* LSD의 일종

기억의 발굴

왔다. 낯선 침실이나 화장실에서 불을 끄고 조용히 숨어 있는 일이 잦았다. 또는 이리저리 흩어지는 사람들 속에서 살금살금 베로니카를 따라 길가로 나가 가까운 버스 정류장이나 우리를 태워줄 친절한 운전자를 찾았다.

한번은 용돈을 털어 로스 펠리즈 지역의 그릭 시어터에서 열리는 레게 콘서트 티켓을 샀다. 거기서 처음으로 히피 스타일의 판초와 물파이프를 구입했다. 원형 공연장에 들어선 지 한 시간쯤 지났을 때, 한 여자가 무대 위로 올라오더니 주변에 화재가 발생해 산불의 위험이 있으니 전원 탈출하라고 공지했다.

"저거 장난 아니야?" 나는 베로니카에게 혀 꼬부라진 소리로 물었다. 온갖 야유와 욕설이 쏟아지고 무용지물이 된 티켓에 대한 비난이 한 차례 지나간 후, 우리는 돌계단을 술에 취하지 않은 것처럼 조심히 내려왔다. '탈출'이라는 말에 어떤 의미라도 부여해야 했으니까.

길게 줄지어 선 차들이 로스 펠리즈 중심가로 향하는 언덕배기 아래로 움직이기 시작할 때까지 우리는 잔디밭에서 원반을 던지며 놀았다. 그리고 정신을 좀 차리려고 벤 프랭크 레스토랑에 가서 커피를 마셨다. 나와서는 고속도로를 타고 니콜라스의 집으로 갔다. 그가 친구들과 집에서 놀고 있을 시간이었다. 니콜라스가 다른 여자를 만나고 다닌다는 소문이 들리면서 우리 사이가 끝나간다고도 볼 수 있었지만, 그의 집은 내가 갈 수 있는 몇 안 되는 곳 중 하나였다. 나는 거실에 있던 니콜라스의 부모님께 인사를 했고, 두 분은 손을 흔들었다. 니콜라스는 자신의 친구들 사이에서 만취한 채로 집주인 노릇을 하고 있었다. 우리는 그 아이들이 하고 있던 보드게임에 끼어들었다.

＊

"왜 가는 거야? 원래 오후 내내 있었잖아!" 어느 날 내가 책가방을 메고 신발을 신자 제프가 소리쳤다. 난 이제 그때보다 똑똑하니까, 라고 속으로 생각했다.

제프 혼자 오르가슴을 느끼고 나서 자신의 피해망상을 핑계로 이제 그만 만나자고 빌다니, 그건 공정하지 못하다고 생각했다. 나는 '힘들다' 혹은 '화났다'와 같은 말을 몇 마디 던졌고, 그는 나와 계속할 수 없는 이유에 대해 똑같은 말만 되풀이했다. 말끝에는 "왜 내 눈을 똑바로 못 봐?"라고 덧붙이곤 했다.

멀리 떨어진 버스 정류장으로 걸어가며 주머니를 뒤져 동전을 찾았다. 동전이 있으면 식당 공중전화를 쓰고 있는 사람에게 말을 걸 구실이 되었다. 제프가 나를 따라왔고 그의 샴 고양이가 커피색의 부지런한 다리로 그 옆에 바짝 붙어 같이 걸었다.

"어이!" 배나이스 대로까지 가는 길의 절반쯤을 지나는데 뒤에서 제프가 불렀다. 고양이와 그는 표지판 앞에 멈춰 서 있었다. "아까 말한 영화, 이따 밤에 볼 거야? 전화해서 재밌었는지 알려줄 거지? 아니면 내일 전화해! 내 말 들려? 내가 나중에 다 갚는다고! 너

기억의 발굴

무 화내지 말고! 알았지, 웬디?”

나중에 갚긴 뭘 갚아, 지랄. 뒤돌아볼 필요도 없었다. 나는 계속 걸었다.

*

나는 나의 모든 성 경험을 일기장에 기록했다.

니콜라스와는 밤중에 카노가 공원에 자주 갔다. 나는 윗도리를 벗어 던지고 그의 손길을 즐겼다. 내가 예쁘고 키스하고 싶은 사람이라는 걸 확인해주는 손길. 그의 친구들이 있는 곳에서 멀리 떨어져 단둘이 바위에 앉아 있으면, 주변의 먼지가 풀썩거리다 우리 바지 위로 내려앉았다.

내 몸에 관한 글을 쓸 때면 마치 몸이 별개의 존재처럼 느껴졌다. 내 몸이지만 나는 그것을 부분적으로만 소유하고 있을 뿐이고, 내가 내 몸을 구경하는 것 같았다. 내 등은 그라피티로 덮인 커다란 바위에 바싹 붙어 있고 허벅지는 나와 같은 목적을 가진 남자아이의 골반을 받치고 있었는데, 정작 나는 몇 발짝 떨어진 곳에서 우리를 바라보고 있는 기분이었다. 달빛 아래에서 남자는 여자의 바지 단추를 푼 뒤 상의를 벗는 것까지 도와주었고, 여자는 남자의 목을 쓰다듬었다.

내 몸이 완전한 내 것은 아니었다고 해도, 중요한 게 무엇인지는 알고 있었다. 늘 반짝이던 별빛이 도시의 불빛에 섞이면 더 이상 보이지 않지만 그 아름다움만은 여전히 그곳에 존재하는 것처럼. 거울도 사람처럼 거짓말을 한다는 걸 알았지만 나는 시선을 내려 거울 속 내 몸을 직관에 기대어 바라보았다. 나는 내 몸이 좋았다. 햇볕을 자주 쮠 피부였다. 해를 보지 않아 창백하고 매끈한 부위에는 핏줄이 비쳤다. 샤워를 하고 나면 꿈속 같은 거울 안에 물이 뚝뚝 떨어지고 김이 나는 내 모습이 있었다. 하지만 거울을 문질러 또렷한 영상을 확인하면, 거기에 있는 것은 현실이었다. 불과 얼마 전이었던 열네 살의 나와는 또 다른 모양의 현실.

안경이 싫어졌다. 콘택트렌즈를 끼기 시작했다. 처음에는 노란색으로 보이는 녹갈색을, 나중에는 내 갈색 눈동자가 그대로 보이는 투명 렌즈를 꼈다. 그다음엔 탈색을 했다가 검은색으로 염색했다. 그러다가 내 원래 머리인 흑갈색이 나와 가장 잘 어울린다는 것을 알고 나서는 염색을 그만두었다. 이런 변화는 줄 맞춰 세워둔 도미노처럼 착착 진행되진 않았고, 매번 고민하고 해결해야 하는 실수처럼 부침을 거듭하며 일어났다.

나에게 아름다움은 고정되거나 정해진 것이 아니었다. 그것은 내가 의식적이고 의도적으로 선택하는 일련의 생각이자 믿음 같은 것이었다. 때로는 아름다움이라는 것을 늦은 밤의 공원이나 차 안, 침대 위에서 이루어지는 밀회에서만 느끼기도 했다. 그곳이 어디든 옷을 바닥에 벗어두고 자유로운 몸이 되어 나 혼자, 혹은 누군가와 함께 내 몸을 바라보고, 탐색하고, 즐기는 순간에만.

기억의 발굴

*

　어느 날 오후, 처키 치즈에서 나와 버스를 타러 가던 길에 한 영국 남자를 만났다. 무슨 생각을 하는지, 어떤 교활한 방법을 쓰려는지 뻔히 알 수 있었다. 항상 어딘가에서 다른 어딘가로 이동할 때의 중간 지점인 버스 정류장은 가장 취약한 장소였다. 그 남자는 계속해서 내게 같이 한잔하자고 말을 걸었다. 나는 그렇게 하는 대신에 버스를 타고 집에 가야 하는 이유가 있었다. 집에서 옷을 갈아입고 베로니카의 일이 끝나는 시간에 맞춰 다시 버스를 타고 가서 함께 마리화나를 피울 예정이었다.

　그 대신에, 나는 이 남자와 한잔하는 것을 택했다. 이 사람과 같이 가면 내게 신분증을 요구하지 않을 것이기 때문이었다. 와인쿨러가 묵직한 유리잔에 담겨 나왔다. 술이 조금 올랐고, 나는 스물두 살인 척했다(내가 스물두 살이어야 한다는 걸 잊지 않으려고 애쓰면서). 이 남자는 나에게 '짜릿한 모험을 좋아하는지' 묻기 시작했다. 내 입꼬리가 웃음을 띠며 살짝 올라가는 게 느껴졌다.

　텅 빈 레스토랑 한가운데서 그가 내 청남방의 단추를 한두 개 풀었다. 나는 거의 토할 것 같은 기분으로 비틀비틀 화장실로 가서 단추를 채웠다. 자리로 돌아온 나는 바람을 좀 쐬어야 할 것 같다고 혀가 풀린 발음으로 말했다. 그는 갑자기 자기 집이 이 근처라고 했고, 거리로 나오자 내 입술에 자신의 입술을 갖다 댔다.

　"난 친구 만나야 돼요. 곧 퇴근하거든요." 내 입에서 이런 말이 흘러나왔다. 베로니카에게 대낮 3시에 이렇게 취한 이유를 뭐라고 설명해야 할지 고민했다. 베로니카와 함께 왁자지껄 떠들고 웃으며 그 애의 부모님이 계신 집으로 가는 길은 내가 손꼽아 기다리는 시간이었다. 친구의 침대에 누워 그 애가 줄담배를 피우는 걸 보며 빈둥대는 게 좋았다. 거기야말로 안전한 곳이었다.

그 대신에, 이 남자는 처키 치즈까지 나를 따라왔다. 나는 여기서 생일 파티를 여러 번 했었다. 나는 이 남자를 어린아이들이 게임을 하며 놀고 있고 베로니카가 곧 퇴근할 이곳으로 데려온 것이었다. 그가 나를 따라왔다는 걸 믿을 수 없었다. 남자는 나를 건물 입구로 몰아세우고는 내 청남방의 단추를 또다시 풀기 시작했다. 나는 머리가 희끗희끗한 이 남자와 더 이상 같이 있고 싶지 않았다. 그는 옷 위로 내 젖꼭지를 튕기며 나에게 아름답다고 말했다.

"나랑 우리 집에 갈래?" 그가 물었다. "네 안에 넣고 싶어." 내가 메스꺼움을 떨쳐내며 고개를 절레절레 흔들자 남자는 지갑에서 돈을 꺼냈다. 최소한 백 달러짜리 한 장은 분명히 보았다.

오랜 시간이 흐른 지금도, 내가 그 백 달러에 시선이 고정되었던 순간을 기억한다. 지폐가 어떻게 접혀 있었는지, 그가 그걸 어떻게 펴서 내밀었는지. 엄마의 집에서 숨이 막혀올 때, 엄마의 목소리가 날카롭게 나를 후벼 파고 내 방문에 밴 보드카 냄새가 코를 찌를 때, 가끔 이 순간을 떠올렸다. 접혀 있다가, 펼쳐서, 나에게 내밀어진 돈. 제프와 통화하면서 지난 주말에는 무슨 짓을 하고 다녔는지 이야기할 때. 접혀 있다가, 펼쳐서, 나에게 내밀어진 돈. 혹

기억의 발굴

은 대학 학자금 대출을 받으러 학교로 가는 길에 버스를 타려고 잔돈을 셀 때도.

그 대신에, 나는 남자를 인도에 버려두고 비틀비틀 처키 치즈로 걸어 들어갔다. 베로니카와 애비게일이 빨간색 유니폼과 모자를 쓴 채로 나를 노려보며 "저 남자는 도대체 누구야!"라고 소리쳤다.

열네 살, 열다섯 살 때 내가 가장 유용하게 썼던 말은 '그 대신에'였다.

*

어느 토요일 오후, 제프의 집에 들어섰다. 제프와 제시가 식탁에 앉아 대화를 나누고 있었다. 나는 거실에 어색하게 서서 자기들 쪽으로 오라는 말을 기다렸지만, 아무 말이 없자 두 남자의 옆으로 가 한숨을 쉬며 자리에 앉았다. 샌들을 벗고 맨발로 카펫을 디뎠다.

"그래서, 웬디야." 제프가 테이블을 내려다보며 입을 뗐다. "버스 정류장에선 아무 일도 없었어?"

"별일 없었어요." 나는 제프와 제시의 얼굴을 차례로 보며 말했다. 제시가 나를 보며 활짝 웃었다. 손에는 레코드를, 가슴에는 부푼 희망을 안은 채 제프의 집을 방문했던 수많은 토요일 중 하루였다.

나는 시선을 무릎으로 떨궜다. "그런데 여기 올 때 버스 탄 거 아니에요." 가방을 들어 올려 라이터와 성냥을 찾으며 말했다. "지나가는 차 얻어 탔어요."

이 말에 제프는 테이블을 보며 크게 한숨을 내쉬더니 자리에서 일어났다. 제시는 그런 제프를 보다가 다시 나를 보더니 어깨를 으쓱했다. 제시는 나에게 관심이 있는 게 분명했다. 그걸 숨기지도 않았다. 나는 초조해하며 시선을 돌렸다.

"자, 한 번만 설명한다. 딱 한 번이야." 제프는 잠시 자리를 비웠다가 무릎 높이의 스타킹 두 켤레를 들고 나타났다. 나는 얼굴을 찡 그리고 입술을 일그러뜨렸다. 무릎 스타킹과 팬티스타킹, 그리고 촘촘한 망사로 된 흐물거리는 물건들을 모아둔 엄마의 서랍이 떠올랐다.

"그런 걸 왜 가지고 있어요?" 참다못한 내가 웃음 섞인 목소리로 묻고는 목을 가다듬으며 제시를 바라보았다.

"그러게, 그런 이상한 걸로 뭘 하려는 거야?" 제시가 물었다.

"웬디, 거기 제대로 앉아봐." 나는 웃음을 참으며 제프를 올려다 보았다. 의자에 더 기대앉자 그가 손으로 내 가슴을 밀어서 등받이에 등을 붙여 똑바로 앉게 만들었다.

"네가 밖에서 히치하이킹을 하고 다닌다고 치자." 제프는 내가 싫어하는 딱딱한 말투로 입을 열었다. 그는 무릎 스타킹 하나를 손으로 길게 늘이더니 나머지 세 개를 테이블 위로 던졌다.

"어떤 남자가 너를 태워줬고 네가 가고 싶은 곳을 말했다고 쳐. 그런데 그 남자가 너를 다른 곳으로 데려가는 거야. 네가 가본 적도 없고 가고 싶지도 않은 곳으로." 제프는 스타킹으로 내 한쪽 발목을 의자에 묶기 시작했다. 그리고 나를 보며 이렇게 물었다. "너무 조여?” 그는 안경을 콧등 위로 밀어 올렸다. 급하게 내쉬는 숨의 따뜻한 기운이 피부에 느껴졌다.

“약간요.” 나는 눈이 커진 채로 가벼운 미소를 지으려 애쓰며 답했다.

“좋아.” 제프는 테이블에서 다른 스타킹을 가져다가 내 다른 쪽 발목도 묶었다. “다른 사람이었으면 밧줄을 사용했을 수도 있어. 전기테이프나 노끈이었을 수도 있고.”

“지금 뭐 하는 거예요. 미, 미쳤어요?” 그가 내 한쪽 팔을 구부려 의자의 금속 팔걸이에 묶는 걸 보면서 나는 말을 더듬기 시작했다. 제시 쪽을 바라보기도 어려웠다. 갑자기 이 모든 게 은밀하게 벌어지는 미친 짓 같았다. 예전부터 이상한 느낌은 받았지만 뭐라 꼬집어 말할 수 없었던 제프의 흠결.

내 두 팔과 다리가 모두 의자에 묶이고 상체는 어색하게 앞으로 내민 자세가 되었을 때 내가 다시 힘없이 말했다. “미쳤냐고요.”

“아, 잠깐만. 한 가지 더.” 그는 자기 방으로 종종걸음으로 가더니 스카프를 갖고 돌아왔다.

“무슨 말을 하고 싶은 건지 알겠어요.” 나는 제시 쪽으로 눈길을 주며 말했다. 제시는 고개를 가로저으면서도 팔짱을 낀 채 보일 듯 말 듯 미소를 지으며 우리를 구경하고 있었다. 그는 더 이상 내 눈을 똑바로 쳐다보지는 않았다.

“제프, 무슨 말인지 알겠다잖아.” 제시가 내 발목에서 시선을 잠깐 돌리며 말했다. 제프는 그에게 손가락 하나를 까딱해 보이더니 다시 나를 향해 돌아섰다.

"좋아, 웬디. 네가 히치하이킹을 했을 때 일어날 수 있는 일 중 하나가 이거야. 너한테 이런 짓을 할 사람이 얼마나 많은지 알아? 네가 아니어도 길거리에서 차를 얻어 타려는 여자애들한테 이런 짓을 할 사람이 얼마나 많은지 아냐고. 내가 어떻게 해야 너를 이해시킬 수 있겠니? 봐. 지금 나, 서버렸잖아." 그가 손바닥으로 자신의 가랑이 사이를 툭 치며 말했다. 나는 그쪽을 보지 않았다. 어느새 내 입에 물려 있는 담배 냄새 나는 스카프를 내려다봤고, 잠이 올 것만 같았다. 울기 직전처럼 콧속이 화끈거렸다.

"너 강간당하고 싶지 않잖아. 누구한테든 이런 짓 당하고 싶지 않잖아. 차에 올라타고 나면 그 사람이 어떤 놈인지 네가 어떻게 알겠니. 어떤 미친놈인지 어떻게 알아? 절대 몰라." 제프는 갑자기 동작을 멈췄다가 다시 돌아서서 방금 자기가 한 짓을 보며 감탄했다. 내 입에 물린 스카프를 빼주었고, 나는 안도의 숨을 쉬지 않는 척했다. 그는 땀을 흘리며 거친 숨을 몰아쉬고 있었다.

"제시, 너도 말해봐. 어리고 예쁜 애 저렇게 묶어두니까 흥분되지 않았어?" 제프는 당연하다는 듯한 말투로 제시를 향해 몸을 돌리며 말했다. 그가 내 팔과 다리를 풀었고, 조각난 피부 같은 스타킹이 바닥에 떨어졌다.

"제프, 웬디도 이해했어. 이해했다고." 제시가 대답했다. 그리고 나를 보며 "근데 이런 애랑 왜 친구로 지내는 거야?"라고 물으며 웃었다. 나는 혀로 입술을 핥았다.

"물 좀 줄래요?" 내가 물었다. 공손해진 내 말투가 혐오스러웠다. 제프는 주방 선반에서 머그컵을 꺼내 물을 따랐다. 두 손으로 나에게 컵을 건네줄 때 내 손과 그의 손이 닿았다. 내 심장 박동이 느려지고, 희미해졌다.

"여기 올 때 히치하이크하지 마, 알았지? 내가 바라는 건 그게 다야." 제프가 다시 의자에 앉으며 말했다. 그의 검은색 앞머리 한 움큼이 이마에 내려앉았다. 그는 테이블 아래로 장난스럽게 내 발을 찼다. 나는 어이없고 얼이 빠진 상태로 발장난을 맞받아쳤다.

"이제 한 모금 빨아볼까?" 잠시 후 제프가 물어왔다. 나는 물을 더 마시고 싶다는 생각을 하며 입술을 핥았다. 곧 우리는 테이블 위에서 조인트를 말았고, 순식간에 모든 게 잊힌 듯했다.

1988년 여름

전화를 걸었을 때 제프는 집에 없었다. 하지만 제시가 전화를 받았다. "안녕!" 나는 꺅 소리를 질렀다. 침대 위에서 내 옆에 앉아 화장을 하고 있던 베로니카가 입에 손을 대고 조용히 하라는 신호를 주었지만 자기도 웃음을 참고 있는 게 보였다.

"그거 알아요?" 내가 전화기에 대고 속삭였다. 베로니카는 내 손을 톡톡 치더니 피우던 담배를 유리 재떨이에 눌러 껐다. 문득 수화기와 다이얼 버튼이 처음 보는 비현실적인 물건처럼 느껴졌다.

"뭔데?" 제시가 맞장구를 쳤다. "나 오늘 좀 제정신이 아닌데, 나 좀 태워주세요!" 내가 소리쳤다. 베로니카가 고개를 절레절레 흔들며 가방을 가지러 갔다. "어디 가려고?" 제시가 물었다. 내가 원하던 반응이었다.

30분 후 바깥에 제시의 트럭이 섰다. 베로니카는 마리화나를 구하러 갔고, 나는 한두 시간 정도 혼자 시간을 때워야 했다. 더운 공기가 밀려왔고, 베로니카의 부모님은 퇴근 전이었다. 베로니카는 내가 이렇게 취한 상태에서는 나를 데리고 다니는 걸 부담스러워했다.

음악이 쩌렁쩌렁 울려 퍼지는 제시의 차에서 우리 둘은 〈Hotel California〉를 고래고래 소리 지르며 따라 불렀다. 잠시 후 나는 멍하니 콧노래를 흥얼거리며 손가락으로 트럭 내부에 천으로 덧댄 부분을 만졌다. 실은 혼란스러웠다. 제프 때문에 속이 상했지만 내 전화를 받지 않은 그에 대해 생각하고 싶지 않았다.

드라이브를 끝낸 제시는 나를 베로니카의 집에 데려다주었고, 그 후 여덟 시간 동안 베로니카와 나는 실컷 웃고, 버스를 타고 우리 집으로 이동해 우리 엄마와도 수다를 떨고, 엄마의 등 뒤에서 서로에게 윙크를 보내고, 텔레비전을 보고, 우리는 먹지 않을 매시포테이토를 만들고, 전자레인지로 데운 피자 조각 위의 치즈가 보글보글 끓는 것을 바라보았다. 그리고 잠들기 전 새벽 6시쯤, 나는 화장실 바닥에 누워 오르가슴을 느끼려고 버둥거렸다. 스트리크닌*에 잔뜩 취해 머리가 핑핑 돌았고, 화장실은 숨소리로 가득했다.

---

* strychnine. 쓴맛이 나는 흰 결정체로, 극히 적은 양이면 흥분제나 강심제 등 신경 자극제로 사용 가능하지만 적정량을 넘으면 신경이 마비되고 심한 경련이 일어나 질식하여 죽을 수 있다.

1988년 가을

창문을 열어놓아도 방에서 담배 연기가 빠지지 않았다. 연기가 자욱한 방에서 메스꺼움이 올라왔다. 새로운 담배를 시도해보려고 산 폴몰 논필터의 밋밋한 맛이 입 안에 들러붙었다. 재떨이는 카멜, 쿨스, 말보로 꽁초로 거의 넘칠 지경이었다. 내 친구들은 다 내 방에서 담배를 피웠다. 타르 때문에 벽이 황갈색으로 변해갔다. 언제일지는 몰라도 내가 독립을 하게 되면 엄마가 방에 페인트칠을 시킬 게 분명했다.

가슴에서 목까지 갈증이 느껴졌지만 다이어트 콜라를 가지러 부엌에 가기는 귀찮았다. 밤 10시가 넘었는데도 엄마는 아직 집에 오지 않았고, 학교를 마치고 돌아왔을 때 거실 불은 다 꺼둔 상태였다.

요 며칠 방과 후에는 컷오프진 반바지 하나를 매일 입고 있었다. 올이 잘못 풀린 부분이 무릎과 다리 안쪽을 간질였다. 방금 면도를 해서 매끄럽지만 조금 예민해진 다리를 손으로 부드럽게 쓸었다. 피부 위에 작고 까만 섬처럼 떠 있는 무릎의 딱지를 손가락으로 눌러보았다. 하늘하늘한 흰색 블라우스가 햇볕에 익은 내 어깨를 따갑게 스쳤다. 며칠 전 강한 볕에 화상을 입어 피부의 일부는 이미 거뭇한 갈색으로 변했는데도 어깨 쪽이 여전히 쓰라리고 화끈거렸다. 종아리까지 끈을 묶어서 신는 샌들은 너무 팽팽하게 조였는지 쓸리는 느낌이 들었다.

아프고 짜증이 났다. 일어나서 창문을 끝까지 활짝 열었다. 도망칠 생각이 들지는 않았다. 이 방은 오아시스이자 피난처였다. 먼지가 몰려와 짙은 안개처럼 가라앉았다. 생리나 빨리 했으면 좋겠네, 라고 생각했다.

1988년 가을 그리고 겨울

나는 히피족, 펑크족, 인종 화합을 표방하는 스킨헤드족, 그리고 마약 중독자들과 어울리기 시작했다. 각각의 무리를 오가면서 왠지 모를 편안함을 느꼈고, 카멜레온이 된 기분이 들기도 했다. 내 정체성은 아직 충분히 발달하지 않은 채 나 자신과의 협상을 통해 한창 만들어지던 상태였지만, 어느 곳엘 가도 모든 무리가 그런 나를 이해해주고 감싸주는 것 같았다.

앞으로 여섯 달만 있으면 운전면허를 딸 수 있었다. 내 눈은 폭스바겐 미니버스에 고정되어 있었는데, 부모님은 그 차를 무척 싫어했고 나는 거기에 토를 달지 않았다. 열여덟 살이 되면 비로소 내 소유가 되는 통장의 일부 금액을 사용할 수 있게 해달라고 조르는 중이었다. 근래 들어 좋은 점수, 착한 행동, 화를 참는 자제력이 생긴 것도 다 이 때문이었다. 가톨릭 고등학교에서 받아 온 우수한 성적표를 할머니에게 보여드리고, 차를 타거나 잠자리에 들 때마다 기도를 하고 성경을 읽는다고 할머니를 안심시켜 드리는 것도 효과가 있었다.

〈오토 트레이더〉*가 발행될 때면 꼬박꼬박 사서 읽었다. 내가 꿈꾸던 차는 누가 봐도 나를 히피라고 생각할 수밖에 없는 파란색 미니버스였다. 알록달록하게 염색한 의자 커버와 그레이트풀 데드 Grateful Dead의 무지갯빛 스티커로 꾸민 완벽한 폭스바겐이 꿈에 나타나기도 했다. 수동 기어가 아닌 오토매틱이기만 하면 다른 건 상관없었다.

파란색을 고집한 이유는 내가 선망해온 모종의 상상 속 위상 때문이었다. 스피커에서 짐 모리슨Jim Morrison의 노래가 흘러나오면 나는 그 공허한 목소리를 따라 흥얼거리곤 했다. '파란색 버스가 우리를 부르네. 거기 운전사 친구, 우리를 어디로 데려갈 건가요?'**

크리스마스 며칠 전, 제프가 우리 집에 들렀다. 엄마가 퇴근하려면 아직 몇 시간은 남아 있었다. 성탄절 연휴를 맞아 나는 전날 밤 스물한 살짜리 알코올 중독자인 제임스라는 친구와 코카인을 네 줄이나 흡입한 상태였다. 제임스는 괜찮은 점을 아무리 찾아보려고 해도 나에게 공짜로 마약을 할 수 있게 해준다는 것 외에는 장점이 없는 사람이었다. 그를 만난 곳은 배나이스 대로에 있는 마약 용품 상점이었는데, 미성년자인 내가 태연하게 그 집을 들락거리기 시작했을 때에도 운영한 지 벌써 20년은 되었다고 알려진 가게였다. 제임스는 층을 많이 낸 긴 머리를 하고 있었고 흰색의 대형 뷰익을 몰았다. 내게는 둘 다 매력적으로 보였고, 우리는 쉽게 친구

---

* 신차나 중고차를 소개하는 자동차 잡지   ** 도어스The Doors의 명곡 〈The End〉의 가사 중 일부

가 되었다.

전날 밤 일 때문에 컨디션이 엉망인 채 집에 있었는데 제프가 급작스럽게 방문을 한 것이었다. 그가 얼마나 꼼꼼하고 편집증적인 사람인지를 떠올린다면 깜짝 방문은 무척 의외였다. 나는 딱히 꾸미지도 않고 있었다. 녹색, 파란색, 흰색이 얼룩덜룩하게 염색된 셔츠와 찢어진 청바지에 분홍 장미 장식이 달린 엄마의 민트색 슬리퍼를 신고 있었다. 제임스가 곧 나를 데리러 올 예정이었고, 엄마는 퇴근했을 때 내가 집에 있는 걸 좋아했기 때문에 그가 어서 와주기를 바라고 있던 차였다.

깔끄러운 재질의 플란넬 셔츠, 파란색 트레이닝 바지, 파란색 야구 모자 차림의 제프가 문 앞에 서 있었다. 머리가 평소보다 길었고 몇 주는 면도를 안 한 것처럼 수염이 덥수룩했다. 문득 우리가 얼굴을 본 지 한참이 지났다는 생각이 들었다.

"화장실 좀 써도 될까?" 문을 여는 나에게 그가 이렇게 물었다. 그는 씹는담배를 질겅이고 있었다. 나는 웃음을 감추며 고개를 끄덕였다. 그가 온 것이 너무나 기뻤다. 하지만 곧 제임스가 오면 불편해할 거라는 생각이 들었다. 제프는 늘 불안해하고 의심이 많은 사람이었다. 세면대의 물소리를 들으며 현관문을 닫았다. 그가 화장실에서 나왔을 때 나는 내 방에서 레드 제플린 3집을 틀려던 참이었다. 레코드판에 바늘을 조심스럽게 올리고 있을 때 제프가 들어왔다.

"네 크리스마스 선물, 차에 있어. 가져올게. 근데 그 전에 먼저 좀 취해볼까?" 나는 "그래요!"라고 답하며 속으로 '아싸, 좋아!'라고 외쳤다. 제프는 작은 케이스에서 신기하게 생긴 파이프와 내 셔츠 색만큼이나 울긋불긋한 색깔의 풀잎을 꺼냈다. 우리는 거실로 자리를 옮겼고, 그는 파이프에 그 잎을 채운 뒤 내게 내밀었다. 나는 한 모금 길게 빨아들인 후 파이프를 돌려주었다. 그는 나보다 훨씬 더 길게 들이마신 후 연기를 크게 내뿜었다. 나는 한 모금을 더 들이마셨고, 완전히 가버렸다. 날고 있는 것 같았다. 우리 둘 다 말이 많아졌고, 나는 슬리퍼를 신은 발로 그의 발가락을 밟았다. 얼마나 바보같이 보였을지 알았기 때문에 킥킥 웃음이 나왔다. 잠시 후 제프는 내 선물을 가지러 나갔다. 보조 현관문을 통해 내다보니 친구의 트럭을 타고 온 것 같았다. 포장된 선물을 손에 든 그가 돌아왔다.

〈로스앤젤레스 타임스〉의 연재만화 페이지로 포장된 종이를 뜯으니 '폭스바겐'이라는 글자가 선명하게 찍힌 차량용 바닥 매트가 나왔다. 또 다른 포장지 안에는 'VW'라는 인장이 박힌 번호판이 들어 있었다. 나는 두 선물을 소파에 내려놓곤 손으로 얼굴을 가리고 웃기 시작했다. 제프도 같이 웃으며 "마음에 들어? 찔지 않냐? 완벽한 선물이지?"라고 끝도 없이 물었다. 신문지의 잉크 때문에 거뭇해진 내 손가락에서 고무 냄새가 났다. 그를 안아주거나 키스를 하고 싶었지만 고맙다는 말만 하고 웃으며 앉아 있었다. 마리화나 기운에 너무 웃어서 배가 아팠다.

"있잖아." 제프의 목소리가 달라졌다. "'메리 크리스마스'라는 말을 다르게 하는 법을 생각해보자. 일단 이런 방법이 있지." 그는 자리에서 일어나더니 내 몸을 끌어당겨 안았다. 기분이 이상했지만 그냥 웃었다. 달리 해석할 여지가 없는 따뜻함과 친밀감이 느껴졌다.

그는 먼저 악수를 하며 "메리 크리스마스."라고 정중한 말투로 말했다. 그러고는 내가 무슨 반응을 보이기도 전에 손으로 내 가슴을 움켜쥐더니 짓궂게 "메리 크리스마스."라고 다시 한번 말했다. 나는 웃으며 그를 찰싹 때렸다.

"메리 크리스마스." 그는 똑같은 말과 함께 내 입술에 가벼운 입맞춤을 했다. 나는 더 이상 참을 수 없었다. 취해 있었고, 이전 일은 기억나지 않았다. 나는 환상 속에서 그리던 긴 키스를 하려고 그에게 다가갔다. 그도 내게 몸을 기울여 길고 열정적인, 영화에서 뿌연 화면으로 처리되는 그런 키스를 했다. 그가 내 귀를, 목을, 얼굴을 핥았고 나는 또 웃음이 났다. 우리는 거실의 거울 벽 앞에 서서 키스를 했고, 그는 우리의 우정을 절대 의심하지 말라고 속삭였다. 나는 말없이 그에게 몸을 붙였다. 플란넬 셔츠의 까끌까끌한 감촉과 그의 부드러운 수염이 내 얼굴에 닿았다.

"왜 남자들이 너를 가만두지 않는지 알겠어." 한 손으로 내 엉덩이를 만지며 그가 말했다. 나는 너무 흥분되어 그가 무슨 이야기를 하려는 건지, 어떤 남자들을 말하는지도 알 수 없었다.

"너는 일단 생각하는 게 재밌어." 제프는 이렇게 말하고 내 목을 살짝 물었다. "둘째, 이렇게 아름답잖아." 나는 얼굴이 빨개져서 민트색 슬리퍼를 신은 발로 시선을 떨궜다. "그리고 셋째." 그는 나를 자기 품에 안고 흔들더니 내 눈을 바라보았다. "너는 나이를 알 수 없는 사람처럼 섹스를 하거든." 나는 약간 어리둥절한 채 몸을 뒤로 빼며 웃어 보였다. 왠지 듣기 좋은 말이었다. '나이를 알 수 없는 사람처럼.'

"넌 고등학교 1학년 교실에 있어도 잘 어울리지만, 나는 알지. 네가 속으론 '나는 서른 살이라고요! 서른!' 이렇게 외치고 있을 거라는 걸." 제프의 녹갈색 눈이 반짝였고 나는 그의 앞니 사이의 틈과 볼에 난 수염, 잘생긴 턱, 벗겨버리고 싶은 안경에서 눈을 뗄 수가 없었다.

선물, 마리화나, 예쁜 말들. 오늘 받은 모든 것에 보답을 해주고 싶었다. 그는 내 귀에 대고 거칠게 숨을 쉬었고, 내 옷은 벗겨지고 있었다. 잠시 후 레드 제플린의 레코드가 끝났고 축음기의 바늘이 올라갔다. 우리는 잠시 침묵 속에서 숨을 골랐다. 제프가 나를 일으켰고, 나는 팬티를 원래 있던 곳으로 올렸다. 여전히 나는 취해 있었다.

"고마워요." 내가 말했다. "선물 말이에요."

"받아줘서 내가 고맙지." 그는 웃음기 묻은 목소리로 윙크를 했고, 내 셔츠의 칼라를 손으로 훑었다. "오, 웬디, 웬디, 웬디. 네가 열여덟 살이 될 때까지 어떻게 기다리나. 그날이 오면 우리는 어디든 갈 수 있어. 해변으로 가자. 그게 어디가 됐든." 이어서 그는 손가락으로 딱 소리를 냈다. "그때는 미성년자가 아니니까 아무도 뭐라고 하지 못할 거야." 나는 웃으며 한숨을 쉬었다. '가지 말아요. 가지 말고 여기 있어요.'라고 생각하면서.

"다시는 우리의 우정을 의심하지 말아줘." 제프가 말했고, 나는 고개를 흔들어 지난 몇 달간 티격태격하느라 치석처럼 쌓인 의심, 슬픔, 분노, 질투를 털어냈다. 아무 도움이 되지 않았던, 하지 못한 말들로 가득했던 우리의 전화 통화들까지.

제프는 떠났고, 나는 곧 정신을 차렸다. 제임스가 데리러 올 시간이 가까워졌다. 엄마가 퇴근하는 4시 전까지는 집으로 돌아와야 했다. 나는 노래를 부르며 샤워를 하러 갔다.

1989

1989년은 내가 피임약을 먹기 시작한 해다. 나는 우리 지역의 가족계획협회에 기부금을 내고 피임약을 구입했다. 직장에 다니는 보호자가 있으면 보험 혜택을 받을 수 있었지만 괜히 서류 때문에 엄마에게 피임약을 먹는다는 사실을 알리고 싶진 않았다. 버스를 타고 동네 의원에 가서 서류를 작성하고, 첫 부인과 진료를 견뎌내고, 나를 임신 걱정에서 해방시켜줄 분홍색 플라스틱 통을 들고나왔다.

제프와 나는 콘돔을 사용하지 않아도 된다는 사실을 말없이 자축했다. 그는 청바지만 입은 채 집을 돌아다녔고 내게 커피를 가져다주었다. 우리는 머그컵에 향 좋은 커피를 여러 잔 연달아 마시고, 같이 물담배를 피우고, 대화를 하며 웃었다. 우리가 이야기를 나누고 서로의 눈을 바라보며 느낀 것들을 나는 모든 각도에서 곱씹어본 뒤 일기장에 이렇게 썼다. 만일 앞으로 우리가 함께할 삶의 모습이 이렇다면, 나는 그 어떤 것보다도 이 편안함과 웃음, 친밀감을 선택하겠다고.

어느 날 오후 노을이 질 무렵, 나는 잉글우드에 있는 더 포럼 경기장에서 그레이트풀 데드의 무대가 시작되기를 기다리며 주차장 사이를 걷고 있었다. 그곳에서 LSD 여섯 차례 분량과 엑스터시 20달러어치를 샀다. 그리고 친구를 따라 아산화질소 카트리지를 잔뜩 싣고 다닌다고 알려진 커다란 빨간색 버스를 찾아다녔다. 버스를 찾은 다음 우리는 시멘트 바닥에 앉아 웃음 가스를 흡입하면서 고래고래 소리를 질렀다. 고무줄로 머리를 대충 묶었더니 잔머리가 볼을 간질였다. 그날 저녁은 절망과 희망이 똑같이 가득했다.

근처에서 어떤 남자가 LSD를 하나만, 딱 하나만 더 달라고 징징대는 소리가 들렸다. 소리를 따라가 보니 한 깡마른 남자가 소형 트럭 짐칸에 앉아 있었다. 나는 그 남자가 이 아름다운 오늘을, 나를 경험할 수 있으면 좋겠다고 생각했다. 내 손가락이 금이라면 얼마나 좋을까. 내가 요정, 아니 공주가 되어 이 사람을 구해야지. 그의 인생에서 가장 황홀한 시간이 되길 바라면서, 내가 가진 이 작은 종잇조각을 주기로 했다.

"혀 내밀어봐요." 그가 순종했다. 나는 네모진 종잇조각을 혀 위에 올려주고 구름 위를 걷는 기분으로 그에게서 멀어졌다. 황금빛의 섹시하고 관대한 에너지가 내 몸에서 뿜어져 나오는 상상을 하며 사람들로 붐비는 공연장 통로를 향해.

*

　변하고 있는 건 나뿐만이 아니었다. 엄마의 옷장과 웃음소리도 바뀌고 있었다. 성적인 농담을 던지는 걸 보면서는 엄마도 다른 사람과 똑같이 이런저런 욕구가 있는 여자라는 사실을 이해해보려고도 했다.

　엄마는 가끔씩 저녁에 나가서 10시, 11시까지 들어오지 않았고, 그럴 때는 나 혼자 집을 지켰다. 엄마는 툭하면 겁을 주었기 때문에 온 집 안에 불을 켜놓을 수밖에 없었다. 그래도 나는 집에 혼자 있는 게 좋았다. 언젠가 내가 혼자 살게 되었을 때의 모습이 바로 지금과 같을 거라고 상상해보기도 했다.

　엄마가 좋아하는 라디오 채널을 나도 예전에는 듣곤 했다. 하지만 나는 정통 록 음악 채널로 옮겨갔다. 물론 그것이 이전의 음악 취향을 완전히 버렸다는 의미는 아니었다. 거실에서 디페쉬 모드의 음울한 노래가 들려올 때면 애틋한 심정으로 3년 전 열심히 들었던 음악에 귀를 기울이기도 했다.

　어느 날 엄마는 회사 친구에 대한 이야기와 주말여행 같은 말들을 꺼내더니, 갑자기 직장 동료들과 고속버스로 라스베이거스에 여행을 다녀오면 어떨 것 같으냐고 물었다. 그 말에 나는 심장이 두근거렸지만 흥분을 감추고 친구를 몇 명이나 초대할 수 있을지, 맥주, 와인쿨러, 마리화나 3.5g, 콜라, LSD를 살 돈이 나한테 있는지 속으로 계산해보았다.

"나 믿어도 돼요." 좀 조급하게 내뱉은 것 같았다. 엄마가 눈을 가늘게 떴다.

"정말?" 나를 쳐다보며 엄마는 잠시 생각에 잠겼다. "친구 몇 명은 불러서 놀아도 돼. 베로니카나 던 같은 애들." 엄마는 빨간색 매니큐어를 바른 손가락을 내 가슴에 대면서 경고했다. "하지만 남자애들은 안 돼. 무슨 말인지 알지?"

"니콜라스만 부르는 것도?" 내가 졸랐다. 엄마는 니콜라스를 만난 적도 있고 전화 통화도 한 적이 있었다. 그렇게 예의 바르고 조용한 열아홉 살 남자아이라면 크게 염려할 게 없겠다고 말한 적도 있었다.

"안 돼." 엄마가 입술을 오므리며 대답했다.

"알았어." 한숨이 나왔다. "괜찮을 거니까 걱정 마세요." 우리는 잠시 눈을 더 맞추고 있었다. 나는 엄마가 내 방을 나가서 멀어지는 소리가 들릴 때까지 기다렸다가 침대에서 벌떡 일어나 춤을 췄다. 크게 소리라도 지르고 싶었지만 꾹 참았다. 그리고 전화를 돌리기 시작했다.

✳

유리 저그에 담긴 와인. 컷오프 멜빵바지에 인디언 프린트 셔츠를 입은 나. 조명을 낮춰놓은 거실에서는 담배 연기가 피어올랐고, 현관문을 두드리는 소리가 나자 누군가 엉금엉금 기어가 문을 열어주었다. 금요일 밤이었고 다들 우리 집에 모여 앉아 있었다. 헐렁하고 흘러내리는 히피 스타일의 옷을 입은 내 친구들과, 티셔츠와 청바지 위에 검은 가죽 재킷을 입은 니콜라스와 그 친구들이 있었다. 모두들 재떨이를 사이사이에 두고 느긋하게 소파에 앉아 있었고 나는 새 물담배를 피우기 시작했다. 코카인은 유리로 된 낮은 소파테이블 위에 놓고 흡입했다. 한쪽에선 검은색 닥터마틴을 신은 남자와 풍성한 흰색 블라우스를 입은 남자가 평화를 주제로 성난 논쟁을 벌이고 있었다.

나는 베로니카가 자고 있던 내 방으로 달려가 누구를 쫓아내는 것 좀 도와달라고 했다. 마침 지미 헨드릭스는 우리에게 지금 이것이 사랑인지 혼란인지 묻고 있었다. 내가 와인을 더 가지러 가려고 자리에서 일어났을 때 니콜라스가 따라왔고, 우리는 엄마의 침실로 방향을 틀었다. 옷을 벗고 여러 자세로 몸을 뒤틀며 섹스를 했고, 그러다 멀리서 전화벨 소리가 들렸다. 나는 급하게 옷을 찾았다. 그 방에는 전화기가 없었고 베로니카가 전화를 받았길 바랄 뿐이었다. 엄마는 거의 나만큼 베로니카를 사랑하고 신뢰했다. 내가 나타나자 베로니카가 수화기를 내밀었고, 나는 전화를 받았다. 엄마가 왜 그렇게 오래 걸렸냐고 물어서 화장실에 있었다고 대답했고 베로니카가 고개를 끄덕였다. 다 괜찮아요, 나는 멀쩡한 목소리를 쥐어 짜내며 말했다. 거실의 소음을 막으려고 손으로 전화기의 송화구를 가렸다.

다들 우리 집에서 잠을 잤다. 다음 날 아침, 모두가 떠난 뒤 베로니카가 운전하는 차를 타고 가족계획협회에 가서 피임약을 새로 받아 왔다. 집으로 돌아와서 우리는 온종일 같이 있었다. 마리화나를 피우고, 아침을 해 먹고, 쿠키를 먹고 콜라를 마셨다. 오후에는 친구 셋이 더 왔다. 모여서 LSD를 하기로 일찌감치 약속해둔 날이었다.

이날 혀에 네모난 종잇조각을 두 개 올려놓고 있는 내 모습이 사진에 찍혔다. 글을 쓰려고 하니 낙서처럼 구불구불한 선만 그려졌고, 문장은 중간에 턱 막혀버렸다. 나는 혈관의 여린 움직임이 보이는 내 손등만 하염없이 바라보고 있었다. 친구들은 거실에서 영화 〈핑크 플로이드: 더 월Pink Floyd: The Wall〉을 보고 있었고, 내 펜은 종이 위의 파란 두 줄 사이에 갇혀 옴짝달싹하지 못했다. 타들어 가는 내 마음속에서 제프가 보였다.

아침 일찍 청소를 해야 했는데, 그 생각을 미처 하지 못했다. 점점 정신이 들면서 엎지른 맥주와 담뱃갑을 치우고, 마리화나를 숨기고, 환기를 시켰다. 스트리크닌 때문에 속이 불편했다. 잠도 좀 자두어야 했는데, 그 생각도 하지 못했다. 엄마가 도착하기 몇 시간 전에 집을 깨끗이 치울 수 있게 도와준 내 고마운 친구들 생각도 하지 못했다. 내 머릿속에는 오직 어서 술이 깨 기억이 생생할 때 이번 주말에 있었던 일과 새로 알게 된 것들을 일기장에 적어둘 생각뿐이었다.

*

"젠장, 이렇게 웬만한 사람들이 다 오게 될 줄은 몰랐어." 제프가 전화기에 대고 이렇게 말했다.

나는 봄방학 때 운전 연수 허가증을 가지고 엄마 차를 운전해서 그의 집에 가곤 했다. "너 내일도 그렇게 불법으로 운전하고 다닐 거면 그냥 우리 집에 와서 불법적인 짓이나 하는 게 어때." 전날 밤 제프가 이렇게 말했었다.

그의 집 거실에는 남자들로 그득했다. 내가 졸업한 초등학교와 중학교의 체육팀 코치와 제프의 룸메이트들이었다. 방 안에 가득한 남자들의 에너지는 거센 뇌우 속에 언제 내려칠지 모르는 천둥 같았고, 나는 서둘러 그 자리를 떠났다.

"널 묶어놓고 강간하려는 계획을 세우고 있었어." 통화를 하던 제프가 느릿하고 끈적한 목소리로 말했다. "만약 그런다면 저항할 거야?" 내 이마가 찌푸려졌다. 도대체 무슨 말인지, 뭘 비꼬고 싶은 건지 알 수 없었고, 신물이 났고, 환상인지 현실인지 혼란스러웠다. "아뇨." 내가 나직이 대답했다.

"아, 정말, 웬디야." 그가 전화기에 대고 큰 목소리로 말했다. 내가 자신의 농담을 망치기라도 한 것처럼. "그렇게 재미없는 반응을 보이면 어떡하니!"

＊

제프의 집에 갈 때면 두 번 중 한 번은 무언의 멜로드라마를 찍고 오는 기분이었다. 그의 룸메이트들은 내 존재를 수상쩍게 생각하면서도 내가 방문하는 것을 좋아했다. 그들이 나에 대해 뭐라고 말했는지 제프가 전해주었고, 다들 내가 잠자리를 갖는 사람이 누구인지 궁금해한다는 걸 알 수 있었다.

내 머리 위에 '걸레'라는 단어가 따라다니는 것 같았다. 니콜라스는 내가 걸레라는 이유로 나를 찬 적이 있었다. 그런 자기들은 왜 걸레가 아닌지 나는 알 수가 없었다.

또 하나. 제프는 자기 침대에서 요란하고 야단스러운 섹스를 한 날은 내게 전화하는 걸 잊을 때가 있었다. 며칠 동안이나.

나는 불그스름하고 보랏빛이 도는 멍든 키스 자국에 얼음을 얹었다. 그리고 매일 챙겨 먹어야 하는 분홍색 알약, 복숭아색 알약, 흰색 알약을 한꺼번에 삼켜 임신을 예방했다.

니콜라스의 전화를 받았고, 앰프와 기타, 케이블, 맥주 따위를 실어 무거워진 그의 차가 우리 집 앞에 도착했을 때 나는 비밀스러운 미소를 띠며 밖으로 나갔다. 니콜라스의 차에 올라타는 일만큼이나 쉽게 나는 다시 10대 모드로 돌아갔고, 차는 급속도로 집에서 멀어졌다.

수영장에서 느긋하게 쉬고 있는 성인 여성이 되었다고 상상했다. 현실의 나는 아직 애였고, 오후에 마신 과일 맥주로부터 서서히 깨는 중이었다. 니콜라스의 집 뒷마당에 있는 하프파이프* 끝에 걸터앉아 그가 환상적인 호를 그리며 스케이트 타는 모습을 보고 있었다.

졸음이 오지 않을 때는 《LA 위클리》를 읽었다. 내가 제일 좋아하는 오렌지색 꽃무늬의 민소매 셔츠와 무릎이 찢어진 청바지를 입고서 바람을 맞고 있자니 마음이 무장 해제 당하는 것 같았다.

사람들은 내가 선글라스를 쓰면 더 성숙해 보인다고 했다. 어딜 가나 내가 열여섯 살로는 보이지 않는다는 말을 들었다. 사람들은 내가 '나이를 알 수 없어' 보이고 '성숙해 보인다'고 했다. 칭찬으로 들렸다. 물론 그들이 그렇게 말한 데에는 저마다의 이유가 있었고,

---

* 스케이트보드 주행용으로 만든 반통형의 구조물

내 나이를 알기 어렵다는 사실을 본인에게 유리하게 활용하곤 했다. 가령 죄책감을 덜어낸다든가 하는 식으로.

나는 이 점에 대해 너무 깊게 생각하지는 않으려고 했다. 선탠을 하려고 누워서 스케이트보드 바퀴가 나무 바닥을 스치는 소리에 집중했다. 한 바퀴 돌고, 소리가 작아졌다가, 다시 소리가 커지는 패턴이 반복되었다.

✳

풀밭에 누워, 누군가 발견해주기를 기다리는 모델이 된 상상을 해보았다.

문득 언젠가 제프와 공원에 함께 있었을 때 그가 주변을 훑어보며 다른 사람들의 눈치를 살피던 것이 생각났다. 그날의 나는 모델이 아니었다. 나는 그저 배나이스의 공원 풀밭에 있는 한 여자아이였고, 옆에는 제프가 있었다. 뒤로 기대앉아 있던 내 몸은 거의 뒤틀려 있었다. 내가 몸을 구부려 어떤 자세를 취했을 때 그가 나중에도 나의 그런 모습을 기억할 수 있기를 바라면서.

하지만 그날 제프가 하고 있던 생각은 섹스가 아니었다. '우리'였다. 이 서른한 살짜리 남자는 우리가 지난 3년간 함께해온 일이 '잘못된 행동'은 아닌지 고민 중이라고 했다. 나는 그 말이 이상했다. 내 생각에 '잘못된 행동'이라는 말은 우리와 그다지 상관없어 보였다. 이러한 생각을 입 밖으로 꺼내자 제프는 한숨을 쉬며 고개를 흔들었다. 내가 또 열여섯 살짜리나 할 법한 말을 했구나. 나는 이런 식의 자책감을 자주 느꼈다.

누워서 눈을 감고 있으니 내 위로 햇볕이 무자비하게 쏟아지는 게 느껴졌다. 몸이 정화되는 기분이었다. 아이스크림 트럭이 근처 놀이터 주변을 천천히 지나가는 소리가 들렸다. 이 놀이터 한쪽에 큼지막하게 자리하고 있는 돌성과 그 아래의 어둑한 그늘이 기억났다. 초등학교 때 자주 놀던 곳이었다. 성의 위층은 오줌 냄새가 진동하는 미로 구조였는데, 나는 그 안에서 노는 걸 좋아했다. 일부러 무서운 곳에 들어가 숨어 있다가 누가 가까이 오면 꽥 소리를 지르는 게 재미있었다.

이제 나는 그 성에 갈 수 없다는 걸 알고 있었다. 그 작은 입구에 내 몸은 들어가지도 않을 것이었다. 제프는 내가 깊게 심호흡하는 것을 눈치채지 못했다. 그는 내 과거에 관심이 없었다. 내 과거에 관심이 없기는 나도 마찬가지였지만 말이다. 나는 일어나 앉아 양 팔로 다리를 감싼 채 태양 아래에서 몸을 흔들며 이 시간을 흘려보냈다.

제프와 공원에 함께 있었던 날, 그는 제안 하나를 꺼내놓았다. 죄책감이 사라질 때까지 섹스 안 하기. 나는 몸을 일으켜 앉았고, 바로 전까지 풀밭에 누워 자세를 잡고 있던 내가 어떻게 보였을지 이제야 이해가 되었다. 스멀스멀 내 몸에서 흘러나온 수치심이 순결한 풀밭을 얼룩으로 물들였다.

그 순간 잠깐의 깨달음이 찾아왔다. 내 옆의 이 남자는 나와 나의 잠재력을 단 한 번도 발견한 적이 없었다. 그는 내게서 여자아이, 여성, 그리고 스스로 작가라 부를 수 있는 사람으로서의 가능성을 발견한 적도, 그럴 의지나 능력도 없었다. 자기 입맛에 맞을 때만 나와 내 몸, 온몸을 비틀어 취한 자세 따위를 기억했을 뿐이다.

하지만 햇살에 몸을 담그고 피부를 간질이는 풀밭에 머무는 동안 떠오른 이 찰나의 깨달음은, 금세 나를 빠져나갔다. 다시 풀밭에 눕자 주머니에서 열쇠 꾸러미가 쨍그랑 소리를 내며 바닥에 떨어졌다. 나는 그 소리를 듣고도 제프의 관심을 나에게 붙잡아둘 생각만 하고 있었다.

고등학교 2학년이 되었을 때, 중학교 친구들이 동창회를 열었다. 나는 그 친구들과 어울리는 시간이 너무나 즐거웠다. 대부분은 같은 고등학교에 진학했고 일부는 지금도 같은 반이었는데도 그랬다. 이번 모임은 각자 얼마나 어른이 되었는지를 자랑할 수 있는 기회였다. 차를 직접 운전해서 온 아이들도 꽤 있었고, 부모님이 골라준 옷이나 교복이 아닌 자기가 직접 코디한 옷을 입고 온 애들도 많았다. 내 계획은 파티 장소에 도착하기 전에 마리화나로 만든 브라우니를 먹어보는 것이었다.

이날 찍은 사진은 마치 시트콤의 스틸컷 같았다. 내 얼굴만 꽉 차게 나온 사진이 잔뜩 있었다. 피부는 까맣게 탔고, 곱슬곱슬한 긴 머리도 검은색이었다. 시종일관 웃음을 멈추지 않은 것마냥 모든 사진에서 입을 벌리고 있었다. 태미, 커티스, 베로니카와 함께 찍은 사진도 많았고, 과장된 눈빛과 몸짓으로 손에 든 소품을 뚫어 져라 바라보는 사진도 있었다. 다 같이 찍은 단체 사진에서는 다들 입을 크게 벌린 채로 웃고 있었고, 다른 친구의 머리 뒤에 손가락 두 개를 삐죽 올리거나 왜 그러느냐는 표정으로 프레임 바깥의 친구를 쳐다보고 있는 아이도 있었다.

선생님들끼리만 찍은 사진은 딱 한 장 있었다. 코넬 선생님과 아이버스 선생님. 졸업 후에도 똑같이 그렇게 불렀다. 선생님들은 수영장 옆 의자에 앉아 있었다. 아이버스 선생님, 아이버스 선생님. 모임에 가기 전에 이 말을 입에 붙이려고 내 방 거울 앞에서 몇 번이나 중얼거렸다.

제프는 검은색 반바지와 '매머드 타임스'라고 적힌 흰색 티셔츠를 입었다. 야구 모자를 삐딱하게 썼고, 턱수염은 조금 자라서 약간 지저분했다. 이 사진에서 그는 버드와이저를 든 팔을 쭉 펴고선 웃고 있었다. 코넬 선생님은 옆에 코카콜라 캔을 놓고 편한 자세로 의자에 기대앉아 있었다. "아이버스 선생님, 코넬 선생님!" 내가 말을 걸었다. "사진 찍어도 될까요?" 셔터를 누르기 전에 제프의 얼굴을 잠시 바라보았다.

모임이 끝난 후 제프의 집에서 밤 12시 반에 만나기로 약속했다. 집에 들어갔을 때 엄마가 취하지 않은 상태로 깨어 있다면 얼마나 화를 낼지, 내 통금 시간이 몇 시인지 따위는 잊었다.

"하고 싶은 말이 몇 가지 있어요." 내가 먼저 입을 열었다. 제프는 소파에 널브러져 있고 나는 그 옆에 앉아 있었다. 불은 끈 채 텔레비전만 켜져 있었다. 집에는 우리 둘뿐이었고 숨을 쉬기 어려울 정도로 공기가 텅 빈 느낌이었다. 그는 말없이 내 말을 들었다.

"나는 늘 그게 궁금해요. 우리 사이가 어떤 의미인지." 나는 어른스럽고 침착하게 말하려고 애썼다. "우리 우정의 의미가 섹스만 하는 사이는 아니었으면 좋겠어요. 그런데 가끔 그렇게 느껴져요."

잠시 말이 없던 제프가 한숨을 쉬었다. "너는 이해를 못 하는구나." 거의 누운 상태로 나를 보는 그의 눈은 감긴 것처럼 보였다. 텔레비전이 내뿜는 푸르스름한 빛이 방을 비췄다. 나는 긴장한 상태로 다리를 모으고 앉아 있었다. 눈물을 흘리더라도 너무 어두워서 보이지 않을 게 분명했다. 그가 별 반응 없을 거라는 것도 알고 있었다. 그날 파티에서 나는 그를 배경처럼 두고 친구들과 어울렸고, 내 안의 깊은 곳에서 끄집어낸 가짜 웃음은 모든 것을 흐릿하게 만들었다. 내 귀는 제프를 향해 쫑긋 서 있었고, 내 눈은 끊임없이 주변을 둘러보며 그가 어디에 있는지, 어디로 가는지 계속 확인했다. 그가 다른 여학생과 대화를 하고 있을 땐 모든 말을 주의 깊게 들으며 무슨 뜻인지 의심했다. 그런 장면은 잊지 않고 모조리 기억해두었다가 나중에라도 혹시 내가 놓쳤을지 모르는 성적인 뉘앙스가 있었는지 재차 확인하려고 했다. 아무렇지 않은 듯 기분 좋은 척하는 에너지는 내 안에서 콸콸 샘솟았다. 그가 나를 무시하고 있다는 것이 분명해지면서 그 샘이 결국 말라붙어 버리기 전까지는.

나도 내가 뭘 원하는지 알 수 없었다. 파티에서 제프가 나에게 관심을 보이는 거? 아니면 단둘이 있을 때 확실하게 사랑을 고백하는 거? 그냥 섹스 말고, 사랑을 나누는 거?

그의 차갑고 건조한 말투가 내 생각의 흐름을 끊었다.

"우리, 섹스는 그만하는 게 좋겠다. 우리가 그것만으로 연결되는 사이인 거, 원하지 않아. 요즘 네가 그것 때문에 생각도 많은 것 같고."

"그래요." 나는 빠르게 동의했다. 눈물이 차올랐고 마음이 공허했다.

"만나서 그냥 얘기나 하면서 놀 수도 있잖아. 섹스는 안 하고." 그는 소파에 누운 채로 말을 이어갔다. 입술을 거의 움직이지 않는 것 같았다. 전에 없이 지쳐 보이는 모습이었다. "그러면 우리가, 아, 아니다." 잠시 침묵. "그러면 네가 결정할 수 있게 되겠지. 우리가 계속 친구로 지낼 수 있을지."

"알았어요." 나는 자리에서 일어났다. 키스를 하자고 해도 될지 확신이 서지 않았다. "안녕." 내가 가만히 말했다. 그는 소파 위에서 손을 들어 보였다. 내 손에 쥐고 있던 열쇠에서 짤랑이는 소리가 났고, 나는 현관문을 열고 밖으로 나왔다.

＊

털털거리는 내 미니버스를 보고 있으면 나의 내면이 작동하는 모양새가 상상되었다. 희망에 찬 내 마음은 조금 휘청이긴 했어도 저 깊은 곳의 욕망을 연료 삼아 그럭저럭 굴러가고 있었다. 그 욕망은 저 아래에 숨겨두기는 했지만 여전히 나를 깨어 있도록, 갈망하도록 하는 힘이었다.

그러나 내 미니버스는 앞 유리에 붙은 가격표가 사라진 채로 중고차 대리점에서 받아온 날부터 수도 없이 고장이 났다. 긴긴 여름 동안 가려고 했던 곳이 많았는데, 차가 퍼질 때마다 여름휴가 계획도 엔진과 함께 꺼져버리는 것 같았다.

제프가 내 차를 고쳐주겠다고 나서자 머리끝까지 차올랐던 짜증이 가라앉았다. 그는 우리 집 차고에 와서 열심히 차를 손봤고, 나는 그 모습을 지켜보았다. 이 새로운 형태의 우정은 예전에도 존재하던 것을 되살린 것일까, 아니면 새로 만들어낸 것일까?

엄마가 냉장고에서 탄산음료를 내오면서 엔진을 살피던 제프를 보았다. 둘은 가볍게 몇 마디를 주고받았다. 제프는 여느 때처럼 매력이 넘쳤고 엄마는 말없이 서 있었다. 참을성이 많지 않은 엄마는 평소처럼 금방 집 안으로 들어가면서 내게 따라오라고 말했다. 바깥과 차단되어 후텁지근한 베란다에서 엄마가 다급하게 속삭였다. "저 사람은 왜 저렇게 너를 못 도와줘서 안달인 거야?" 엄마의 얼굴은 더운 차고에 서 있느라 붉어져 있었다. 나는 어깨를 으쓱해 보였다.

"그냥 좋은 사람이야. 지금은 선생님이 아니라 그냥 친구고. 다른 애들도 저분한테 조언 구하고 그래. 그리고……" 더 설명할 수식어가 부족했다.

"알았다." 엄마가 한 음절 한 음절 힘주어 대답했다. 입술에는 빨간 립스틱을 가늘게 발랐고, 이마에는 땀이 맺혀 있었다. "저 사람한테 돈 줄 거니?"

"봐서요." 나는 대충 대답을 하고 다시 차고로 갔다. 베란다 문이 쾅 닫혔다. 안도의 한숨을 쉬었고, 순간 머릿속에 번쩍 불이 들어왔다가 사라졌다. '혹시 엄마가 의심하나?'

차고에 가보니 제프가 미니버스를 경사진 진입로까지 끌어다가 사이드 브레이크를 채워둔 상태였다.

"바람 좀 쐐야겠는데." 그가 말했다. "해도 좀 보고." 제프는 지저분해진 팔로 하늘을 가리켰다. 해가 막 지기 시작했고, 라디오에서 전기 기타 소리가 우렁차게 울려 퍼졌다. 우리 위로 비행기 한 대가 지나갔다. 나는 제프 옆에 무릎을 대고 앉았다. 맨발 아래로 거친 아스팔트가 느껴졌다.

"내가 이런 걸 아무에게나 해주진 않는다는 거, 이제는 알겠지." 그는 큼직한 렌치로 차 안쪽을 조이면서 끙 하는 소리를 냈다. "네." 나는 땅바닥을 보며 대답했다.

"그래서 그런 거야." 제프는 볼트를 조이고 짧은 숨을 내쉬는 사이사이 말을 이어갔다. "내가 얼마나―", 조이고, "화가 나는지 알기나 하냐고. 우리 사이를―", 조이고, "어떻게 우리의 우정을 털끝만큼이라도 의심할 수가 있어." 그는 차에서 물러나 렌치를 바닥에 던졌다. 렌치가 내 발 근처에 떨어지는 바람에 나는 한 발짝 뒤로 물러섰다.

"나는 너를 아낀다고, 웬디. 그러니까 이 좋은 날 네 미니버스를 고쳐주려고 더운데 여기까지 왔지." 그가 녹갈색 눈을 내 얼굴에

　　　　　　　　　　　　　　기억의 발굴

고정시킨 채 말했다. 나는 고개를 끄덕이고 내 다리를 내려다보았다. 말을 할 수가 없었다. 그와 함께 있을 땐 자주 그랬다.

"나, 맥주 좀 가져다줄 수 있어?" 그가 숨을 내쉬며 물었다. 나는 자리에서 일어나 미니버스의 문을 열어 쇼핑백에서 맥주캔을 꺼냈다. 부품을 구하러 다녀오는 길에 사둔 맥주는 아직 차가웠다.

맥주를 다 마신 후 제프가 마리화나를 꺼냈다. 우리는 미니버스 바닥에 굴러다니던 클립으로 빈 캔에 구멍을 뚫었다. 그러곤 그 구멍 위에 마리화나를 엄지손톱만큼 올려 불을 피운 뒤 캔의 입구에 입을 대고 한 번씩 길게 들이마셨다. 재가 구멍을 통해 캔 안으로 떨어졌다.

*

"오늘 저녁에는 가야 하는 졸업식이 있어." 며칠 뒤 제프는 이렇게 말했다. "어디 보자." 그가 시간을 확인했다. "지금이 정오고, 룸메이트가 오늘 밤 내 차를 빌려서 출근한다고 했지." 그는 생각을 입 밖으로 소리 내어 하고 있었다. 나는 이마와 얼굴에 남아 있는 땀을 닦아내며 다음 말을 기다렸다. 손에 묻은 땀은 바지에 닦았다.

"이따 그 아이 졸업식에 나 좀 데려다줄 수 있을까?" 제프가 물었다. 그의 안경이 코 위로 흘러내렸고, 더운 날씨 때문에 얼굴이 반질거렸다.

"그래요." 나는 기분 좋게 대답했다. 그가 자신의 일정에 대해 말하는 동안 나는 몸이 더 가벼워지는 느낌이 들었다. "그러고 나서는요?"

"나 내려주고 나서 근처에서 기다리다가 다시 데리러 오면 될 것 같아." 그가 곁눈질로 시간을 재차 확인했다. "그럼 그렇게 하기로 하자. 난 일단 정확히 어디로 가야 하는 건지 좀 찾아볼게."

잠시 뒤 제프는 내게 목적지를 말해주었고, 내 입에서 "비벌리 힐스요?"라는 말이 튀어나왔다. 그는 셔츠의 단추를 풀어 헤친 채로 집 안을 이리저리 걸어 다녔다. 입 속의 씹는담배를 뱉으러 가끔 싱크대로 오갔다. 나는 얼굴을 찡그렸다. "왜?" 그가 내 얼굴을 보며 물었다. 아직 면도도 안 했고 양말도 못 찾고 있었으면서.

내가 얼굴을 찡그린 이유가 씹는담배 때문인지 비벌리 힐스 때문인지 나조차도 알 수 없었다. 다만 한 번도 가본 적 없는 동네에 차를 몰고 갈 상상을 하니 마음속에 불안의 씨앗이 싹을 틔웠다. 나는 과장된 몸짓으로 소파에 털썩 쓰러졌다. "아휴, 아주 먼 길을 가게 되었네." 내가 중얼거렸다. "이 날씨에……."

"웬디, 나 도와주고 싶은 거야, 아니야?" 광을 낸 구두를 신던 제프가 툴툴거렸다. "도와줄 거라고요." 나도 꽁한 목소리로 답했다. 문득 이 순간이 친구들 사이에서 일어나곤 하는 일처럼 느껴졌고, 그러자 이런 말다툼이나 짜증 섞인 대화가 스킨십이나 욕구를 채우는 행위보다 훨씬 더 평범한 일상같이 다가왔다. 나는 샌들을 벗으며 이런 것도 괜찮네, 라고 생각했다.

"좋아." 그가 싱크대에 갈색 덩어리를 뱉어내고 수도꼭지를 틀며 말했다. 그리고 셔츠의 단추를 채우고 넥타이를 찾으러 방으로 들어갔다. 나는 일부러 소리 내서 한숨을 내쉬었다.

30분 후, 고속도로로 향하는 내 미니버스의 운전대는 제프가 잡고 있었다. 그새 불안의 씨앗은 점차 자라서 다음에 일어날 일에 대한 상상이 되었다. 나는 조수석에 앉아 파란색 렌즈의 선글라스를 코 위로 밀어 올렸고, 제프가 소리쳤다. "지도 가져왔어?"

"안 가져왔는데. 아까 챙긴 거 아니었어요?" 나는 등받이에서 몸을 벌떡 일으키며 물었다. 안전벨트가 내 몸을 누르는 게 느껴졌다.

"알았다. 됐어. 어차피 못 가겠네." 그가 백미러를 확인하며 말했다. 다음 고속도로 출구에서 빠지려는 것 같았다.

"뭐라고요? 이제 와서 안 간다고요? 그렇게 옷을 다 차려입어 놓고?" 그의 태도가 우스꽝스러워 보였다. "집에 가서 챙겨 오면 되잖아요."

"지금도 한참 늦었단 말이야." 투덜거리는 그의 오른쪽 눈이 실룩거렸다. 나는 오히려 침착해졌다.

"자, 생각해봐요. 거기 여학생들이 선생님이 늦은 걸 눈치나 챌 거 같아요?" 내가 물었다. 강당에서 입이 귀에 걸린 채 단상 위로 올라가 졸업장을 받아 가는 아이들을 상상했다. "아마 전혀 모를 거라고요." 어쩌면 제프가 생각했던 것보다 행사가 일찍 끝나서 해가 지기 전에 밸리로 돌아갈지도 모르겠다는 생각이 들었다.

"네 말이 맞아. 맞네." 그가 대답하며 깜빡이를 켰고, 나는 자리에 등을 기댔다. 미니버스는 속력을 내서 제프의 집으로 달려갔고,

우리는 지도를 챙겨 다시 출발했다. 그는 담배를 씹으며 소란스럽게 말을 이어갔다. 로리라는 여학생이 이번에 졸업을 하는데, 제프 반에 왔다가 다른 반으로 옮겼다고 했다. "걔는 완전 천재야." 고속도로의 차선을 살피며 그가 말했다. 나는 이 기회를 놓치지 않고 제프를 응시하며 내가 의심을 할 수도, 심지어 질투를 할 수도 있다는 것을 눈빛으로 알렸다. 그의 표정에는 변화가 없었다.

"로리도 너처럼 시 같은 걸 쓰거든. 근데 네 글이랑은 전혀 달라. 그래도 걔를 보면 네 생각이 나기는 해." 제프는 도로에서 잠시 눈을 떼더니 나를 보고 따뜻한 미소를 지으며 말했다. 나는 시선을 돌려 도로와 차선, 달리는 차들, 도로 양쪽의 언덕을 바라보았다.

차는 고속도로에서 빠져나와 국도로 진입했고, 커피숍과 야외 테이블이 늘어선 동네를 지났다. 이곳 사람들은 집 밖의 팜나무 아래에 앉아 웃음을 띤 채 와인잔이나 데미타스잔*을 손에 들고 각자의 음료를 홀짝이고 있었다. 천 조각을 대고 꿰맨 내 컷오프진과 히피 스타일의 티셔츠가 괜히 신경 쓰였다.

제프가 학교 주차장에 차를 댔고, 나는 자리에 축 늘어져 앉아서 그가 저 안에 들어가 선생님 역할을 수행하는 동안 뭘 하고 있을까 생각했다. "너도 들어가자." 제프가 미니버스에서 내리더니 말했다. 입에 있던 담배는 차에 있던 물로 휙 헹구고는 아스팔트 바닥에 뱉었다.

그는 길고 빠른 걸음으로 조용한 강당 안으로 들어갔고, 나도 뒤를 따랐다. 강당은 시원한 동굴 같았다. 얌전히 입장한 우리는

---

* 에스프레소를 주로 담는 작은 커피잔

기억의 발굴

뒤쪽에 빈자리를 찾았다. 나는 식이 끝날 때까지 어둑한 관객석에서 별생각 없이 기다렸다. 우리는 계속 다리를 맞댄 채 앉아 있었고, 이후 일정이 어떻게 될는지는 알 수 없었지만 그래도 마음은 안정되었다.

해 질 녘에 졸업생 가족들이 밖으로 빠져나올 때 제프는 입구 옆에 서 있다가 부모와 함께 있는 로리를 발견하고 그쪽으로 가 축하 인사를 건넸다. 나는 제프 옆에 서 있었고, 그는 나를 예전에 가르쳤던 학생인데 차가 없어 못 올 뻔한 이 자리에 참석할 수 있도록 도와준 은인이라고 소개했다.

"대단하네요!" 로리의 어머니가 감탄하며 내 팔을 잡았다. 로리는 나를 보며 미소를 지었고, 나는 그 얼굴에서 순수함이 스치는 것을 보았다. 숨길 것 없어 보이는 그 표정을 보니 이 아이는 제프와 단순한 사제 관계일 뿐 그 이상은 아닌 것 같았다. 속으로 안도의 한숨을 내쉬고는 로리의 어머니가 내게 오크크레스트 학교와 샌퍼낸도 밸리, 다가올 여름 등에 대해 마음껏 이야기하시도록 듣고 있었다.

로리의 부모님인 바바라와 래리는 예약해둔 저녁 식사에 우리를 초대했다. 나는 그 둘의 너무나 젊어 보이는 얼굴에서 눈을 뗄 수가 없었다. 바바라의 머리는 밝은 금발이었고, 두 눈은 반짝였다. 래리는 자애로운 아버지상 같았다. 두 사람은 농담을 주고받으며 웃었고, 내가 대화에 참여하도록 유도했다.

화장실에 가려고 잠깐 나왔을 때, 바바라가 나를 따라왔다. 그는 바로 옆 작은 휴게 공간에서 담뱃불을 붙였다. "한 대 피울래요?" 바바라가 담뱃갑을 내밀며 물었다. 나는 망설였다. "이제 와서 숨길 게 뭐가 있어요? 여자끼리 담배 한 대 같이 하는 건데." 립스틱을 완벽하게 바른 입술로 미소를 지으며 그가 말했다. 나는 한 개비를 집어 들었고, 바바라는 몸을 굽혀 불을 붙여주었다. 우리는 내가 다니는 고등학교 이야기와 듣고 있는 수업, 그리고 내 미니버스에 관해 이야기를 나누었다. 나는 소변을 보러 왔다는 것도 잊고 화장실의 새하얀 벽에 몸을 기대어 서서 나의 좀 더 성숙한 면들을 마음껏 드러냈다. 홀치기염색으로 알록달록한 내 티셔츠와 덕지덕지한 청바지는 잊어버리고 어른들과의 대화를 즐기는 나의 면모를 바바라에게 유감없이 보여주었다.

우리는 주차장에서 작별 인사를 했다. 같이 손을 맞잡았고, 웃으며 인사를 나누었다. 내가 완전히 이해하지 못한 특별한 방식으로 이 모임의 일원이 되어 인정받은 기분이었다. 나는 그 자리에 제프가 있었다는 것도 거의 잊은 채 천재 시인 로리, 그리고 그 아이의 어머니이자 아름답고 이해심 많은 여성인 바바라와 아주 가까워진 듯한 기분을 음미하고 있었다.

미니버스에 올라타서 차 문을 닫고 제프가 시동을 건 후에야 아직도 소변을 보지 않았다는 게 생각났다. "진짜야?" 도로의 차 사이로 진입하면서 그가 물었다. 바바라와 래리의 컨버터블이 우리 차 앞에 있었고, 로리가 우리를 보고 웃으며 손을 흔들었다. "네. 그리고 담배 살 가게도 들러야 돼요." 나는 로리에게 손을 흔들며 말했다.

신호등에 빨간불이 켜지자 제프는 차에서 뛰어내려 로리네 차로 가더니 웃으면서 나를 가리키며 뭐라 말을 했고, 바바라가 고개를 끄덕였다. 바바라는 뒤를 향해 자기들을 따라오라고 소리쳤고, 녹색불이 켜짐과 동시에 제프가 운전석으로 돌아왔다. 우리 차는 앞의 컨버터블을 따라갔다.

바바라와 래리는 비벌리 힐스의 고급 아파트에 살았다. 나는 샴페인을 한 잔 건네받아 조심스럽게 맛을 보았다. 래리는 나와 10분 정도 즐겁게 대화를 나누더니 뉴욕에 사는 자기 남동생을 소개해주고 싶다고 말했다. 그의 남동생은 이번 여름에 여행을 다닐 예정이라고 했다.

"웬디, 걔가 열일곱 살인데 당신과 정말 잘 어울릴 것 같아요." 래리가 흥분을 감추지 못하고 말했다. 나는 웃으며 고개를 끄덕였다. "그러게요. 괜찮을 것 같은데요?" 내 시야각의 한구석에서 제프가 바바라와 함께 웃고 있는 모습이 보였다. 그는 다 듣고 있다는 표정을 지어 보였다.

바바라는 내게 반려견 올리버와 셋이서 산책을 다녀오는 게 어떻겠냐고 물었고, 나는 좋다고 답했다. 푸들 강아지의 목에 목줄을 채워서 우리는 밖으로 나왔다.

"담배 한 대 피우죠." 밖으로 나오자 눈빛이 밝아진 바바라가 말했다. 나는 그의 이야기를 듣고, 질문에 답하고, 웃고, 가끔 말이 끊기거나 감탄하는 것까지 모든 순간을 즐겼다. 바바라는 나의 어른스러운 측면을 인정해주고 있었다.

우리가 집에 돌아왔을 때 래리와 제프는 부엌에 서 있었고, 로리는 금방이라도 잠이 들 것 같은 얼굴이었다. 금발머리가 어깨 위로 내려앉았고 눈은 반쯤 감겨 있었다. 얼굴은 살짝 웃고 있었다.

"저희 둘은 잠깐 실례 좀 할게요." 래리가 제프를 어느 방으로 데려가면서 말했다. "아이버스 선생님이 관심 있어 할 만한 앨범이 좀 있습니다." 두 사람이 방에서 나왔을 때 희미한 마리화나 냄새가 났지만, 소파에서 몸을 둥글게 말고 잠든 로리를 보며 따로 언급하진 않기로 했다.

두 번째 작별 인사를 할 때 바바라는 종이에 전화번호를 적었고 래리가 그 종이를 내게 건네주었다. "정말이에요. 당신과 조셉은 잘 어울릴 것 같아요. 내 동생은 명상을 좋아하고, 채식주의자고, 좋아하는 밴드는 그레이트풀 데드랬어요. 아마 당신과 사랑에 빠질 겁니다!" 래리는 웃는 얼굴로 "조셉이 당신에게 프러포즈할 거라고요!"라고 흥분해서 말했다. 나는 얼굴을 붉히며 웃었고, 래리는 볼 수 있는데 나는 보지 못하는 게 뭘까 궁금해졌다. "또 보고 싶으니까 꼭 전화해요." 바바라가 거들었다.

우리는 고속도로로 진입했고, 그의 집 앞에 차가 섰다. 나는 운전석으로 자리를 옮긴 뒤 멍한 얼굴로 제프에게 인사를 했다. 머릿속이 그날의 웃음과 로리네 가족의 모습으로 가득했다. 나에게 그런 평범함은 신기할 정도로 이국적으로, 그리고 매력적으로 느껴졌다.

무더위가 아침부터 덮쳐왔다. 일요일이었다. 잠기운에 눈꺼풀이 무거웠고, 채 10시가 되기도 전에 윗입술에 땀이 송골송골 맺혔다. 제프와 특별한 데이트를 하기로 한 날이었다. 이제는 데이트라는 말이 두렵지 않았다. 브라와 팬티만 입고 거울 앞에 서서, 섹시하게 반짝이며 키스하고 싶은 입술로 만들어주는 립글로스를 발랐다.

내가 제일 좋아하는 원피스를 입었다. 엉덩이와 가슴에 딱 달라붙는 손바닥만 한 원피스였다. 거울 앞에 서서 뒷모습을 보았다. 양쪽 엉덩이에 하얀 팬티 자국이 살짝 비쳤다. 흰색에 분홍색 꽃 프린트가 들어간 민소매 드레스 안에서 끈 없는 브라는 내가 원했던 효과를 잘 발휘하고 있었다.

스웨이드 샌들을 꺼내 신고, 옷장에 넣어두고는 거의 들지 않았던 흰색 미니 핸드백을 꺼냈다. 거실로 나가자 엄마가 놀란 듯이 외쳤다. "와우!" 평소에 엄마가 그토록 하고 다니라고 권했던 옅은 화장을 했으니 보여 드려야지. 엄마는 내 몸이 이렇게 작은 드레스에 들어간다는 사실이 자랑스러운 얼굴이었다. 나는 그러한 반응에 내심 화가 나면서도 한편으론 만족감을 느꼈다.

"오후에 올게요." 엄마한테는 니콜라스와 브런치를 먹으러 가기로 했다고 말해두었다. 열쇠를 집어 들고 엄마와 인사를 하면서 선글라스를 썼다. 미니버스에 시동을 걸고 다시 한번 엄마에게 손을 흔들었다. 셔먼 웨이로 가는 길에 문득, 아까 우리 집 건너편 창문을 확인하려 했던 것이 생각났다. 내가 쫙 빼입고 어디론가 가는 모습을 그 집의 남자가 봤으면 했다.

제프가 이사한 아파트는 작은 발코니를 타고 들어오는 도시의 소음만 아니라면 오아시스 같은 곳이었다. 발코니에서는 맞은편의 쇼핑몰과 주차장이 내려다보였다. 그 아파트 단지는 거주자가 많았지만 안전하게 느껴졌다. 이웃들은 표정이 없었다. 지나가다 누군가와 부딪히거나 옆집에서 텔레비전 속 웃음소리가 벽을 타고 넘어올 때야 비로소 다른 사람이 이곳에 살고 있다는 기분이 들었다.

혼자였다. 제프는 이제 혼자 살고 있었고, 그건 아마도 나 때문인 것 같았다. 우리의 관계는 더 많은 시간과 둘만의 은밀한 몸짓, 눈 맞춤, 사소한 것들에 대한 관심을 나누는 안정기에 도달해 있었다. 내가 벨을 누르자 목이 잠긴 그가 인터폰을 받았다. 문이 열렸고, 나는 복도를 걸어 현관 앞으로 갔다. 노크를 한 뒤 기다리지 않고 문을 열었더니 그가 등을 긁으며 하품을 하고 있었다. 갑자기 어린애가 된 기분이었다. 나만 너무 열심히 꾸민 것 같았고, 내가 우스워 보일는지도 모르겠다는 생각이 들었다.

하지만 나를 찬찬히 뜯어본 제프는 정신을 차린 듯 옷을 갈아입으러 갔다. 새로 옮긴 집에서는 똑바로 걸어 다닐 수가 없었다. 벽과 선반에 박스가 가득했고, 작은 흑백텔레비전과 오디오에만 전원이 들어와 있었다. 나는 소파에 불편하게 앉아 차 열쇠를 만지작거리며 그가 나오기를 기다렸다.

그날 제프의 집에 간 것은 사실 그에게 호의를 갚을 기회를 주기 위해서였다. 내 미니버스는 그의 이삿짐을 꽉꽉 채워서 이전 집과 이 아파트를 몇 번이나 오가야만 했다. "내가 브런치 살게." 차에서 마지막 짐을 내리며 그는 이렇게 말했다. 이때 그의 콧등에서 안경이 흘러내리던 모습이 떠올랐다. 그 약속을 생각하며 샌들로 바닥의 카펫을 톡톡 쳤다. 어디로 브런치를 먹으러 갈지 기대가 되었다.

제프가 열쇠를 달라는 듯 손을 내밀었고, 나는 뾰로통한 얼굴로 말없이 키를 건넸다. 동쪽으로 향하는 차 안에서 그의 질문에 답하는 내 목소리에 울적한 기분이 묻어났고, 결국 나는 말이 없어졌다. 무슨 일이 있냐고 물어왔지만 나는 그저 창밖을 보고 있었다. 내가 운전을 하게 둘 만큼 나를 신뢰하지 않는다는 것, 그리고 내가 운전하겠다고 나 스스로 우기지도 않은 것이 다 화가 났다. 만약 경찰이 차를 세운다면 그는 얼마나 못난 핑계를 댈까 궁금했다.

"웬디." 몇 분의 침묵이 흐른 뒤 제프가 도로를 보며 느릿느릿 말했다. "밥 먹으면서 말 한마디 없이 앉아 있으면 저 망할 놈의 산에서 아래로 던져버린다." 나는 창밖을 보며 입을 삐죽였다. 가슴 앞으로 팔짱을 낀 채였다. 산이라니. 그가 화를 내자 내 몸은 곧장 반응하여 아랫입술이 떨려왔다.

그는 차를 몰고 끝없는 오르막길을 올라갔다. 목적지에 도착하자 잘 차려입은 남자들이 주차를 해주겠다고 했다. 나는 차 문을 열며 "와우."라고 혼잣말을 했다. 고급 원피스나 재킷을 입고 하이힐을 신은 사람들이 레스토랑으로 들어가는 모습이 보였다. 제프는 청바지에 셔츠를 입고 있었다.

"들어가서 두 사람이라고 말해." 그의 명령에 나는 안으로 걸어갔고, 제프는 발레파킹 표를 받았다. 내부로 들어서니 하얀 식탁보를 덮어놓은 기다란 테이블 위의 유리그릇에 과일과 머핀이 넘치도록 담겨 있었다. 흰 앞치마와 셰프 모자를 걸친 남자들이 옆에 서서 오믈렛과 프리타타*를 만들고 있었다. 얼음 위에 얹어둔 게와 새우도 보였다. 그릴 위에는 다양한 종류의 햄이 지글지글 구워지고 있었고, 그 옆의 와플 틀에선 노란 와플이 익어갔다. 테이블을 안내받아 자리에 앉자 나는 활기를 되찾았다. 침묵의 시간은 끝났다.

"내가 말했지, 여기 끝내준다고." 제프가 말했다. 두 접시를 깨끗이 비우고 샴페인을 셀 수도 없이 여러 번 리필해서 마신 후, 나는 화장실에 다녀오겠다는 말과 함께 천천히 일어섰다. 바닥을 보며 조심스럽게 한 걸음 한 걸음 내디뎌야 했다. 기분 좋게 취해 있었고, 입고 있는 원피스가 너무 짧게 느껴졌다. 내가 자리로 돌아온 뒤에도 우리는 음식이 알코올을 흡수해주겠거니 생각하며 계속

---

* 이탈리아식 오믈렛

기억의 발굴

먹었다.

그러던 중 카메라를 든 키 큰 여성이 술에 취해 횡설수설하던 나에게 다가와 말을 걸었다. 가슴이 쿵 내려앉았다. 미성년자인 게 들켰을까 봐 두려웠다. "사진 찍어드릴까요?" 그 여자가 물었다. 나는 웃음이 나오는 것을 참으며 제프가 돈을 건네는 모습을 얼떨떨한 얼굴로 바라보았다. 어느새 제프가 옆자리로 와 내 몸에 팔을 둘렀다. 사진 두 장을 찍은 뒤 여자는 옆 테이블로 이동했다.

접시를 다 비우고 끝없이 제공되는 샴페인을 겨우 홀짝거리고 있을 때쯤, 그 여자가 돌아왔다. 제프는 열쇠고리를 두 개 건네받아 그중 하나를 내게 주었다. 나는 내 손바닥 위의 열쇠고리를 빤히 쳐다보았다. 갑자기 이유를 알 수 없는 눈물이 솟았고, 표가 나지 않도록 고개를 들기 전에 눈을 꾹 감았다. 그 열쇠고리에는 제프와 내가 같이 있는 사진이 붙어 있었다. 반대쪽에는 네모난 종이에 '캐스트어웨이'*라는 레스토랑 이름이 적혀 있었다. 열쇠고리를 핸드백에 넣고 제프의 눈을 바라보면서 내 얼굴에 웃음꽃이 활짝 피었다.

제프가 테라스로 나가자고 제안했고, 나는 웃으며 생각했다. 이보다 더 좋을 수가 있을까? 물잔을 들고 햇볕 아래 야외 테이블로 나갈 때 그가 손으로 내 팔꿈치를 감쌌다. 나는 자리에 앉아 샌들을 벗었다. 이 행동에 제프가 언짢은 티를 낼 줄 알았는데, 그러지 않았다. 그는 고급스러운 야외 의자에 느긋하게 기대앉아 있었다.

"뭐 마실래? 피냐 콜라다? 아니면 계속 샴페인 마실래?" 그의 적갈색 수염에 눈이 갔다. "샴페인이요."

---

* The Castaway. '조난자' 혹은 '표류자'라는 뜻

"더블 피냐 콜라다랑 샴페인 반병 부탁해요." 제프가 웨이터에게 말했다.

우리 동네인 샌퍼낸도 밸리 쪽을 내려다보고 있자니 내 인생 처음으로 왜 이 지역이 밸리로 불리는지 알 것 같았다. 나는 다리를 꼬고 앉아 맨발을 흔들었다. 훌륭한 음식을 먹었고, 곧 샴페인을 더 마실 생각을 하니 지금이 담배 한 대 피우기에 딱 좋은 순간인 것 같았다. 나는 그 생각을 소리 내어 말했다. 담배는 차에 있었다.

"여기 가만히 있어." 제프가 이렇게 말하며 자리를 떴다. 내 입 안에 사랑이라는 단어가 거품처럼 떠다녔다. 나는 뒤로 기대앉아 다른 테이블 사람들에게 미소를 보냈다. 테라스 아래를 지나는 밸리와, 저 먼 곳에 있는 바다에 대해 생각했다. 우리는 아스팔트 위의 아지랑이 같은 열기처럼 둥둥 떠 있었다. 지미 헨드릭스의 〈Spanish Castle Magic〉이 생각나 몇 마디를 흥얼거렸다.

제프가 자리로 돌아와 담배를 내밀었다. 그러곤 성냥을 켜서 담뱃불을 붙여주며 몸을 숙여 한 손으로 담배를 감쌌다. 그러는 동안 나는 그의 눈을 똑바로 보고 있었고, 내가 불붙은 담배를 크게 한 모금 빨아들이기 전에 그의 손이 잠시 내 손을 스쳤다. 나는 턱이 풀려 입이 벌어진 기분이 들었다. 제프는 이제 싸우는 것도 지쳤다고, 우리 이제 다툴 시기는 지나지 않았냐고 말했다. 그리고 야구모자를 쓰더니 하늘을 올려다보았다.

"네가 스쳐가는 남자친구 이야기 할 때마다 다 들어주는 거 힘들어. 우리가 말도 안 되는 사소한 문제로 다투며 성질부리는 동안 너희 집 문 앞에 줄지어 서 있는 그 남자들 말이야." 우리 집 문 앞에 남자들이 줄을 선다고? 햇볕에 종아리가 뜨거워지고 있었고, 지금 이 순간 니콜라스가 얼마나 멀게 느껴지는지 생각해보았다. 나는 자세를 바꿔 테이블 아래 그늘로 다리를 옮겼고, 립글로스를 바른 입술에 엷은 미소를 띤 채 제프의 이야기를 계속 들었다.

"나는 진지하게 우리의 미래를 생각한다고, 웬디." 제프가 나와 테이블 위의 씹는담배를 번갈아 보면서 말을 이어갔다. 그 담배나, 씹고 난 담배를 옆의 화분에 뱉고 있는 그의 행동에 대해서는 아무말 하지 않기로 했다. 나는 내 잔에 샴페인을 더 따랐다.

"나도 그래요." 내가 말했다. "우리 관계가 지금보다 더 나아갔으면 좋겠어요. 섹스만 하는 사이일까 봐 걱정돼요." 솔직한 생각을 이야기해도 될지 불안했던 마음은 뜨거운 태양 아래의 시멘트 바닥 위로 떨어져 사라진 물방울처럼 나를 완전히 빠져나간 뒤였다.

하지만 그럼에도 하지 못한 말이 있었다. 갑자기 우울한 기운이 내 어깨를 감쌌다. 햇볕에 화상을 입은 건가 싶었다. 나는 괜히 코를 만졌다.

"조금 두렵긴 하지만," 제프가 말을 꺼냈다. "너를 사랑해." 나는 고개를 저었다. 제프 뒤로 보이는 맑고 파란 하늘로 시선을 돌렸다. 안 돼요. 아니, 좋아요. 아니, 안 돼요. "그래, 정말이야." 우리는 테이블 위로 손을 맞잡고 있었고, 내 발은 그의 의자 아래에 있었다. 그렇게 제프의 얼굴을 보고 있자니 내가 지금 취했고 울고 있다는 것 따윈 다 상관없게 느껴졌다.

그는 우리가 만나는 동안 몇 번이나 입에 담았던 공상과도 같은 이야기를 또다시 꺼냈다. 짐을 싸서 떠나버리는, 둘이 도망치는 이야기였다. 나는 고개를 끄덕여 나 역시 같은 생각을 하고 있음을 알렸다. 그가 샴페인 반병을 더 주문했고, 나는 그래도 되는지 잘 모르겠다는 생각이 들었다. 속이 좋지 않았다. 우리는 취해서 이런 이야기를 하고 있었고, 어쩌면 제프는 이 내용을 금세 잊어버릴 수도 있었다.

그러다가 나는 문득 깨달았다. 제프는 분명 이 대화를 기억하지 못할 것임을. 내일이면 이 모든 게 없었던 일이 될 수도 있음을.

자리에서 일어났을 때 해는 서쪽 하늘 높이 떠 있었고, 나는 똑바로 서 있으려고 안간힘을 써야 했다. 운전은 제프가 했다. 당시 상황을 고려하면 옳은 결정이었다. 처음 보는 아파트 앞에 차가 멈췄을 때, 나는 별말을 하지 않았다. 그가 마리화나를 사 올 동안 잠시만 기다리라고 했고, 나는 누워서 눈을 감고 싶다는 생각을 하며 고개를 끄덕였다. 미니버스가 조용한 아파트 단지의 해가 드는 구역에 가만히 세워져 있었다. 일요일이네. 속으로 생각했다. 나는 조수석 앞 대시보드에 다리를 올렸다. 원피스가 허벅지 위까지 말려 올라갔지만 신경 쓰지 않았다. 햇살은 그런 나를 재워버렸다.

제프의 집에 들어갔을 때 나는 박스에 둘러싸인 소파 위로 몸을 파묻었다. 그는 발코니의 미닫이문을 열더니 바닥에 놓인 매트리스 위에 몸을 뻗고 누웠다. 나는 한참 후에 일어나 미니버스를 몰아 집으로 왔다. 바람 때문에 머리가 헝클어졌다. 느릿한 걸음으로 들

기억의 발굴

어가 엄마에게 잘 놀다 왔다고 말한 뒤 내 방으로 가 침대로 쓰던 쿠션에 몸을 기대고 기절했다.

나중에 레스토랑에서 받은 열쇠고리를 다시 들여다보았다. 아마 그날 이후로 수백 번은 그랬던 것 같다. 제프가 한쪽 팔로 나를 감싸고 있고, 내 긴 머리는 실핀 몇 개로만 고정한 터라 풀어져 내렸다. 그는 티셔츠에 모자를 썼고, 수염을 기른 얼굴로 웃고 있었다. 입 모양으로 봐서는 씹는담배를 우물거리고 있었다. 나는 웃음을 띤 환한 얼굴이었다. 갈색으로 탄 피부와 흰 치아의 대비가 눈에 띄었다. 긴 머리가 옷의 목둘레를 가리고 있었다. 내가 제일 좋아하는 원피스였는데 사진으로는 거의 드러나지 않았다.

다음 날 제프는 내게 전화로 이렇게 말했다. "어제 내가 말한 거 있지? 다 진심이었어."

그리고 몇 년 후, 그 브런치 레스토랑은 화재로 소실되었다. 엄마와 전화 통화를 하다가 우연히 듣게 되었다. 시간이 몇 년이나 지났고 엄마의 전화를 받던 나는 그곳에서 수천 마일 떨어진 곳에 있었지만, 그날의 모든 것이 떠올랐다. 그 기억을 되살려줄 열쇠고리도 갖고 있었다.

사과문

    나는 예전에 사귀었던 사람 중 여러 명을 제프에 대한 기억을 떨쳐내는 데 이용했다. 그것은 그들에게 솔직히 털어놓을 수 없었던 어려운 문제였다.

    내가 만났던 한 명 한 명의 화석 기록집은 새로운 관점으로 다시 들여다볼 필요가 있을 것이다. 그 기록에는 당시 상황이 어떠했는지, 해당 인물들과의 관계는 어땠는지, 그 관계를 죽이거나 살린 요인은 무엇이었는지 등이 적혀 있을 테고, 각자의 이야기가 존재할 것이다.

    그러나 이 책에 그 모든 걸 담기란 불가능하다. 그래서 이렇게나마 내 마음을 전하고 싶다.

    나와 연애를 한 적이 있는, 나와의 진지한 미래를 꿈꾸었던, 그리고 나와 진정으로 소통하기 위해 내 안의 이해할 수 없는 자아와 한바탕 씨름부터 해야 했던 남성들에게.

진심으로 미안하다는 말을 전한다.

1989년 늦여름

마리화나 때문인지, 아니면 가질 수 없다고 생각했던 것을 경험했기 때문인지, 그해 여름 제프의 아파트에서 집으로 돌아오는 길은 꿈을 꾸는 것 같은 때가 많았다. 다음 날 아침에 일기장을 펼칠 때까지 니콜라스 생각은 거의 나지 않았다. 한동안 쓰지 않다가 다시 시작한 일기장에는 전날 아침 제프의 아파트에서 비밀스러운 밤을 보낸 내용이 적혀 있었다. 일기장엔 'J가 나를 블루스 클럽에 데려갈지도 모른다.'라는 문장과 '니콜라스랑 금요일 밤에 약속을 잡을 수도 있다.'라는 문장이 함께 있었다.

그런 시기에도 제프와의 갈등은 끊이지 않았다. 통화 중에 싸워서 전화기를 부서질 듯 내려놓거나 말없이 수화기만 들고 있는 시간을 보낸 뒤에는 항상 두통으로 이마가 지끈거렸다. 나는 그럴 때면 니콜라스와 더 많은 시간을 보내는 것으로 화풀이를 했다. 여름에 10대들이 할 만한 그런 일들이었다. 바닷가에서 캠핑을 하거나 밸리 주변의 산을 올랐다. 맥주나 와인병을 종이봉투에 담아 바위 꼭대기까지 메고 가서 근무 시간이 끝난 경찰이 닿을 수 없는 곳으로 숨었다.

나는 니콜라스의 이름을 부르며 손가락으로 팔뚝의 주근깨를 쓰다듬고 그의 목에 얼굴을 묻었다. 니콜라스의 눈을 들여다보고 있으면 또 제프의 집에 들렀었다는 생각에 죄책감이 파도처럼 밀려왔고, 그 파도는 니콜라스가 10대 소년의 순수함으로 눈을 감은 나에게 키스할 때 썰물이 되어 사라졌다. 내 일기장은 동시에 두 사람을 사랑하는 것이 가능한지 묻는 혼란과 열망으로 가득했다.

집에 주차를 하고 살그머니 거실에 들어섰을 때 엄마가 움직이는 소리가 들렸다. 자정이 넘은 시간이었다.

"지금 몇 시니?" 엄마가 잠에만 취한 목소리로 물었다.

"12시 막 지났어." 엄마 팔에 내 손을 올려놓으며 속삭였다. 엄마는 힘겹게 눈꺼풀을 들어 올리며 "네가 집에 와서 너무 다행이다."라고 말한 뒤 몸을 뒤척여 벽을 보고 누웠다.

'그러게요.' 나는 속으로 이렇게 말하고 살금살금 내 방으로 올라가 일기장을 펼쳤다.

*

"너, 키가 점점 크고 있는 것 같네." 제프가 말했다. "좋은 일이네요. 다행이다."

나는 소파에 얼어붙은 듯이 앉아 있었다. 그의 얼굴을 보고 싶지 않았다. 그는 나의 성장을 축하한다는 말을 툭 던지고는 원래 하던 일로 돌아가 조리대에서 싱크대로 시끄럽게 접시를 옮겼다.

제프에게 니콜라스에 대한 내 감정을 말한 뒤였다. 나는 실제로 니콜라스와 사랑에 빠지고 있었다. 제프는 "잘됐다."라고 여러 번 말하면서 행주로 조리대를 잽싸게 훔쳤고 부스러기가 바닥으로 떨어졌다. "기분 되게 좋겠네. 그치?" 나는 침을 삼키고 바닥을 보았다. 카펫이 흐릿해졌다. 눈물이 볼을 타고 흘러내렸다.

"내가 직장의 그 여자 얘기를 한 적이 있나?" 제프가 갑자기 물었다. 나는 시선을 떨군 채 고개를 저었다. "나랑 정말 잘 맞는 사람이야. 이런 느낌 받아본 지 정말 오래됐는데, 참 좋더라고." 그가 그릇을 닦으며 말을 이어가다가 수도꼭지를 돌려 물을 세게 틀었다. 잠깐이나마 말을 멈춰줘서 고마웠다. 머릿속이 빙빙 돌았다. 갑자기 바뀐 분위기에 적응할 시간이 필요했다.

제프는 잠시 말이 없더니 물을 잠그고 내 쪽을 보았다. 그리고 "젠장."이라고 내뱉었다. 내 턱 끝에서 눈물이 떨어졌다. "미치겠네." 그가 내 옆으로 와서 앉으며 말했다. "진짜 미쳐버리겠네." 몸이 떨려왔다. "미안해." 그가 말했다. "이유가 무엇이든 울게 해서 미안해." 짙은 붉은색 구름이 집 안으로 들어왔다. 내 심장을 덮고 있던 구름이었다.

"됐어요." 내가 대답했다. "자, 웬디야." 그가 입을 열었다. 말투가 변해 있었다. 어른이 아이를, 선생님이 학생을 타이르는 말투였다. "나도 이거 오래 생각한 거야. 너도 성장해야지. 네 또래 아이들이 하는 경험도 해보고." 그는 내 옆모습을, 나는 카펫의 얼룩을 보고 있었다. "나는 널 보내줘야 돼. 네가 실수도 하고, 네 삶을 살아갈 수 있게. 그래야 너도 성숙하고 균형 잡힌 사람이 되지. 솔직히 나도 좀 불안하긴 하지만, 그렇게 사는 것도 자연스러운 거야."

"지금 네가 사랑에 빠졌다고 하니까." 잠시 침묵하던 제프가 다시 입을 열었다. "그러니까 이제 이건 하면 안 되겠네."라고 말하며 한 손을 뻗어 내 가슴을 꽉 쥐었다. 나는 몸을 뒤로 뺐다. "이제 내 침대에서 정신 놓고 하는 그 짓도 끝이겠네, 맞지?" 제프가 희미하게 웃으며 물었다. "화장실 세면대에서 서둘러 하는 섹스도, 거울로 네 얼굴을 보면서 하는⋯⋯."

"그만해요." 나는 이렇게 말하며 자리에서 일어나다가 자칫 넘어질 뻔했다. "그만요."

"미안." 그가 표정을 바꾸며 빠르게 사과했다. 나는 그의 얼굴을 바라보았다. 약간 이중 턱이 지고, 윤기 나는 곱슬머리가 동그랗게 말려 내려온 얼굴. 자신의 안경이 콧등을 타고 흘러내린 것을 알아채지 못한 것 같았다.

"저 갈게요." 내가 나직이 말했다. 그는 거실 한가운데 서서 나를 보고 있었다. 현관을 나와 문을 닫으니 붉은 구름이 가슴 안으로 살짝 들어왔다. 아파트 단지의 복도를 최대한 빨리 걸어서 안전하게 느껴지는 실외로 나왔다. 미니버스의 시동을 걸었고, 차가 부르

릉 내는 소음에 내 울음소리가 섞였다.

＊

고등학교 2학년의 첫 학기는 늦여름에 시작되었다. 나의 일상
은 종교학, 행정학, 심리학, 미술사, 상법 같은 것들로 가득 찼다.
학교가 끝나면 고속도로를 질주해 밸리의 왼쪽 동네에 도착해서 조
심스럽게 니콜라스 방의 창문을 두드렸다. 니콜라스는 블라인드
틈으로 나를 내다본 뒤 문을 열어주었고, 나는 교복에 책가방 차림
으로 차 키를 달랑거리며 그와 인사했다.

후텁지근한 8월의 밤은 9월까지 이어졌다. 금요일 밤에는 니콜
라스의 친구들을 차에 태워 그의 집으로 갔다. 좁은 방에서 맥주를
마시거나, 근처에 사는 존의 차고로 걸어가 약에 취해 밴드 연습을
하는 시늉을 했다.

어느 날 밤에는 스토니 포인트 공원의 암벽을 올랐다. 그때 우
리는 총 여덟 명이었는데, 술에 취해 욕을 섞어 소리를 지르고 바위
에 미끄러져 넘어지면서 웃고 떠들었다. 니콜라스는 앞장서서 정
상을 향했고 나는 매 걸음을 조심스럽게 디디며 친구들을 뒤따랐
다. 조금 전 바위 위에서 과일 맥주를 너무 많이 마시진 않았길 바
라면서.

"웬디는 잘 오고 있잖아." 한 친구가 니콜라스에게 내가 바위에
서 내려올 때 왜 도와주지 않았냐고 묻자 그가 대답했다. 목에 머리

카락이 불쾌하게 달라붙는 게 느껴졌고 입술이 굳어왔다.

"그건 그래. 웬디가 잘 따라오긴 하지." 그 친구도 그 말에 동의했다. 나는 입에 들어갔던 힘을 풀고 튀어나온 바위의 평평한 부분에 몸을 기대 잠시 쉬었다.

어쩌다 보니 나는 학교도 잘 다니고, 성적표도 꼬박꼬박 받아오고, 운전면허증과 차도 있는 모범적인 여자친구가 되어 있었다. 내미니버스는 열아홉 혹은 스무 살짜리 남자아이들의 셔틀버스였다. 그들은 세븐일레븐에서 사 온 초대형 콜라컵에 잭다니엘을 타서 마시거나, 방음벽을 설치한 어두컴컴한 차고에 카펫을 깔고 자기들끼리 악기를 연주하며 놀았다.

*

"나가서 담배 좀 피우고 올게요." 제프에게 말했다. 한 달 만에 얼굴을 본 참이었다. 나는 그의 집 소파에서 일어나 가방을 들었다.

"그냥 여기서 피워." 그가 말했다. 내가 눈썹을 추켜올렸다. 그는 발코니 문을 열더니 처음 보는 재떨이를 내밀었다. "너 여기 잘 안 온 지 좀 됐잖아." 내가 말없이 담배를 절반쯤 피웠을 때 그가 이렇게 말했다. "이름이 뭐였더라, 걔랑 노느라 바빴나 봐."

나는 볼을 샐쭉 빨아들였다가 재떨이에 담배꽁초를 비벼 껐다. "그랬다고도 할 수 있고요." 내가 대답했다. "그리고 학교 성적도 신경 쓰고 있어요."

"아하." 제프가 고개를 끄덕이며 웃었다. 그의 한쪽 볼에 보조개가 살짝 들어갔다. "듣던 중 반가운 소리네."

"딱 2년 남았어요." 창밖으로 주차장을 내려다보며 내가 말했다.

"딱 2년." 그가 따라 말했다. "그렇다고 너랑 자고 싶은 마음이 덜하다는 건 아니야."

나는 몸을 돌려 그를 보았다. 전에는 이 말이 이토록 무신경하고 부적절하게 들린 적이 없었는데.

제프는 요즘 내가 자기 집에 오는 것을 꺼렸다면서 그게 자신에게 얼마나 상처가 되었는지 푸념을 늘어놓았고, 그 얘길 들으며 내 안의 죄책감이 스멀스멀 나를 감쌌다. 나는 핑계를 만들어 얼른 그곳을 빠져나왔다. 눈부신 일요일 오후였고 등교하기까지는 아직 많은 시간이 남았음에도.

"생일 축하해요." 내가 인터폰에 대고 이렇게 말했다.

"아, 그래." 제프가 답했다. 잠이 덜 깬 목소리였다. "올라와."
그가 문을 따줬고 나는 복도를 걸어 현관 앞에 도착했다. 제프가 문
을 열었을 때 어깨 너머로 집 안을 살펴보았다. 바닥에는 옷가지가
널려 있고 싱크대에는 접시가 산더미처럼 쌓여 있었다. 나는 생일
선물을 팔 밑으로 감췄고 그는 나를 안쪽으로 안내했다.

"제시가 금방 오기로 했어." 물건들을 치우며 그가 말했다. "야
구 보러 가기로 했거든."

"아." 그를 보며 서 있던 내가 말했다. "저는 니콜라스랑 캠핑 가
요. 오늘 오후에 출발하기로 했어요."

몇 분 후 제시가 초인종을 눌렀고, 제프는 야구 모자를 찾아 썼다.

"참, 이거 선물이에요." 나는 이렇게 말하며 제프에게 쇼핑백을

건넸다. 문을 열고 들어온 제시는 나를 보고 반갑게 인사했다. 쇼핑백 안에는 리처드 바크Richard Bach의 책이 들어 있었다. 제프는 책의 첫 장을 펼쳐 내가 쓴 메모를 읽었다. 우정에 관한 단순한 내용이었다. 그가 나를 쳐다보았다. 그의 표정이 밝아지는 것을 보며 제시가 여기에 없었으면 하고 바랐다.

"정말 마음에 들어." 제프가 말했다. "내가 좋아하는 걸 제대로 아는 사람은 너뿐이야, 웬디. 내 생일에 가장 사랑스러운 편지를 써주는 것도." 그는 내 쪽으로 건너와서 생각지도 않았던 포옹을 해주었다.

"저기, 나도 해주는 거야?" 제시가 농담을 했고, 나는 제프의 품에서 몸을 빼냈다. 내 얼굴이 빨개졌다. 지금이 밤이었으면, 오늘 우리의 계획이 지금과 달랐다면 얼마나 좋을까.

제시가 자기는 나가서 차 앞에서 기다리겠다고 하고는 자리를 비웠다. 제프가 나를 마주 보고 섰다.

"우리 그냥 하루 종일 집에 처박혀서 침대에서 이 책이나 읽을까?" 나는 말없이 웃었다. "알아, 알아." 그가 장난스럽게 사과하는 척했다. "넌 남자친구도 있고 네 삶도 있지." 그가 책을 매트리스 위로 가볍게 던졌다. "하지만 그 애랑도 언젠가는 헤어질 거잖아. 너는 책을 쓸 거고, 나는 그 책을 읽을 거야." 나는 입술을 꽉 물고 제프의 눈을 바라보았다.

"정말 우리랑 야구 보러 같이 안 갈 거야?" 복도를 걸어 내려가면서 그가 물었다. 내가 캠핑 이야기를 시작하자 그는 뒤돌아서 나를 안았다. 나는 가만히 안겨 있었다. "만약에 캠핑 안 가면 이따가 들러. 나도 너한테 줄 특별한 선물이 있어." 제시가 차에 시동을 걸었고, 우리는 마지막으로 포옹을 했다.

'어떤 건 잘 모르겠고, 어떤 건 너무 확실해서 더 이상 쓰고 싶지 않다. 그러니까 오늘은 여기까지.' 그날 오후 나는 일기장에 이렇게 적었다. 그러고 나서 가방을 미니버스에 던져 넣고 니콜라스에게로, 바다를 낀 해안 도로로 차를 몰았다.

1989년 가을

월요일 오후 5시부터 9시까지 나는 밸리의 어둑한 거리를 걸었다. 집집마다 문을 두드려 〈로스앤젤레스 타임스〉 구독 영업을 했다. 영업팀은 열여섯 살에서 60대까지 다양한 연령대가 섞여 있었고, 친절하지만 매우 엄격한 매니저가 매일 회사 밴으로 우리를 태우러 왔다. 매니저는 구독 체결률이 너무 낮다며 우리를 자주 질책했다.

그러던 중 그가 새로 뽑은 스포츠카에 부착할 번호판과 관련해 기발한 아이디어를 모집한다며 25달러를 내걸었을 때부터 나는 그에게 신경을 끄기로 했다. 그는 '55 SUX'*를 신청했지만 차량관리부에서 승인을 거절했기 때문에 우리 중 한 명이 괜찮은 문구를 생각해내야 했다. 차가 배나이스, 세풀베다, 레세다 지역을 오가는 동안 나는 얌전히 창밖만 보고 있었다.

엄마한테는 사무실에서 텔레마케팅으로 신문을 판매한다고 말

---

* '망할 55세'라는 뜻의 '55 sucks'를 철자만 바꾼 표현. 미국에선 자동차 번호판 문구를 개인이 정해서 당국의 허가를 받으면 사용할 수 있다.

했다. 엄마는 그렇게 말하는 나를 뚫어져라 쳐다보았고, 나는 구독자에게 한 권씩 나누어 주는 가입 기념 책자가 쌓여 있는 쪽으로 시선을 돌렸다.

"저것들은 왜 네가 가지고 있어?" 엄마가 턱으로 표지가 반질거리는 책 더미를 가리키며 물었다. "구독자가 생기면 우편으로 보내주는 거야." 나는 거짓말을 했다.

이 일을 오래 했고 매니저가 총애하는 듯한 제레미가 나의 첫 주 동안 같이 다녀주기로 했다. 제레미는 내 보호자 역할을 자처했다. 매니저가 나를 가리켜 영업사원 중 유일한 여자라고 말했기 때문이기도 했다. 그는 술이 담긴 보온병을 핸드백에 넣고 다니던 60대인 힐디는 여자로 세지 않았다. 제레미와 함께 영업을 다니면서, 상사에게 사랑받는 직원은 영 별로일 거라는 나의 편견은 하나하나 불식되어 갔다. 그는 열일곱 살이었고, 헤비메탈을 좋아했으며, 머리가 길었고, 파티를 즐기는 사람이었다.

그러나 무엇보다 일이 우선이었다. 누구나 구독을 신청하도록 사로잡는 제레미의 말주변은 감탄을 불러일으켰지만, 정작 나는 입이 떨어지지 않았다. 판매 쪽은 내가 잘하는 분야가 결코 아니었다. 한번은 제레미가 최신 시사 문제와 영화 목록에 관해 능숙하게 설명하는 동안 우리의 잠재 고객이 잠시 들어와서 담배 한 대 피우지 않겠냐고 권했고, 그곳에서 제레미는 구독을 확정 지었다. 심지어 고객이 물담배나 마리화나를 권하는 경우도 종종 있었다. 우리는 한껏 약 기운이 오른 상태로 현관문을 닫고 나오면서 하이파이브를 하고 다음 집으로 향하곤 했다.

언젠가 내가 두 건밖에 구독을 성사시키지 못한 날에는 제레미가 잠시 보도에 앉아 쉬고 있던 나에게 자신이 그날 받은 고객 카드 몇 장을 슬쩍 내 옆에 떨구어주었다.

"진짜 주는 거예요?" 내가 물었다. 그는 어깨를 으쓱해 보이며 이렇게 덧붙였다. "그래도 판매 연습 좀 더 하고."

"알아요. 알았어요." 내가 대답했다. "한 대 피웠을 때는 영업하기가 더 힘들다고요." 제레미는 나를 물끄러미 보았다. 덥수룩한 갈색 머리가 깔끔하게 면도한 볼을 덮었다. 내 말에 전혀 공감하지 못하겠다는 표정이었다.

어느 금요일 밤, 11시가 넘은 시간이었다. 학교와 일을 병행하느라 극도로 지쳐 있던 나는, 방에서 물담배를 한 대 피우고 바닥에 뻗어 졸고 있었다. 냄새를 가리기 위해 향을 피워둔 상태였다. 전화벨이 울렸고, 엄마가 부엌에서 받기 전에 먼저 수화기를 들기 위해 번개처럼 몸을 일으켰다.

"어우, 너 살아 있었던 거야?" 내가 '여보세요'라고 웅얼거리자마자 제프가 이렇게 물었다.

"네." 전화기를 귀에 댄 채 기지개를 켜며 내가 답했다. 앞에 있던 책 무더기를 밀어내고 팔을 고아 그 위에 머리를 올려놓았다.

"우리, 본 지도 오래됐고 통화한 지도 한참 됐잖아. 죽은 줄 알았네." 그가 말했다.

"아니에요." 나는 시선을 내려 내 배가 천천히 오르락내리락하는 것을 지켜보았다.

"다 죽어가는 목소리네." 그는 맨정신일 때의 목소리였고 대화를 하고 싶은 것 같았다. "내일 들를래? 집에서 종일 채점하고 있을 거야."

"알겠어요." 나는 눈을 감으며 대답한 뒤 전화를 끊었다. 몸을 돌려 다시 바닥에 등을 대고 눕다가 전화기에 머리를 살짝 부딪쳤다.

'죽은 줄 알았다고?' 나는 니콜라스의 집과 존의 차고, 노터 데임 고등학교를 쉴 새 없이 오갔고, 밸리 구석구석을 쏘다니며 신문 영업을 하고 있었다.

'살아서 열심히 달려가고 있다고.' 그러고는 다시 스르르 잠들면서 이렇게 생각했다. '그런데 어디를 향해서?'

*

추수감사절 연휴가 다가오면서 고등학교에 들어온 이래 최고의 성적을 받았다. 그 성적표는 엄마에게, 그리고 할머니에게 전달되었고 내게는 용돈이 들어왔다. 신문 판매도 최소량은 맞추고 있었고, 친절하고 관대한 밸리 주민들이 건네는 조인트와 물담배도 양껏 즐기고 있었다. 구독할 돈은 없지만 나에게 마리화나를 선뜻 주는 사람에게는 프리미엄 선물을 내 맘대로 증정했다. 집에 쌓여 있던 증정용 책이 줄어들었고, 엄마는 나의 '텔레마케팅' 일에 대해 더 이상 묻지 않았다.

월급과 커미션으로 마리화나도 사고, 차 보험료도 내고, 니콜라스의 집에서 돌아오는 길에는 패스트푸드도 사 먹고, 빅토리아 시크릿에서 속옷도 샀다. 그 와중에도 내 미니버스는 잊을 만하면 멈춰 섰다. 셀 수도 없이 정비소로 견인해 가서 수리를 받았다.

열여섯 살의 절반이 지난 시점이었다. 학교 공부도 따라가고, 저녁에 일을 하고, 주말엔 놀려면 시간이 빠듯했다. 니콜라스는 나, 밴드, 가끔씩 하는 이상한 아르바이트, 술 마시기를 모두 똑같이 중요하게 생각했다. 존의 차고에서 밤을 보낼 때는 우리 둘 사이에 열 마디도 오가지 않았고, 그러면 나는 과일 맥주를 한 병 마신 뒤 문이 부서져라 닫고 나와 갖은 성질을 부리며 차를 몰아 집으로 와버렸다.

그렇게 혀 꼬인 소리로 욕설 섞인 말다툼을 하는 날이 점점 잦아지기 시작했고, 하루는 니콜라스에게 나를 진지하게 생각하기는 하는 거냐고 따져 물으며 더 이상 네 친구들의 운전수 노릇을 하지 않겠다고 선언했다. 운전석에 앉은 나는 고래고래 소리를 질렀고, 그는 조수석에서 머리를 감싸고 고개를 숙인 채 내 말에 힘없이 대꾸했다. 이 장면은 이후에도 오랫동안 일종의 의식처럼 반복되었다.

그런 식으로 다툰 어느 날, 나는 니콜라스의 친구인 정키를 집에 데려다주지 않겠다고 말했고, 자기 침대에서 자고 가라는 요청도 거절했다. 그날은 집에 가는 길에 제프의 집에 들르려고 마음먹고 있었다. 밤하늘엔 달이 높고 밝게 떠 있었다. 아주 동그란 보름달이었다. 내 차는 도로 위를 빠르게 달렸고, 신호등을 지날 때마다 나의 자기 합리화는 더 강해졌다. 존의 차고에 있는 건 너무 지루해. 니콜라스는 늘 취해 있어. 우리 둘만 있을 때는 거의 없고 친구들이 항상 같이 있어. 역시나 다들 취해 있고. 제프의 아파트가 보일 때쯤, 귓가를 맴돌던 목소리가 점점 사라졌고 하체와 손가락 끝에 열감이 올라왔다.

그리고 제프의 집에서 두 시간이 천천히 지나갔다.

"아름다워." 그가 나를 보며 연거푸 속삭였다. "점점 더 예뻐지네."

발코니의 커튼 사이로 달빛이 스몄다. 달빛이 비친 자리에는 훌훌 벗어둔 내 옷, 러그에 떨어진 라이터 하나, 그리고 제프의 벨트가 보였다. 다 끝났을 때, 나는 눈을 감았고 골반에 그의 묵직한 손이 느껴졌다.

"자고 갈 거야?" 그가 내 머리칼에 대고 속삭였다. 나는 눈을 번쩍 떴다. "아니야, 방금 나 아무 말도 안 했어." 그가 재빨리 말했다. "아침에 눈 뜨고 널 다시 보기도 전에 경찰이 와서 문을 두드릴 것 같다."

더 이상 어떤 말도 듣고 싶지 않았다. 나는 제프를 보겠다고 왔는데, 도착 후 30분 동안 그가 한 말은 이제 드디어 여자를 다시 만날 준비가 된 것 같다는 이야기뿐이었다.

"그 사람이 성인이 될 날을 기다리거나," 제프가 손가락으로 내 가슴을 가리키며 말했다. "아니면 이미 성인이 된 사람 중 한 명을 만나야지, 뭐."

2007-2010년, 나의 유산

    나는 거의 3년에 걸쳐서 융 학파 심리치료사를 일주일에 한 번, 나중에는 매주 두 번씩 만났다. 사무실은 웨스트 로스앤젤레스 지역에 있었다.

    어느 날 그 여성 치료사는 이렇게 말했다. "당신은 숨어 있는 상태나 비밀스러운 상황, 부끄러운 마음가짐을 오히려 자연스럽게 여기는 것 같아요. 아마도 그럴 때 본인 스스로가 가장 편안함을 느끼는 거겠죠. 가령 타인에게 부모님의 알코올 중독을 숨기는 순간부터요. 그렇게 비밀과 수치심이라는 망토를 어깨에 두르고 지내다 보니 결국 그 망토를 벗을 수 없게 돼버린 거예요."

    처음에는 그 설명이 잘 이해되지 않았다. 그래서 그 내용을 이미지화해서라도 최대한 이해해보려고 애썼다. 하지만 그 치료사가 어린 시절의 나에 대해 매우 공감한다고 말하며 그 시기의 내가 어떤 상황이었는지 상세히 설명해주었을 때, 나는 그제야 내가 감당했던 많은 것들의 의미를 조금씩 느끼기 시작했다. 그는 일찍부터 비밀을 지키며 살아야 했던, 다른 누군가를 보호하기 위해 거짓말을 하고 숨어야 했던, 그래야만 한다고 생각했던 어릴 적의 나를 충분히 이해할 수 있다고 말했다.

그러자 내 안의 무감각에 균열이 생겨났고, 나는 울음을 터뜨렸다. 열세 살에 처음 제프를 만난 이후로 내가 살아온 모든 순간들 위에 덮어두었던 장막이 잠시 걷히는 느낌이었다.

나는 늘 바람을 피워서 남자친구와 헤어지곤 했다. 안정적이고 만족스러운 관계마저 결국엔 길을 잃고 마는 희뿌연 연기 같은 욕정과 맞바꿨다. 내 기억이 틀리지 않다면, 나는 남자든 여자든 내가 사귄 연인 또는 잠재적인 연인과 늘 우리만의 비밀을 만들곤 했다. 그러면 묘한 친밀감이 저절로 생기는 듯했다. 마치 같은 범죄에 연루된 것 같은 기분이었다.

"비밀을 지키는 일. 가족과의 관계에서부터 비밀을 지키는 습관이 들어버린 거예요." 치료사가 말했다. "부모에게서 물려받은 일종의 유산인 거죠."

아직도 나는 그 연기에서 빠져나오는 길을 종종 찾아 헤맨다. 현실을 더듬어 무엇이 환상인지 아닌지 확인한 뒤 그곳을 벗어나곤 한다. 나는 이 유산의 상속을 거부하고 싶다.

1990

열일곱 살이 가까워질 무렵 드럭스토어에서 일을 시작했다. 여름에는 풀타임으로 일했는데, 매일 출근하는 대신에 나흘 동안 10시간씩 근무하기로 해서 주말에는 좀 더 길게 쉴 수 있었다. 쉬는 날에는 깔깔한 폴리에스테르 재질의 유니폼을 입지 않아서 좋았다. 일하는 날이면 설탕으로 코팅된 콘에 로키로드 아이스크림을 얹기도 하고, 치질 연고나 베이킹 소다, 타이어 세정제 따위를 팔았다. 필름 인화 주문을 받고, 별의별 종류의 사람들이 들고 오는 처방전을 약사가 조제하는 약과 대조했다. 마리화나는 쉬는 날에만 피울 수 있었다. 결국 자유 시간은 참새 눈곱만큼도 남지 않았고, 그 시간은 니콜라스와 우리의 취미생활로 채워졌다. 술 마시기, 록 콘서트 가기, 걔 방에서 섹스하기 같은 것들로.

그 와중에도 나는 속으로 끊임없이 사랑이라는 단어와 싸웠다.

그리고 때로는 그 단어를 가볍게 사용했다. 니콜라스의 귀에 대고 속삭이기도 했고, 편지에 적어주면 그가 일어나서 읽으며 얼굴에 미소를 띠었다. 여전히 니콜라스의 집이나 다른 친구네 뒷마당에서 맥주나 스포츠카, 밴드 연습과 같은 시끄러운 이야기들로 내가 뒷전이 될 때면 그를 향한 분한 마음을 삼키기도 했다. 니콜라스의 밴드가 롤링 스톤스의 〈Bitch〉를 연주하면 나는 곧바로 자리에서 일어나 말없이 가버렸다. 손에 쥐고 있던 사랑이 빠져나간 자리는 쓰라림으로 채워졌다.

고등학교 4학년이 되었고, 학교에서 보내는 시간이 짧아졌다. 그만큼 근무 시간을 늘려서 유니폼에 갇힌 시간은 길어졌다. 나이 많은 남자가 잔탁* 처방전을 내밀 때면 가끔 제프 생각을 했다. 그가 손에 약을 털어놓고 물이나 맥주와 같이 마시는 모습이 떠올랐다. 그게 무슨 약인지 나는 몰랐다. 20대 여성이 콘돔을 들고 계산대로 올 때는, 제프가 콘돔이라면 질색하던 것이 생각났다. 함께 일하던 남자 동료가 젊고 예쁜 여자 손님의 두꺼운 사진 봉투를 열어 훔쳐보는 걸 볼 때도 제프 생각이 났다. 연락한 지 몇 달이 지났고, 우리의 마지막 통화에서는 그렇게 싫다던 나이 많은 집주인 여자와 같이 살고 있다고 했었다.

어느 날 밤, 내 방 전화가 울렸다. 니콜라스였다. 친구 집에서 완전히 취한 상태였고, 나더러 데리러 올 수 있냐고 물었다. "안 돼." 나는 임시 침대로 쓰던 쿠션 위에서 몸을 뻗으며 답했다. 매트리스와 침대 프레임을 갖다 버린 뒤 접히는 쿠션 위에서 잠을 자기

---

* 위궤양 약

시작한 지 한참이 지난 뒤였다. 쿠션은 옮기기 쉽고, 간편하고, 바닥과도 가까워서 마음에 들었다. 원래부터 바닥에 앉거나 눕는 걸 좋아하던 터였다. 나는 전화를 끊었다.

몇 분 후 전화벨이 다시 울렸다. 짜증이 머리끝까지 오른 채로 수화기를 들었다. 전화를 건 사람은 제프였다. 그 역시 혀가 풀려서 발음이 늘어졌다. 빈 맥주병과 물담배 냄새가 떠올랐다.

"너 니콜라스 아직도 만나?" 그가 물었다. "나 아직 네 명단에 있기는 하니?"

수화기를 들지 않은 반대편 손으로 주먹이 쥐어졌다.

"있잖아요." 내가 입을 열었다. "이렇게 취했을 때만 나한테 전화해서 그런 질문 던지는 거 별로예요." 나는 엄지손가락으로 다른 손가락을 쓰다듬었고 이마에 힘이 들어갔다. "막상 만났을 때는 우리 얘긴 안 하고 다른 말만 빙빙 돌리잖아요. 그러다가 취하면 아무렇지도 않게 전화해서 역겨운 소리나 하고." 손바닥이 뜨거워졌고 쥐었던 주먹을 풀어서 배 위에 올려놓았다.

"우선." 그는 화가 난 목소리였다. "알려주자면 나 지금 안 취했어. 요즘 먹고 있는 약 때문이야. 니콜라스 얘기는 전혀 관심 없지만 그냥 예의상 물어본 거고. 그리고, 한참을 연락도 안 하다가 백 년 만에 내가 전화하니까 뭐라고 하기나 하고. 내가 취했으니까 전화했다고 생각하고, 내가 입을 열자마자 의심부터 하네. 세상에 이런 우정이 어디 있어?" 제프는 거의 소리를 지르고 있었다.

그가 똑같은 말을 몇 번이고 반복하는 동안 나는 잠자코 있었다. 이 말도 안 되는 상황과 내가 과민반응을 보인다는 주장 사이에서 제프는 점점 더 흥분해갔다. 내 얼굴 위에서 눈물이 말랐다. 그는 끊임없이 말을 이어갔고 나는 수화기에 대고 숨을 쉬었다. 오래전에 익숙해진 무감각한 기분이 온몸을 휘감았다.

"사랑해, 웬디 오티즈. 캘리포니아의 배나이스에 사는 나 제프 아이버스는, 너를 사랑해. 근데 너는 내가 취해서 전화했다고 불평할 뿐이지. 나는 취하지도 않았는데." 내 귓가에 그의 단호한 목소리가 들렸다. "나 만나는 사람 없어. 주변에 작업 중인 여자도 없고. 왜냐면 나는 다른 사람 말고 너를 원하니까. 너랑 처음 이야기를 나누었던 순간부터 너를 사랑했어. 믿어져? 내가 취해서 거짓말하는 거 같아? 빌어먹을. 처음 본 순간부터 너한테 반했었다고. 내가 우리의 미래를 생각하는 게 뭐 어때서? 너는 모를 수도 있고, 나를 맨날 술이나 마시는 늙은 남자라고 무시할 수도 있지만, 할 수만 있다면 나는 너랑 내일이라도 결혼하고 싶어. 당장 내일이라도."

속에서 메스꺼움이 올라왔고, 그와 동시에 잊고 있었던 감각이 되살아났다. 나는 반신반의한 상태로 꼼짝도 하지 않았다. 그가 우리의 미래에 대한 자신의 오래된 환상을 다시 꺼내 낱낱이 설명하는 것을 가만히 들었다. 내 심장은 지쳐 있었다. 귀는 불에 타는 것 같았고, 손은 뭔가 말이 되는 소리를 포착하려는 듯 바쁘게 움직였다.

1991

내가 고등학교를 졸업하고 한 달이 지나 열여덟 살이 될 때까지 우리는 연락을 하지 않았다. 이제 나는 성인 여자였다. 우리가 늘 꿈꾸고 입에 담곤 했던 그 나이가 된 것이다.

밸리 건너편 지역으로 이사한 제프의 집 거실에 내가 서 있었다. 우리가 만나기 시작한 이래로 가장 멀리 떨어진 곳이었다. 그는 나를 반갑게 맞아주었고, 그 집 주인인 사촌에게 나를 소개했다. 제프의 방으로 안내를 받아 가보니 포장된 선물과 카드가 침대 한가운데 놓여 있었다.

"너 좋아 보인다." 그가 말했다. "우리가 연락 안 한 지 얼마나 됐지? 6개월?"

"네." 침대 끝에 어색하게 앉은 내가 답했다. 제프의 눈이 내 흰색 바지와 몸에 달라붙는 흰 셔츠, 피스 문양의 검은색 벨트를 훑었다. 나는 다리를 꼬고 앉았고, 내 졸업식 때 그가 어디에 있었는지 궁금했다. 안 물어보는 게 낫다는 건 알고 있었다.

"여기." 제프가 다가오며 말했다. 그는 선물과 카드 봉투를 들어서 내 무릎 위에 놓았다. 나는 긴장한 채로 웃었고, 아랫입술을 깨물었다. 카드의 손글씨는 작고 어수선했다. 자세히 보니 중간쯤에 노래 가사가 적혀 있었다. 재빨리 그 부분을 읽었다. 제프가 나를 보고 있어서 닭살이 돋는 것 같았다.

"와우." 내가 그를 올려다보며 말했다. 제프는 웃으며 내 옆에 앉았다. "이 노래를 들을 때마다 네가 생각나." 그는 내 무릎 위의 선물을 내려다보았다. "풀어봐." 포장지를 벗기니 종이 케이스가 나왔다. 나는 조심스럽게 안에 든 것을 꺼냈다.

"티파니야." 제프가 말했다. 스테인드글라스*로 제작된 액자형 패널 소품이었다. 유리그림 속에 강, 언덕, 파란 하늘이 있었다. "우리가 저 강이야. 강은 바다에서 모두 만난다는 거 잊지 마." 목이 콱 막혀왔다. 나는 스테인드글라스 패널을 케이스에 넣었다.

"안아도 돼요?" 내가 물었다. "당연하지." 우리는 일어나서 포옹을 했다.

"한 가지 더." 그가 뒷주머니에 손을 넣으며 말했다. 그리고 티켓 두 장을 건넸다. 언젠가 얘기한 적 있는 블루스 페스티벌 티켓이었다. 나는 기뻐서 그를 와락 끌어안았고, 몸을 빼기 전에 잠시 기댔다. 우리는 다시 자리에 앉아 다음 주말에 제프의 새 차를 타고 페스티벌에 갈 계획을 짰다. 나는 곧 그 집에서 나와 내 미니버스에

---

* 색유리 공예. 주로 이슬람이나 기독교 예배당의 건축 양식에 큰 영향을 미쳤다.

올랐고, 바닥에 선물을 내려놓았다. 로스코 대로에서 밸리 반대편까지 가는 동안 홍이 오른 내 손은 계속 핸들을 두드렸다.

*

무릎을 구부리고 앉아 팔꿈치를 다리 위에 올려놓고 멀찍이 떨어져 있는 스테이지를 바라보았다. 무대 앞으로는 경사진 풀밭 위로 최소 50줄은 되어 보이는 좌석이 있었다. 보컬리스트의 목소리는 비단처럼 쭉 늘어져서 앞쪽에 앉은 사람들의 머리 위를 지나 내 귀에 닿았다.

풀이 달라붙은 허벅지 아래를 손으로 쓸었다. 입고 있던 라벤더색 점퍼는 허벅지 중간까지밖에 내려오지 않아 옆에 던져놓은 가방 안에서 스웨터를 꺼낼까 잠시 고민했다. 제프를 보았다. 그는 옆구리를 바닥에 대고 누워 건성으로 음악을 들으면서 나를 보고 있었다. 머릿속에 니콜라스가 떠올랐다. 니콜라스는 내가 온종일 블루스 페스티벌에서 놀다가 저녁 전에 집으로 돌아올 것으로 알고 있었다. 내가 누구와 함께 왔는지는 알려주지 않았다. 저녁에 루이스 공원에서 오랜만에 친구들 없이 단둘이 시간을 보내기로 대충 얘기해둔 상황이었다.

제프가 내게 다른 남자와 저녁 약속을 잡아놓았다는 것을 두고 이미 한 소리를 한 뒤였다. 내가 딴청을 부리며 한숨을 쉬자 그는 그제야 더 말해봤자 소용없다는 걸 받아들였다.

페스티벌 장소로 가는 길에는 신이 나서 크게 웃고 떠들었다. 제프의 새 차는 평소 경찰이 위장 근무용으로 사용한다고 해서 우리가 조심하던 차와 비슷했다. 나는 널찍한 조수석에 앉아 안전벨트를 한 채 시선을 이리저리 돌리며 몸을 틍겼다. 제프와 함께 블루스 공연을 보러 간다는 게 너무 좋았다.

드라이브 스루 매장에서 나초와 소프트 타코를 사서 다시 큰 도로로 올라섰다. 잠시 후 차가 가득한 대형 주차장을 발견했다. 오후의 햇살이 아직도 많이 뜨거워 우리는 창문을 내렸다. 라디오를 켜고 타코 봉지를 열어 네모난 상자에 든 나초를 허겁지겁 먹었다.

"날씨가 너무 좋네." 제프가 입에 묻은 빨간 소스를 손으로 훔치며 말했다. 나는 앞 유리 너머를 향한 제프의 시선을 따라갔다. 어떻게 봐도 30대인 여자 한 무리가 접이식 의자와 소형 보랭 가방을 들고 지나가고 있었다. 제프는 그들의 다리, 엉덩이, 등을 덮은 치렁치렁한 머리를 쳐다보고 있었다. 나는 손가락을 그의 귀 옆에 대고 딱 소리를 내고는 웃었다. 제프가 과장한 몸짓으로 펄쩍 뛰는 척을 했다.

"딱 걸렸죠." 내가 말했다. 제프는 자신의 결백을 주장했고 나는 웃으며 몸을 돌려 그의 얼굴을 마주 보았다. "제프, 저 사람들 엉덩이 보는 거 완전 티 났어요." 나초를 치즈 소스에 찍으며 내가 말했다. "내가 다 봤다고요." 나는 더 이상 그의 1순위 여자친구는 아니었기 때문에 그가 다른 여자를 훑어보는 걸 별 느낌 없이 바라볼 수 있었다. 거슬리는 게 있다면 그가 남성 우월주의자라는 것, 아마도 그 사실은 앞으로도 변하지 않을 거라는 점뿐이었다. 나는 계속 소리 내어 웃었다.

"얼씨구. 네가 지금 그렇게 헐벗고 있는데 내가 다른 데 눈이 가겠니." 제프가 타코를 한 입 더 베어 물며 말했다. 그때 내 무릎이 쟁반을 치면서 나초 그릇을 엎질렀고 치즈소스가 의자 커버에 튀었다. 나는 깍 소리를 지른 뒤 패스트푸드점 종이봉투에서 냅킨을 꺼냈다.

✳

블루스 페스티벌의 잔디밭은 시원하고 평화로웠다. 사람들은 모두 친절했고 얼굴에는 웃음을 띠고 있었다. 제프는 가져온 조인트를 우리 근처에 앉아 있던 여자와 남자에게 권했다. 그들은 담요 위에 앉아 매점에서 사 온 와인쿨러를 마시고 있었다. 제프가 턱으로 쿨러를 가리키며 물었다.

"저거 마실래?" 나는 고개를 끄덕였고 그가 무릎을 잔디밭에 대고 몸을 일으켰다. "도망가지 마." 그는 농담을 던지며 코 위의 안경을 밀어 올렸다. 제프는 내 쪽을 보는 주변 남자들을 신경 쓰고 있었다. 그는 그런 시선이 느껴지면 나에게 몸을 더 기대 오거나, 나와 눈을 맞추거나, 때로는 다른 남자들의 결례가 맘에 들지 않는다는 듯이 고개를 절레절레 흔들었다.

나는 리듬에 맞춰 고개를 흔들며 걸어 다니는 관중을 바라보았다. 무사히 어른이 된 사람들. 침을 삼키고 크게 심호흡을 했다. 내가 아직 어린 데다 지금은 혼자 방치돼 있다는 점을 의식하지 않을 수 없었다. 제프가 돌아와 이 자리가 다시 안전해지려면 한참 걸릴 것 같았다.

모두들 마지막 무대에 오를 비비 킹B.B. King을 기다리고 있었다. 콘서트라면 셀 수 없이 가봤지만 이곳은 평소에 내가 알던 공연장과는 너무나도 달랐다. 모든 사람이 평온하고 행복해 보였다. 달아오른 피부에 우유를 부은 것 같은 진정 작용과 활기가, 그 충만한 만족감이 느껴졌다. 허벅지 쪽이 춥게 느껴졌고, 아침에 이 살덩이를 증오했던 게 생각났다. 허벅지가 더 가늘면 좋겠다고 생각했었다. 나는 잔디밭 위로 맨발을 톡톡 치면서 지는 해를 바라보았다.

그날 저녁 니콜라스의 집에 가기 전까지, 제프의 자잘하고 끝이 보이지 않는 수작을 계속해서 견뎌야 했다. 나를 보는 눈빛부터 나를 원한다는 말, 그리고 오늘 공연을 잘 마무리하려면 자기 집에 가서 열정적인 섹스를 하는 게 순리라는 그 뻔한 이야기. 그런 밤을 상상하지 않았던 건 아니지만, 나는 겉으로는 즐기는 척하면서도 솔직한 내 감정은 숨겼다.

길게 늘어선 차량 행렬 뒤로 제프와 내가 탄 차가 천천히 움직였다. 나는 조수석에 앉아 머리를 제프 쪽으로 살짝 기울였다. 그는 옆 차선으로 진입할 기회를 노렸고, 입이 살짝 벌어져 있었다. 그의 앞니와 그 사이로 벌어진 틈에 내 혀가 닿았을 때의 느낌을 상상했다. 전에 없던 이상한 애정이 차올랐다. 그를 보호해주고 싶다는 생각이 들었다.

　가방으로 다리를 덮고 머리를 뒤로 기댔다. 제프는 창문을 내리고 담배를 피워도 된다고 허락해주었다. 우리가 헤어질 때는 뭐라고 할지 궁금했다.

1991년 가을

블루스 페스티벌에 다녀온 지 두 달이 지났다. 나는 해변에 방치된 안전요원 대기실 기둥에 몸을 기댔다. 제프와 나는 대기실의 2층에 올라와 있었다. 그간 우리의 만남은 뜸했고, 간혹 그와 함께 있으면 기분이 이상했다. 언제부턴가 제프를 만날 때면 우리 관계에 다시 익숙해지는 시간이 필요했다.

비행기 한 대가 불을 깜빡이며 지나갔고, 별빛은 희미해서 알아보기 힘들었다. 나는 고개를 돌려 뒤쪽을 보았다. 길게 이어진 태평양 해안 도로와 그 주변에 안정적으로 자리하고 있는 주택들이 보였다. 집집마다 불이 환하게 켜져 있었고 따뜻해 보였다. 나는 몸을 떨며 다시 나무 기둥에 몸을 기댔다. 내가 주택가를 쳐다보고 있는 것을 제프가 보았다.

"정말 좋겠지? 여기 와서 살면?" 모래를 흐트러뜨리는 파도를 바라보며 나는 고개를 끄덕였다. 벙어리가 된 기분이었다. 무슨 말을 해야 좋을지, 무슨 말을 하면 안 될지 알 수가 없었다. 일을 하느라 종일 쉬지 못했던 종아리가 땅겨왔다. 제프와 바다를 보러 오려고 니콜라스와의 약속은 취소했다. 제프로부터 연락을 받았을 때 왠지 이번이 마지막일 것 같은 느낌이 들었다.

"우리가 저런 집에 사는 게 상상된다." 그가 잠시 뒤 말문을 열었다. 나는 짧게 한숨을 쉬고 그의 눈을 보았다. 그가 내 손 위에 자기 손을 포갰다. 니콜라스가 생각났다.

"내가 너를 얼마나 사랑하는지 네가 알게 될 날이 올지 모르겠다." 제프의 손이 내 팔을 타고 올라왔고, 내 몸이 반응하기 시작했다. 나는 천천히 그에게 가까워졌고, 그의 팔은 나를 감쌌다. 나도 그의 목과 어깨를 안았다. 우리는 그렇게 말없이 서 있었고, 심장이 내 몸을 박차고 나갈 것처럼 거세게 뛰었다. 키스를 한 번 한 뒤, 우리는 다시 파도를 바라보았다. 바닷물이 되감기 버튼을 누른 것처럼 모래를 덮친 후 멀어져갔다. 많은 것들을 되돌릴 수 있다면 얼마나 좋을까, 잠시 생각했다. 초승달 모양의 달이 말없이 떠 있었다.

돌아오는 길에 니콜라스의 집에 들렀다. 손가락으로 창문을 두드리자 그가 문을 열어주었다. 자다 깬 얼굴이었다. 이제 나는 제프와의 이름 붙일 수 없는 이 관계를 끝내고 싶었다. 완전하게. 비밀이 하나 없어지기를, 누군가와 평범하게 만날 수 있기를 원했다. 니콜라스와 공유하던 평범한 연인 관계가 어디까지 갈는지도 알고 싶었다. 나는 이 결정에 마침표를 찍기 위해 니콜라스에게 조금 전 내가 어디에 있다가 왔는지 말하기로 결심했다. 그 사람을 보는 건 오늘이 마지막이었다는 것도.

니콜라스도 제프가 누구인지 오래전에 들은 적이 있었다. 내가 말했던 건 아니고, 몇 년 전 애비게일이 언급한 적이 있었다. 그 일은 당시 우리가 헤어졌다 만났다를 반복했던 이유이기도 했다. 그후 니콜라스는 내 말을 믿고 제프와의 관계는 예전에 끝난 것으로 알고 있었다.

니콜라스에게는 나의 고백이 오래된 이야기의 각주 같은 것이었다. 그가 나를 안았다. 나는 그의 플란넬 셔츠 냄새를 맡으며 내가 방금 무슨 말을 한 걸까 생각했다.

"이해해." 니콜라스가 내 머리에 대고 말했다. "그래도 나는 너를 사랑해. 네가 그랬다면 이유가 있었겠지."

죄책감, 체념, 두려움, 사랑이 나를 스쳐갔고, 나는 그의 셔츠를 두 손으로 꼭 잡은 채 사랑하고 용서할 줄 아는, 이해심으로 나를 두렵게 하는 이 사람에 대한 확신을 간절히 염원했다. 내가 니콜라스에게 말한 것은 다른 사람에겐 털어놓기 힘든 것이었다. 나와 가장 친한 친구 몇몇은 무슨 일이 있었는지 대략적으로만 알고 있었고, 그중 한 명은 제프에게 왜 그러느냐고 직접 따져 물은 적도 있었다. 하지만 그때도 나는 어깨를 으쓱한 뒤 입을 다물었을 뿐이다.

이 순간 니콜라스에게서 헤어지자는 말을 기다렸던 나는, 오히려 이해를 받아버렸다. 잠시 후 침대 끝에 앉아 잠든 니콜라스의 얼

굴을 한참 바라보다가, 탁자 위에 올려둔 열쇠 뭉치를 들고 소리가
나지 않게 조심조심 나와 집으로 향했다.

1991년 늦가을

다시 제프를 본 것은 석 달 후였다. 나무에서 떨어진 갈색 낙엽이 내 신발 밑에 자리를 잡았다. 나는 지역의 대학교에 입학해 어둑한 교실에서 영화를 보고, 영화 이론을 공부하고, 대수학을 배우느라 고생하고, 영작문 과제를 매주 제출했다. 영작문 수업에서는 항상 A를 받았다.

어느 날 밤, 벤투라 대로에서 제프를 만나기로 했고 길가에 차를 댔다. 주차비 정산기는 꺼져 있었다. 내가 그의 차로 걸어가는 동안 싸늘한 바람이 길 위에 굴러다니던 비닐봉지를 쓸어갔다. 그가 몸을 구부려 문을 따주었고 나는 차 문을 열고 들어가 앉았다.

"왜 스테이션 왜건을 몰고 왔어?" 그가 백미러를 확인하며 물었다. "왜겠어요. 그 망할 미니버스 때문에……."

제프는 곧 차를 움직여 할리우드와 밸리의 경계를 짓는 언덕을 넘었다. 당시 나는 매주 일요일 밤 할리우드를 지나 클럽 1970이라는 곳에서 춤을 추며 놀았기 때문에 그가 운전하는 길을 익혀두려고 동선을 유심히 살펴보았다. 하지만 차가 메인 도로에서 벗어나면서 더 이상 길을 외우는 건 포기해야 했다. 우리가 멈춘 곳은 지저분한 막다른 골목이었다.

주변은 어두웠고 제프는 라디오를 켜서 볼륨을 높였다. 몇 년 전이 떠올랐다. 이런 길에 차를 세워두고 키스를 졸랐던 때가. 밤이 더 길어지기를, 제프가 나와 사랑에 빠질 때까지 그 밤이 길어지기를 바라던 날들. 내가 하루빨리 나이를 먹고 성숙해져서 무슨 일이 일어나든 괜찮기를 기원하던 시간들.

우리는 내 대학 생활에 관해 이야기를 나누었다. 어떤 수업을 듣고 있는지, 그리고 나는 영문학과 정치학에 집중하기로 마음먹었다는 사실 등을 말했다. 제프는 고개를 끄덕이며 미소를 지었고, 나는 내 목소리에 무게가 실려 있음을 느꼈다. 나를 향한 제프의 관심이 이전과는 다른 종류라는 것도 알 수 있었는데, 그게 정확히 어떤 것인지는 감이 오지 않았다.

그는 다른 사립학교로 직장을 옮긴 이야기를 해주었다. 제프가 말하는 동안 나는 그의 얼굴, 앞니의 틈, 안경, 불그레한 볼, 새 학교에 출근하느라 단정하게 잘 빗은 검은 머리를 바라보았다. 그가 요새 사랑에 빠지고 있는 것 같다고 말한 새 직장 동료 이야기를 할 때 나는 미소를 지으려고 했다. 문득 내가 니콜라스를 사랑하는 것 같다고 말했을 때 제프가 건넨 축하 인사가 얼마나 역겨웠는지 생각났다.

나는 미소를 짓고 고개를 끄덕이며 말했다. "와, 정말 잘됐네요." 우리는 차창 밖으로 밤 풍경을 바라보았다. 유칼립투스 나무가 흔들리고 있었다.

"너는 세상에 나가서 경험을 더 해야지." 그가 말했다. "그럴 수 있도록 널 보내줄 거야. 그게 맞아. 강은 다 바다에서 만나게 되어 있어, 웬디. 너와 나, 우리 모두를 위한 결심이야."

짜증이 조금씩 올라왔다. 그렇다고 추가 질문으로 이 시간을 망치고 싶진 않았다. 지금 이 사람은 아무 의미 없는 말을 하고 있었다. 강과 바다라니, 그게 다 무슨 소리야. 나는 제프가 사랑을 맹세했던, 나를 비난했던, 우리가 말없이 함께했던 그 모든 시간을 떠올렸다. 비로소 그 모든 것이 매끈하고 단순한 침묵이 되었다. 물결치던 질문과 혼란은 금세 조용하고 납작해졌다.

나는 창밖을 응시하다가 눈을 감았다. 막혀 있던 목이 트였고, 내 입에서 무슨 소리가 튀어나왔다. 다시 주워 담고 싶다고 생각한 순간, 제프가 갑자기 나를 끌어안았고 북받친 목소리를 내며 내 가슴에 얼굴을 묻었다. 나는 손으로 그의 머리칼을, 뜨거운 목을 쓸어내렸다. 이게 우리의 마지막이라는 것을 알 수 있었다. 정말 끝이었다.

"사랑해, 웬디." 그가 내 가슴에 대고 갈라지는 목소리로 말했다. "나도 사랑해요."

그는 몸을 일으켜 나를 보았다.

"사랑해."

"사랑해요." 나도 다시 말했다.

그의 눈동자는 세계의 전부였다. 내 품에 안긴 그의 몸을 어떻게든 내가 구제해줄 수 있을 것 같았다. 영원히.

우리가 몸을 일으켜 서로에게서 떨어졌을 때 나는 혀를 지그시 깨물었다. 손이 텅 빈 느낌이었다. 제프가 조용히 시동을 걸 때까지 우리는 말없이 라디오에서 나오는 음악을 들었다. 차는 구불구불한 길을 따라 밸리로 향했다. 차가 골목을 돌 때마다 속이 비틀렸고 입 안이 말라왔다.

그 비밀, 내 비밀, 한 번도 입 밖으로 낸 적 없는 그것이 밖으로 드러난 밤이었다. 복잡하고, 불가능하고, 어둡고, 부도덕한 그 말은 우리를 감싼 공기에 걸려 있었다. 다시는 하지 못할 말이었다.

1991

딸이 태어나고 몇 개월이 지났을 때 내가 주로 걷던 산책로는 라 브레아 타르 피츠*와 그 주변이었다. 그곳은 우리가 살던 아파트에서 반 마일도 떨어져 있지 않았고, 걸어서 갈 수 있는 곳 중에서 가장 경관이 좋았다.

윌셔 대로와 커슨 거리의 남서쪽에서 타르 피츠까지 가는 길에는 지독한 피치** 냄새가 진동한다. 출입 제한 테이프와 형광 표시판은 부글거리는 타르 구덩이를 피해 다른 길로 가라고 안내한다. 타르 웅덩이는 길을 건너 아치형 입구를 지난 곳에 있다. 바람 부는 날에는 팜나무가 부대끼며 소리를 낸다. 윌셔 지역의 시내는 조용한 편이다. 어릴 때 로스앤젤레스 인근에 살아본 사람이라면 공룡 견학을 하러 이 동네에 와본 적이 있을 것이다. 성인이 되고 나서 로스앤젤레스에 머물렀다면 미술관과 자연사박물관 때문에, 혹은

---

* La Brea Tar Pits. 타르, 즉 천연 아스팔트로 이루어진 웅덩이 단지를 공원과 박물관으로 조성해 개방한 곳. 유명한 빙하기 화석 발굴지이기도 하다.

** pitch. 원유·콜타르 등을 증류시키고 남은 검은 찌꺼기

이 길이 순전히 산책하기 좋아서 와봤을 수도 있다.

*

나는 유모차를 밀며 이곳의 타르 웅덩이에 대해 생각했다. 찐득거리는 타르가 부글부글 끓어오르는 소리는 들을 때마다 신기했다. 마치 자신이 빨아들인 동식물과 수많은 박테리아가 이 살아 있는 연못에 그대로 보존되어 있다는 사실을 상기시키려고 내는 소리 같기도 했다.

텔레비전에서 방영하는 〈성범죄수사대: SVU〉를 몇 번이고 다시 보던 버릇을 끊은 참이었다. 대신 평소에 혐오하던 로맨틱 코미디를 볼 수 있게 되었다. 그러다가도 갑자기 내게 신생아가 있다는 게 떠올라 납치나 폭력과 같이 조금이라도 위험한 장면이 나온다 싶으면 급하게 채널을 돌렸다. 결국엔 수많은 프로그램 중 가장 가볍고 안전한 것들만 볼 수 있었다. 수면 부족과 쉴 틈 없는 육아로 24시간 내내 깨어 있는 것 같았다. 말랑하고 단순한 현실에 발을 붙이고 있다는 느낌이 필요해서 자꾸 텔레비전 앞에 가서 앉았다.

언젠가는 그 단계를 지나 조금씩 잠이 늘던 시기도 있었다. 하지만 그럴 때마저도 내게 온전히 의존하는 손바닥만 한 이 작은 생명을 돌보다 보면 이런저런 두려움이 가시지 않았다. 핸콕 공원과 로스앤젤레스 카운티 미술관 정원에서 유모차를 밀면서, 타르 웅덩이가 있는 이곳의 공기를 들이마시는 것이 과연 안전할지 인터넷으로 찾아볼까 하는 생각도 들었다.

나는 엄마가 되면서 나를 키운 엄마와 할머니처럼 되지 않으려고 온 힘을 다해 발버둥 쳤다. 그분들의 걱정은 끝이 없었고, 조금이라도 잘못될 수 있는 모든 가능성을 열거함으로써 나를 숨 막히게 했었다. 텔레비전이나 영화를 통해 목격한, 여성을 대상으로 한 상상하기 어려운 끔찍한 사건들 때문이었다.

그러나 나는 엄마와 할머니가 걱정했던 바로 그 '상상하기 어려운' 일들을 몸소 겪은 사람이었다. 그분들은 어쩌면 일찌감치 내 상황이 이상하다고 생각했거나 의심했을 수도 있다. 하지만 아무런 조치도 취해지진 않았다.

이제 딸이 있는 입장에서 나는 소망할 뿐이다. 내 아이가 10대가 되었을 때 내게 거짓말을 한다면, 나는 그걸 빠짐없이 알아챌 수 있었으면 좋겠다. 내가 세 발짝쯤 앞서가서 직접 겪은 일들을 들려주고, 이 아이가 가려고 하는 위험한 길을 막아줄 수 있기를 바란다.

나의 우려는 내가 경험한 여성들, 그러니까 엄마나 할머니에 의해 더 커졌다. 나를 사랑한다고, 보호해주고 싶다고 말했지만 그러지 못했던, 어떡해야 나를 지켜줄 수 있는지 그 방법을 몰랐던 사람들. 그러니 지금 내가 알고 있는 것이 그들이 알았던 것과는 다른 것이길 희망한다. 그 어떤 상황에 직면하더라도 맞설 수 있도록.

물론 내가 겪은 일을 내 딸도 겪게 되길 바라진 않는다. 그런 일 근처에도 가지 않았으면 좋겠다. 내 딸은 고통도, 아픔도, 슬픔도 없이 마법 같은 존재로 살기를 바란다. 불가능한 일임을 알지만,

그러기를 원한다. 다들 불가능하다는 걸 알면서도 여전히 바라는 무언가가 하나쯤은 있지 않은가.

*

그때는 지금의 내 삶을 상상조차 할 수 없었다.

나는 나이 많은 한 남자와 몬태나로 도망가지 않았다. 후에 8년 간 로스앤젤레스를 떠나 북서부의 한 도시로 도망쳐 지내기는 했다. 그곳에서 나는 사랑에 빠졌다가, 빠져나왔다가, 다시 사랑했다가 말았다가를 몇 번이나 반복했다. 그리고 직감이 뭔지 깨닫고 자신의 생각을 정리하는 법을 배우면서 화석처럼 굳어 있던 시간을 돌아보고, 이해하고, 상관관계를 파악하고, 그때 있었던 일들을 기록할 수 있게 되었다.

그 기록은 특정한 시간 속에 갇혀 있던 나의 일부를 프리즘의 한 면을 통해서 돌아본 것이다. 아주 오래된 내 기억 속에 한 남자가 중학교 선생님으로 등장했고, 그는 내가 속으로 연인이라 믿고 싶은 사람이 되었다.

*

라브레아 타르 피츠 박물관에서 한 여성의 화석이 발견되었다. 조사단은 이 '라브레아 여인'이 약 1만 년 전에 묻혔으며, 사망 당시

17세에서 25세 사이였던 것으로 추정했다. 누군가 그녀를 파내어 찐득거리는 웅덩이에서 꺼내주었다.

타르 웅덩이 주변에는 사람들이 실수로 빠지지 않게끔 울타리가 둘려 있다. 나는 그 검은색 울타리를 손으로 꽉 잡고 있는 사람들을 지켜보았다. 태곳적부터 존재했던 그 끈적이는 액체의 일부가 되고 싶은 사람은 없을 것이다.

그 액체는 계속해서 생을 이어가고 있다. 지금도 박테리아가 원유를 먹고 메탄가스를 배출하면 웅덩이 표면에는 거품이 부글거린다. 이 박테리아는 알려지지 않은 200~300여 개의 생물종에서 비롯된 것이라고 한다. 나는 온갖 미생물이 바다의 검은 기름띠 위에서 신비롭고 복잡한 문양을 그리며 벌이는 혼란의 장면을 상상해본다.

어쩌면 이것은 연금술에 관한 이야기인지도 모른다. 분해 증류를 통해, 즉 분해 가능한 유기체를 산소가 거의 없는 상태까지 고온으로 가열하여 원유라는 물질을 더 높은 가치의 물질로 바꾸는 것과 같은.

나라는 물질의 구성도 10대 시절 한 남자를 만나 생각보다 많은 영향을 받으면서 바뀌어갔다. 그 남자는 나라는 존재에 서서히 스며들었다. 나는 위험을 감지했지만, 여러 이유로 그 안에서 방황하기만 했다. 그때 나를 구해줄 누군가가, 혹은 무언가가 과연 있었을까?

나는 로스앤젤레스에 산다. 고향으로 돌아와 몇 년간은 뭐라고 불러야 좋을지 몰랐던 내 안의 정체성과 씨름을 해야 했다. 한참이

지나서야 나는 그것에 이름을 붙여주기로 했다. 그 이름은 퀴어였다.

내가 선택한 지금 이 가정에서 느끼는 소속감은 그전까지 내가 느껴본 그 어떠한 감정과도 다르다. 나는 하나의 작은 공동체에 속해 있다. 고속도로 바로 옆 웨스트 애덤스라는 동네의 단독주택에 살고 있는 아주 작은 생활 공동체다. 그리고 내가 사랑하는 여자는…… 여자다. 이제는 예전의 내가 어떤 사람이었는지 기억해내려면 아마도 남자와 결혼이라도 해야 가능할 것이다.

내가 사랑하는 여자는 가끔, 특히 우리의 관계 초반에 제프를 떠올리게 했다. 나는 이 사실을 상대에게 말했었다. 나 스스로도 이 점이 이상하고 조금은 기분 나쁜 일이라 생각했지만, 그래도 지금 우리는 함께다.

그는 매력이 충만하며, 사람들을 매우 편하게 대해준다. 그를 만나본 사람들은 내게 달려와 나의 파트너가 얼마나 열정적으로 일을 하는지, 얼마나 따뜻하고 재미있으며 멋진 사람인지 쏟아내곤 한다. 그리고 이 모든 얘기들은 제프와 함께였을 때도 똑같이 듣곤 했던 것이다. 물론 이 사람은 나보다 단지 몇 달 먼저 태어났다. 우리의 시작은 조금 치열했던 것 같다. 둘 다 오래 만나온 사람을 정리해야 했기 때문이다. 하지만 결국 우리는 이렇게 함께하게 되었다.

팜나무 길과 잔디밭, 핸콕 공원의 담장 사이를 종종 같이 걷는다. 그와 나, 그리고 우리가 함께 계획해서 가진 딸로 이루어진 우리 가족은 작고 견고하다. 나는 딸과 함께 산책로를 따라 박물관으로 향한다. 그곳에서 타르 웅덩이에 관한 해설과 그 안에서 발견된 선사시대 동물을 재현한 모형들을 한참 동안 바라본다.

우리는 매일 화석 위를 걷는다. 그 라브레아 여인은 죽은 지 오래지만 다른 동물들과 함께 전시장 안에 살아 있다. 그들은 타르 때문에 죽었지만 타르는 그들을 예전 모습 그대로 보존했다. 그처럼 남은 것을, 남아 있는 모든 기억을 그대로 전시하는 일은 곧 우리가 자신의 이야기를 하는 방식과도 같다.

그리고 이것은 내가 발굴을 시작한 이유이기도 하다. 솔을 들어 뼈를 털어내듯이. 나부터 나의 이야기를 이해하기 위해.

케빈 샘셀 대표와 퓨처텐스 북스에 깊은 감사를 표한다. 많은 사람이 꿈꾸는 일이 내게도 일어났다. 출판사 측에서 내가 몇몇 매체에 기고한 글을 보고 연락해왔고, 작업 중인 다른 원고가 있는지 물어봐 준 덕에 이 책이 나오게 되었다. 편집자 티나 모건에게도 큰 감사 인사를 드린다.

버나드 쿠퍼, 폴 리시키, 데이비드 울린, 에밀리 랩, 헤이즐 카이트 위덤은 2000년에 쓰기 시작한 초고 때부터 귀한 조언을 해주었고, 동료 작가 케리 히긴스는 지난 10여 년간 꾸준한 지지와 사랑을 보내주었다. 이 모든 친구들에게 고맙다는 말을 전한다.

내가 버틸 수 있도록 손을 잡아주고 문자와 전화, 이메일로 응원을 아끼지 않은 션 H. 도일, 레이 귀랜드, 사라 페이프와 더불어, 유약했던 나의 열여섯 살 시절을 다른 시각으로 볼 수 있게 해준 새라 불러에게도 고마움을 표하고 싶다.

그리고 샌디 리, 당신에게 한없는 사랑을 보낸다. 당신이 내게
해준 모든 것에 감사하며.

옮긴이 조재경

이화여자대학교 통역번역대학원 한영통역과 졸업 후 건강보험심사평가원 촉탁통번역사를 거쳐 현재 프리랜서 국제회의 통역사로 활동하고 있다. 서울서부지방법원 통역인 및 출입국·외국인정책본부 난민 전문 통역인으로 일해왔으며, 다수의 기술 문서 및 기업 출판물을 번역했다. 페미니스트 저널 〈일다〉의 한영 기사 번역에도 손을 보태고 있다.

기억의 발굴

웬디 C. 오티즈 지음
조재경 옮김

초판 1쇄 2019년 9월 2일

편집 김리슨
디자인 정세이
인쇄 두성P&L

발행처 카라칼
등록번호 제2019-000004호
등록일자 2019년 1월 2일
이메일 listen@caracalpress.com

Printed in Seoul, South Korea.
ISBN 979-11-965913-0-4 (03840)

이 도서의 국립중앙도서관 출판예정도서목록(CIP)은 서지정보유통지원시스템 홈페이지(seoji.nl.go.kr)와 국가자료종합목록 구축시스템(kolis-net.nl.go.kr)에서 이용하실 수 있습니다. (CIP 제어번호: CIP2019030221)

caracalpress.com